연약한 것은
아름답다

연약한 것은
아름답다

파스칼 뤼테르 지음
김주경 옮김

우리나비

미셸 모로에게 뜨거운 감사의 마음을 전한다.
그녀가 없었다면 이 원고는 소설이 되어
세상에 나오지 못했을 것이다.

1

　나의 할아버지 나폴레옹. 어느 날 할아버지가 새로운 인생을 살아보겠다고 결심했다. 여든다섯의 나이에. 그러곤 마지못해 따라나선 할머니 조제핀을 데리고 법원으로 갔다. 한 번도 나폴레옹에게 반대 의사를 나타내본 적 없는 조제핀이었기에, 이번에도 남편이 하자는 대로 따랐다.

　가을이 시작되는 첫날, 나의 할아버지와 할머니는 그렇게 이혼을 했다.

　"난 새로운 인생을 살고 싶소." 재판을 담당하는 판사에게 할아버지가 말했다.

　"네, 그것도 당신의 권리입니다." 판사는 그렇게 대답했다.

　우리, 그러니까 아빠, 엄마와 나는 그날 할아버지와 할머니를 법원까지 모시고 갔다. 아빠는 마지막 순간에라도 나폴레옹이 이런 과잉 행동을 멈춰주길 바랐다. 하지만 난 알고 있었다. 그건 아빠가 잘못 생각하고 있는 거라고. 할아버지는 결코 자기 생각을 바꾸는 사람이 아니기 때문이다.

조제핀은 흐르는 눈물을 멈출 수가 없었다. 난 할머니의 팔을 잡고 계속 티슈를 건네주었고, 티슈는 할머니 손으로 넘어가자마자 순식간에 흠뻑 젖어버렸다.

"고맙구나, 레오나르, 우리 아가." 할머니가 말했다. "나폴레옹은 정말 낙타같이 고약한 늙은이야!"

할머니는 휴지로 코를 풀고 나서 한숨을 푹 쉬었다. 그리고 아주 부드럽고 넉넉한 미소를 입술에 떠올리며 말했다.

"좋아. 늙은 할방구의 뜻이 정 그렇다면 그렇게 해야지 뭐."

할아버지는 자신에게 참으로 걸맞은 이름을 가졌다. 양손을 새하얀 정장 바지의 주머니에 넣고 법원 계단 위에 서 있는 할아버지는 마치 방금 한 나라를 정복하고 온 황제처럼 거만하고 자부심 가득한 자세를 하고 있었다. 그러곤 만족감에 젖은 우월한 눈길로 거리와 행인들을 훑어보았다.

난 할아버지를 정말 좋아했다. 인생에는 비밀이 깃들어 있다고 하는데, 나의 할아버지는 그 모든 비밀을 다 알고 있는 영웅이라고 생각했다.

때는 가을이 시작하는 무렵이어서 포근한 공기 중엔 약간 습기가 배어 있었다. 그래서인지 조제핀이 몸을 떨면서 외투의 깃을 살짝 올렸다.

"자, 이제 축하를 해야지!" 나폴레옹이 선포하듯 말했다.

하지만 아빠와 엄마가 동의하지 않았고 조제핀은 더 말할 것도 없었기에 우린 그냥 전철역을 향해 걸었다.

"바닐라 아이스크림 안 먹으련?" 할아버지가 아이스크림 가판대 앞에서 내게 물었다.

그러곤 지폐 한 장을 젊은 상인에게 내밀며 말했다.

"아이스크림 두 개. 하나는 내가 먹을 거고, 다른 하나는 손자 녀석 코코에게 줄 거요. 생크림 아이스크림? 좋소. 아, 코코, 너도 생크림 아이스크림이 좋지?"

할아버지가 내게 윙크를 했고 나는 고개를 끄덕였다. 엄마는 어깨를 으쓱했고 아빠는 아무 생각 없는 눈으로 앞만 쳐다보고 있었다.

"물론 우리 코코도 생크림 아이스크림이오!"

코코… 할아버지는 항상 나를 그렇게 불렀다. 이유는 모르겠지만, 어쩐 일인지 난 할아버지가 예전에 올랐던 링과 체육관에서 모두 할아버지를 코코라고 불렀을 거란 상상을 하며 좋아했었다.

레오나르 보뇌르(bonheur: '행복'이라는 뜻)라는 내 이름과는 아무 상관도 없는 호칭, 코코… 그때 난 열 살이었고, 내 눈에 비친 세상은 아직 이해하기 어려울 뿐 아니라 신비하면서도 약간 차갑게 느껴졌었다. 게다가 마주치는 사람들의 눈에 나의 존재 따위는 보이지 않을 거란 생각을 종종 하곤 했었다. 내게 언제나 든든한 존재였던 나폴레옹은 자주 이렇게 말했었다. 복서는 조금도 웅크릴 필요가 없다고. 챔피언은 대부분 품위와 재능만으로도 위대한 거라고. 하지만 난 복서가 아니었다. 난 그냥 눈에 잘 띄지 않는 사내아이였다.

폭우가 쏟아지고 바람이 거세게 불던 어느 날 밤, 난 천둥소리로 내 존재를 알리며 세상에 나타났다. 세상에서의 나의 첫 외침은 분만실 전구들이 다 꺼진 순간, 암흑 속에서 터져 나왔다. 어린 보뇌르, 행복은 이렇게 어둠 속에서 세상에 나왔고, 이후의 10년은 그 어둠을 다 없애기에 아직 충분한 시간이 아니었다.

"맛있니, 코코?" 나폴레옹이 물었다.

"정말 맛있어요! 고마워요, 할아버지." 내가 대답했다.

할머니는 조용했다. 할머니의 창백한 시선이 나와 마주치자 할머니는 날 향해 미소를 지으며 속삭였다.

"맛있게 먹으렴."

아이스크림 장사가 나폴레옹에게 거스름 동전을 내밀자 나폴레옹이 물었다.

"젊은이, 몇 살이오?"

"스물세 살인데요. 왜 물으세요?"

"그냥. 궁금해서. 잔돈은 그냥 넣어두게. 오, 그럼, 그럼, 괜찮고말고. 오늘은 축하할 일이 있는 날이거든!"

일터에서 돌아오는 사람들 틈에 끼어 집으로 가는 전철 안에서 우리는 모두 침묵을 지켰다. 할머니는 조금 침착함을 되찾았는지, 두 뺨에 톡톡 분칠하고 나서 나를 꼭 끌어안았다. 얼마 가지 않아서 곧 외로워질 거라는 걸 직감한 것일까… 할머니는 차창에 이마를 기댄 채 지나가는 풍경을 바라보았다. 슬픔이 할머니에게 품위 있는 아름다움을 주는 듯했다. 때때로 조제핀은 반평생을 함께 살아왔던 나폴레옹을 흘깃 쳐다보곤 했다. 조제핀의 눈동자 색깔은 공중에 날아가는 낙엽 빛깔이었다. 이따금 조제핀의 입술에 떠오르는 가냘픈 미소를 보면서 대체 어떤 생각을 하고 있기에 저런 미소가 나오는 건지 궁금했다.

난 조제핀이 모든 걸 이해하고, 또 알고 있다고 생각했다.

바닐라 아이스크림 때문에 나폴레옹의 수염이 하얘졌다.

할아버지는 맞은편 의자 위에 발을 올려놓곤 휘파람을 불었다.

"오늘 하루는 정말 멋진 날이었어!" 나폴레옹이 외쳤다.

"내가 하려던 말도 바로 그거였어요." 조제핀이 중얼거렸다.

2

다음 주에 우리 가족은 심지어 나폴레옹까지 포함해서 모두 조제핀을 배웅하기 위해 리용 역으로 갔다.

조제핀은 남쪽 엑상프로방스 근처로 가기로 했다. 조제핀이 태어나고 자라난 곳이자 조카가 남겨둔 자그마한 빈집이 있는 고향으로 돌아가는 것이다. 조제핀은 언제나 좋은 면만 보려고 노력해야 한다고 말했다. 그러면서 어릴 적 친구들을 다시 만날 수 있고 유년 시절에 뛰놀던 오솔길들을 다시 걸어볼 수 있게 되어 기쁘다고 했다. 특히 그곳엔 뜨거운 태양과 눈부신 빛이 있을 거라고 하면서.

"여기보다 훨씬 더울 테지!"

조제핀의 말이 옳다는 걸 증명이라도 하려는 듯이 기차역의 커다란 유리창에 슬픔이 물방울이 되어 방울방울 굴러떨어졌다.

우리는 짐 가방들이 산더미처럼 쌓여 있는 플랫폼 한가운데서 기차를 기다렸다. 할아버지는 행여 열차가 안 오면 어쩌나 걱정이라도 하는 것처럼 왔다 갔다 서성거렸다.

"꼬마 레오야, 할미를 보러 올 거지?"

할머니가 묻자, 엄마가 대신 대답했다.

"물론이죠. 자주 갈게요, 어머니. 그래도 그리 먼 거리는 아니어서 다행이에요."

"어머니도 우리 보러 자주 올라오셔야 해요." 아빠도 거들었다.

"혹시라도 나폴레옹이 날 부르면 오도록 하마. 그렇게 전해주렴. 난 그 할방구를 잘 알아. 누구보다 잘 알지. 내가 알기론…"

조제핀은 잠시 생각하는 듯하다가 말을 이었다.

"아니, 그럴 필요 없다. 말하지 말려무나. 뭐든 잘 익으면 저절로 떨어지는 법이지. 저 고약한 늙은이가 나더러 제발 올라와 달라고 간청할 날이 올 게다. 너무 잘 익다 못해 폭삭 썩어서…"

그때 할아버지가 종종걸음으로 뛰어와서 할머니 말을 가로막으며 말했다.

"뭣들 하고 있냐? 열차가 오고 있는데 어서 준비들 하지 않고! 놓치면 안 되잖아!"

"아버지도 참! 해도 해도 너무하시는군요. 정이 갈 만한 말씀은 끝까지 한마디도 안 하시네요!" 아빠가 말했다.

나폴레옹은 제일 큰 가방의 손잡이를 쥐고 조제핀을 향해 돌아섰다. 그러곤 아주 부드러운 목소리로 속삭였다.

"당신을 위해 일등석을 잡았소."

"정말 친절하고 배려심이 넘치는군요."

엄마와 나는 열차에 올라가 조제핀의 자리를 찾아 앉게 했고, 나폴레옹과 아빠는 조제핀의 가방들을 챙겨서 올려놓았다. 그때 난 할아버지가 한 여승객에게 속삭이듯 하는 소리를 들었다.

"저 할망구 좀 살펴봐줘요. 보기보다 여간 연약한 할망구가 아니라서요."

"저 부인에게 뭐라고 했어요?" 할머니가 할아버지에게 물었다.

"아무 말도 안 했소. 기차는 항상 늦는다고 투덜댔지."

우린 다시 플랫폼으로 내려섰다. 엑상프로방스행 열차가 곧 출발할 거라는 안내 방송이 흘러나왔다. 차창 뒤에서 조제핀이 우리에게 인자하게 미소 짓는 얼굴을 보여주었다.

마치 여름휴가라도 떠나는 사람처럼.

열차가 우리 앞에서 미끄러져 갔고 사람들은 저마다 손을 흔들며 인사를 했다. 마지막 열차의 붉은 미등이 안개 속으로 사라졌다.

끝났다. 안내 방송에서 다른 기차의 출발을 알리자 다른 승객들이 플랫폼으로 들어왔다.

"자, 이제 한잔하러 가자꾸나!" 나폴레옹이 말했다. "내가 한잔 사마."

여행객들로 붐비는 카페 안에서 나폴레옹은 긴 좌석 하나를 찾아냈고 우리는 그 의자 위에 서로 꼭 끼어 앉았다. 나폴레옹은 아주 많은 계획을 하고 있었다.

"우선 집 단장부터 새로 할 생각이다. 벽지도 새로 바르고, 페인트칠도 새로 하고, 군데군데 손볼 곳들도 손봐야지. 새로운 변화를 주는 거야."

"실내 공사 할 사람을 보내드릴게요." 아빠가 말했다.

"그럴 필요 없다. 내 손으로 직접 다 할 생각이니까. 게다가 코코 녀석이 도와줄 거고."

나폴레옹이 내 어깨를 주먹으로 슬쩍 치는 거로 말을 끝냈다.

"그건 그리 좋은 방법은 아닌 것 같아요, 아버님." 엄마가 말했다. "이 사람 말을 듣는 게 나을 거예요."

아빠가 동의의 뜻으로 고개를 끄덕거리며 덧붙였다.

"맞아요, 아버지. 생각해보세요. 실내 장식 업자를 불러서 하는 게 훨씬 수월해요! 크게 손 가는 일은 그 사람이 다 해 줄 겁니다."

"그래, 말 잘했다." 할아버지가 외쳤다. "그러니까 난 부스러기 같은 쪼잔한 일만 하면 된다는 거냐? 참새 새끼처럼? 절대로 안 돼! 처음부터 끝까지 다 내가 할 테니, 그런 줄 알아라. 난 네게 부탁한 적이 없다는 걸 명심해. 너희가 이런 식으로 날 모욕하고 나올 줄 알았더라면, 너희는 그냥 집에 있게 하고 나 혼자 나오는 건데 그랬구나! 집수리 정도는 나 혼자서도 얼마든지 해낼 수 있다. 내가 알아서 할 테니 너희는 일절 상관 마라. 나 혼자서 하든지 코코의 힘을 좀 빌리든지 할 테니까. 이참에 집 안에 헬스방도 만들 생각이다."

"헬스방이요? 왜요, 덤벨도 갖다 놓고 아주 체육관을 차리시지요?"

"덤벨! 그거 좋은 생각이구나. 미처 생각 못 했는데! 잊어버리지 않게 적어놔야겠다."

아빠는 한숨을 쉬더니 엄마랑 짧게 눈길을 주고받고 나서 흠흠 목소리를 가다듬고 말했다.

"아버지, 솔직히 말해서, 아버지가 한 번이라도 내 의견을…"

"피곤하게 너무 깊이 생각할 것 없다." 나폴레옹이 빨대로 콜라를 한 번 쭉 들이켜고 나서 아빠의 말을 끊었다. "지금 네가 무슨 생각을 하고, 무슨 말을 하려는 건지 안 들어봐도 다 안다."

아빠와 엄마는 동의하지 않았다. 특히 아빠는. 이제 곧 여든여섯이 되는 나이에 이혼하는 사람은 없다. 그 나이에 집에 헬스방을 만드는 사람도 없을 뿐 아니라, 새로 집 단장을 하려면 다른 사람들의 도움을 받는 게 보통이다. 그 나이에 실내 공사를 스스로 하겠다고 나설 사람이 있을까! 외부 공사는 말할 것도 없고. 아예 뭘 하려는 생각조차 않고 그냥 기다릴 뿐이다. 마지막 순간을 기다리는 것이다.

"하지만 말이다." 나폴레옹이 말을 이었다. "네가 생각하고 있는 거, 난 그딴 거 상관 안 한다. 네 명령 따위를 들을 생각은 조금도 없어. 알겠냐?"

아빠의 얼굴이 벌겋게 달아오르기 시작했다. 화가 난 얼굴이 순식간에 찌푸려졌다. 하지만 엄마의 손이 살며시 아빠의 팔 위로 올라가자 아빠의 분노는 차츰 수그러들었다.

"내가 도와드릴 수 있을 거로 생각해서 그런 거예요." 아빠는 그렇게 투덜거리는 거로 만족해야 했다.

나폴레옹이 내게 한 눈을 찡긋하며 말했다.

"라우 비, 쿠 미 에스티스 수피케 클라라, 부보?"

그건 에스페란토어로 '나 제법 똑똑하지 않니, 코코?'라는 뜻이다. 할아버지는 에스페란토어를 아주 유창하게 했고 내게 그 언어의 기초를 가르쳐주셨다.

난 그렇다고 고개를 끄덕였다.

에스페란토어는 할아버지와 나, 둘만이 사용하는 언어가 되었고 비밀스러운 이야기를 주고받아야 할 때면 우린 늘 이 언어를 사용했다. 난 아주 먼 나라에서 온 듯 낯설면서도 친근한 이 언어의 억양과 발음이 좋았고, 입안에 온 땅을 다 가진 듯한 그 느낌이 좋았다. 할아버지는 젊었을 때, 그러니까 링에서 한창 맹위를 떨치며 지낼 때, 외국인 복서들과 쉽게 소통하고 스포츠맨들끼리 어울리기 위해서 그리고 트레이너들, 기획자들, 신문 기자들을 속이기 위해서 젊은 시절에 이 언어를 배웠다고 했다.

"뭐라고 하신 거니?" 아빠가 물었다.

"별말씀 아니에요. 아빠와 엄마가 신경 써주셔서 고맙다고요."

우린 역을 빠져나왔다. 끝없이 늘어선 택시들이 손님들을 기다리고 있었다.

"헤이!" 할아버지가 한 택시기사를 향해 외쳤다. "기다리는 사람 있소?"

"아뇨, 타십시오."

"잘됐군." 나폴레옹이 말했다. "나도 기다리는 사람이 없긴 마찬가지일세."

그러곤 웃음을 터뜨렸다.

3

나폴레옹은 이미 두 가지 삶을 살았지만, 또 다른 삶이 더 준비되어 있을 게 분명했다. 첫 번째 생에서는 전 세계의 링을 두루 다니면서 수많은 신문의 머리기사를 장식하곤 했다. 덕분에 복싱 선수권 대회장의 어두운 영광과 펑펑 터지는 플래시 불빛, 승리가 주는 찰나의 기쁨 그리고 패배 후에 탈의실에서 느끼는 끝없는 고독감이 무엇인지 잘 알고 있었다. 그러다 어느 날 우리가 잘 모르는 이유로 갑작스럽게 이 화려한 경력에 종지부를 찍어버렸다.

그 후에 나폴레옹은 택시 기사가 되었다. 할아버지는 미국식 억양을 쓰면서 택시맨이라고 불리길 좋아했다. 그래서 차의 지붕 위에 부착시킨 택시 갓등을 아직도 떼지 않고 있었다. 학교로 날 데리러 올 때면 늘 그 표시등을 켰는데, 겨울밤이면 X자에 불이 들어오지 않아서 남아 있는 세 글자, TA I만 어둠 속에서 뚜렷하게 보이곤 했다. 푸조 404의 뒷문이 열리면, 할아버지는 매우 정중한 목소리로 내게 묻곤 했다.

"손님, 어디로 모실까요?"

하지만 조제핀이 떠난 지 일주일 후인 그 금요일에는 그냥 이렇게만 말했다.

"코코, 오늘은 너랑 같이 갈 데가 있구나."

"볼링장이요?"

"아니, 볼링장이 아니야. 곧 알게 될 거다."

나폴레옹은 '생각을 아주 많이 했으며, 세 번째 인생을 매우 중요한 사건으로 시작할 거'라고 말했다.

"아주 행복한 사건이지!" 할아버지는 우회전 차량 우선권을 무시하고 운전하면서 외쳤다.

"좋아요. 그런데 할아버지. 지금 좌측통행을 하고 계셔요."

"상관없다. 영국에서는 모두 좌측통행을 하잖니!"

"하지만 여긴 영국이 아니잖아요!"

"그런데 조금 전부터 왜 모두 저렇게 클랙슨을 빵빵 울려

대고 그러지? 왜들 그러는지 넌 아니?"

"할아버지, 몇 년도에 면허증 따셨어요?"

"첫째, 오늘부턴 절대로 날 할아버지라고 부르지 마라. 그리고 둘째, 무슨 면허증을 말하는 거냐?"

태양이 하늘에서 내려오기 시작했다.

교차로에 이를 때마다 할아버지는 반사적으로 내 앞으로 팔을 뻗었다. 마치 할아버지 자동차에 벨트란 게 없는 것처럼, 갑작스럽게 정지할 경우 내가 앞 유리창을 들이받지 않게 하려는 것이었다. 우린 족히 반 시간 정도를 달렸고 드디어 큰 도로를 벗어나서 비포장도로로 들어섰다.

"여기다. 다 온 것 같은데."

난 입구에 적혀 있는 세 개의 알파벳을 큰 소리로 읽었다.

"S.P.A.(동물보호협회)"

"맞아. 그게 무슨 뜻인지 너도 알 거다. 그러니 이제부터 뭘 해야 할지 굳이 말 안 해도 알겠지? 자, 고! 고! 고! 어서 가자."

"개를 입양하시게요?" 할아버지와 함께 개 사육장의 콘크리트 길을 걸어가면서 내가 물었다.

"아니, 아니. 난 비서를 구하러 온 거다! 질문이 꽤 많구나, 벌써 몇 번째냐!"

우리 안에서 개들이 컹컹거리며 거칠게 짖어대는 소리
와 좀 더 날카롭게 캥캥거리는 강아지들의 소리가 뒤섞여서
들려왔다. 세상에 있는 모든 종류의 개들과 상상할 수 있는
모든 털 색깔이 다 모여 있는 것 같았다. 긴 털, 짧은 털, 굵
은 털, 섬세한 털, 거친 털, 부드러운 털, 곧은 털, 곱슬거리는
털… 개들은 대부분 철창으로 된 우리의 한쪽 구석에 기가
꺾여 침울한 모습으로 앉아 있다가 방문객이 자기들 앞을
지나가면 금방 꼬리를 살랑살랑 흔들기 시작했다.

그중 어떤 녀석들은 피부병으로 고생하고 있는지 필사적
으로 온몸을 긁고 있었으며, 눈에서 눈물을 흘리는 녀석들
도 있었고, 또 몇몇 녀석은 자기 꼬리를 잡으려고 계속 뱅뱅
돌고 있었다.

골격이 아주 잘 잡힌 스패니얼, 튼튼하게 생긴 프랑스의
목양견인 보스롱, 혈기왕성한 잭 러셀 테리어, 언제나 믿음
직해 보이는 래브라도, 우아한 콜리, 섬세하고 기품 있는 그
레이하운드… 선택하기가 여간 곤란한 게 아니었다. 그게
문제였다.

"고르기가 쉽지 않은걸!" 나폴레옹이 말했다. "이 녀석들
모두를 데리고 갈 순 없고! 제비뽑기라도 해야 하는 건가…"

그때 한 여자가 우리를 맞이하러 오더니 할아버지가 주저

하는 걸 보고 말했다.

"개를 데리고 가서 뭘 하실 건지에 달려 있어요."

"난 그냥… 잘 모르겠소." 나폴레옹이 대답했다. "아니, 그런 질문이 어디 있소! 그냥 개 한 마리를 갖고 싶을 뿐인데. 개를 그냥 개로 데리고 있는 거지, 개를 데리고 뭘 할 거냐니…"

할아버지가 한 우리를 가리켰다. 그 우리의 철장엔 어떤 표시도 되어 있지 않았다.

"여기 이 녀석은 종이 뭐요?"

"그 개요?" 여직원이 대답했다. "폭스 테리어 같아요."

개가 멍한 눈을 들어 우리를 바라보더니 잠깐 주둥이를 들어 올렸다. 그러곤 크게 한숨을 쉬고 나서 가지런히 모은 두 발 위로 다시 주둥이를 내려놓았다.

"확실하오?" 나폴레옹이 물었다.

"아뇨, 실은 잘 모르겠어요. 오히려 세터 같군요. 아마도… 잠깐 기다리세요, 확인해볼게요."

때마침 바람이 불자 여직원이 들고 있던 서류들이 날아갔고 그녀는 날아가는 서류들을 챙기느라 어쩔 줄 몰라 하면서 말했다.

"아, 무슨 종인지 잊어버렸어요."

"모른다니 할 수 없지. 하기야 종 따위야 무슨 상관이겠나.

안 그러니, 코코?"

"맞아요. 상관없어요."

"그럼 나이는 몇 살쯤 됐소?"

여직원은 자신 있는 전문가의 표정을 지으며 대답했다.

"아… 대략 한 살쯤 됐어요. 아뇨, 두 살. 맞아요, 두 살이에
요."

그녀의 얼굴이 어색한 미소로 약간 일그러졌다.

"아마 그보다 조금 못 되었을 거예요. 아니 어쩌면 더 많
을 수도 있고…"

그녀는 다시 서류를 뒤적거렸지만, 서류들은 다시 그녀의
손에서 빠져나가 울타리 안 여기저기로 흩어져버렸다.

"좋소, 됐소!" 나폴레옹이 말했다. "나이 같은 것도 상관없
지. 이런 종은 대략 얼마나 오래 사는지 아시오?"

"이 개는 아주 튼튼한 종이에요. 거의 20년 가까이는 살아
요. 그런데 뭔가 걱정이 있는 듯한 표정이시네요. 개의 수명
이 문제가 되나요?"

"당연히 문제 되지 않겠소!" 나폴레옹이 외쳤다.

"아, 네. 알겠어요. 이해해요…"

"그렇소." 나폴레옹이 말했다. "동물을 키울 때는 그게 문
제가 안 될 수 없지. 동물들은 항상 주인보다 먼저 죽으니까

마음이 아프잖소!"

* * *

"재미있지 않니?" 나폴레옹이 말했다. "올 때는 둘이었는데, 갈 때는 셋이 됐으니 말이다!"

우리는 함박웃음을 주고받았다. 우린 그 녀석, 개에게 말을 걸고 싶었다. 하지만 그러지 못했다. 좀 웃길 것 같아서였다.

나폴레옹이 주머니에서 둘둘 말린 새 목줄 하나를 꺼냈다. 아직 상표도 떼지 않은 목줄이 뱀처럼 풀어졌다.

"할아버⋯ 아니, 나폴레옹! 이런 것까지 다 준비하셨네요!"

"그럼 전부 준비했지. 이런 것까지. 자, 보렴!"

푸조 404의 트렁크에는 개 사료 봉지들이 가득 실려 있었다. 나폴레옹이 뒷문을 열고 격식을 차려서 말했다.

"새로운 삶이 시작되었다! 자, 신사분! 어디로 모실까요?"

그러자 개가 뒷좌석 위로 훌쩍 뛰어오르더니 킁킁대며 냄새를 맡기 시작했다. 그러곤 자기 취향에 맞는다고 생각했는지, 아주 편안하게 자리를 잡고 앉았다.

고장 난 택시 미터기에는 0000이라고 표시가 되어 있었다. 그 표시가 뭔가 새로운 삶의 시작을 알려주는 거라는 생각이 들었다.

"사실 말이다." 첫 번째 거리를 지나면서 나폴레옹이 말했다. "특별한 종이어야 할 필요는 없는 거야. 개는 그냥 개면 돼. 개라는 걸로 충분하다고!"

이제 문제는 이름을 짓는 것이었다. 메도르, 렉스, 렝탱탱, 발루… 이런 평범한 이름들은 우리의 마음을 전혀 끌지 못했다. 빨간불이 켜지고 차가 잠깐 멈췄을 때, 우린 약속이나 한 듯 똑같이 뒤를 돌아보았다. 개가 부드러운 눈빛으로 우리를 올려다보았다. 눈가에는 아이라인을 한 것처럼 까만 테두리를 둘렀고 눈동자 속엔 물음표가 가득했다. "아주 독창적인 이름이어야 해." 할아버지가 말했다. "아, 그래! 꼭 알맞은 이름이 생각났구나. 아주 새로운 이름! 구식은 딱 질색이다! 그 이름은… '마침표 찍고'!"

"마침표 찍고! 와, 정말 멋진 이름이에요!" 내가 외쳤다.

"좋았어! 마침표 찍고!"

그러면서 할아버지는 뒷좌석 쪽으로 몸을 돌리고 물어보았다.

"어떠냐, 마침표 찍고! 네 이름이 마음에 드냐?"

"컹컹."

"마음에 든다는 표정이에요!" 내가 말했다. "어, 파란불이에요, 이제 가서도 돼요."

"멋진 이름이지." 할아버지가 차를 출발시키면서 말했다. "개의 이름으로는 딱이로구나. 아주 독창적이야. 엄청 고급스럽고 세련된 이름이란 말이지. 탁월한 선택이지 않니? '쉼표 찍고'라던가 '괄호 열고'보다 훨씬 낫지 뭐냐! 이 녀석이 아주 본능적인 감각을 갖고 있구나. 느낌이 팍팍 오는걸."

할아버지 집에 도착한 우리는 푸조 404의 트렁크를 열고 사료 포대들을 꺼내서 벽장 안에 쌓아놓았다.

"오늘 아주 큰일을 했구나." 나폴레옹이 말했다. "너한테도 줄 게 있단다."

할아버지는 서랍을 열었다. 그리고 뭔가가 잔뜩 들어 있는 마대 주머니 하나를 꺼냈다.

"걱정하지 마라. 이건 사료가 아니니까. 자, 열어보렴."

할아버지의 눈이 장난기로 반짝거렸다.

구슬! 수백 개의 구슬이었다! 흙으로 만든 아주아주 오래된 구슬, 유리구슬, 마노 구슬, 자갈로 만든 구슬, 아이들의 구슬… 그 마대 주머니 안엔 나폴레옹의 유년 시절이 있었다.

"아주 어렸을 때의 것들은 아니야. 아무튼, 그것들을 모으는 데 몇 년이 걸렸는지 모른다. 이제 이 구슬들은 나보다 네게 더 필요하겠지. 알다시피 내겐 놀잇거리가 너무 많아 탈이니까 말이야. 보통은 우표 수집책을 물려주곤 하더라만, 난 우표 따위를 모으는 건 딱 질색이거든. 짜증 나더라고. 우선 편지를 받은 적도 별로 없고. 하기야 뭐, 나도 편지 쓸 생각 같은 건 아예 안 했으니까."

다리가 휘청거리고, 가슴이 뛰고, 턱이 덜덜 떨렸다.

"어쨌거나 훌쩍거리는 건 하지 마라!" 할아버지가 한마디 던졌다.

4

이렇게 해서 마침표 찍고가 우리 가족 안에 들어왔고 다음 날 당장 아빠와 엄마에게 소개되었다. 녀석은 아주 붙임성이 좋고 온순하고 부드러운 녀석인 데다, 아무것도 아닌 일에도 꼬리를 치며 즐거워했다.

"무슨 종이에요?"

"그냥 개지 뭐." 나폴레옹이 대답했다. "왜 그런지 모르겠다만, 난 네가 반드시 그 질문을 할 줄 알고 있었지."

"화내실 건 없잖아요." 아빠가 투덜거렸다. "그냥 궁금했을 뿐이에요. 다들 그렇게 말하잖아요. '이 개는 푸들이에요.', '래브라도예요.', '비글이에요.' 하고 말이에요."

"절대 아니지. 사람들은 그저 '이건 개예요.' 하고 말하는 법이야. 뭐, 어쨌거나 이 녀석은 그냥 잡종 개다. 마침표 찍고!"

"마침표 찍으라고요? 입 닥치라는 말인가요? 알았어요, 알았어요. 아무튼, 별것도 아닌데 화내실 필요 없어요."

"나, 화 안 났다. 이 녀석 이름이 '마침표 찍고'란 말이었지. 아, 하기야 화가 좀 나긴 했어. 언제나 모든 걸 딱딱 분류하고 구분하려는 네 그 태도가 참 짜증 나거든. 넌 어렸을 때부터 유별나게 분류하는 걸 좋아했지. 뭐든 분류해서 틀 안에 집어넣으려고 했잖니. 네가 수집했던 우표들 기억나냐? 넌 항상 그런 걸 좋아했어. 이런 우표는 이런 우표대로, 저런 우표는 저런 우표대로 따로따로 분류해서 각각 작은 상자들속에 모아놓고. 그래서 사람도 그렇게 분류하길 좋아하더구나. 그러니 동물도 무슨 종, 무슨 종 하면서 따지길 좋아하지. 그러면 사람들이 저마다 틀 속에 갇혀서 꼼짝할 수 없게되는 거다…"

아빠가 어깨를 한 번 으쓱하고 물었다.

"그건 그렇고, 아버지. 왜 지금 와서 뜬금없이 개를 키우시겠다는 거예요? 지금 이 시점에…"

"지금이 무슨 시점인데?"

"아뇨, 아무것도 아니에요."

나폴레옹은 과도한 손짓과 몸짓을 쓰면서 지금껏 항상 개

한 마리를 키우길 꿈꿔왔었다고 강조하며 설명했다. 어렸을 때는 벨빌 쪽에 있는 아주 작은 아파트에 살았기 때문에 개를 키울 수 없었고, 훗날 복서가 되고 나서는 직업 때문에 개를 키운다는 건 생각조차 할 수 없었다고 했다. 아무리 마침표 찍고처럼 온순하고 다루기 쉬운 개라고 해도 일정하지 않은 복서의 삶에 어떤 개가 만족할 수 있었을까?

"복서를 그만두고 나선 어땠는지 아니? 네 엄마가 개털에 알레르기가 있더란 말이다. 그러니 어쩌겠냐! 그래서 이제야 겨우 개 키울 결심을 하게 된 거지. 죽을 때까지 함께 갈 수 있는 개 말이다."

아빠가 놀랐는지 눈을 크게 떴다.

"아, 놀랄 것 없다. 저 개가 죽을 때까지라는 뜻이니까." 나폴레옹이 어깨를 으쓱하면서 말했다.

그동안 엄마는 벌써 스케치북을 들고 밖에 나가서 바쁘게 그레파스를 움직이는 중이다. 마침표 찍고는 엄마가 뭘 하고 있는지 벌써 알아차렸는지, 자부심 가득한 모델처럼 기품 있는 옆모습을 엄마에게 보여주고 있었다. 마치 엄마의 스케치북 한 페이지를 멋지게 완성하기 위해 태어난 녀석처럼.

난 작품에 열중하고 있는 엄마 모습을 좋아했다. 엄마는 주변에 있는 모든 걸 그림으로 그렸는데, 그럴 때마다 늘 모델에 완전히 빠져들곤 했다. 주변에 있는 것 중에서 엄마의 화폭에 담기지 않은 건 하나도 없을 정도였다. 엄마는 무려 여섯 살이나 되어서야 말을 시작했고, 그 후에도 줄곧 말을 별로 신뢰하지 않았던 것 같다고 했다. 마치 남겨놓은 말의 양이 얼마 되지 않아 낭비하고 싶지 않은 듯이 몹시도 말을 아꼈다. 그 대신 말로 표현하지 않은 모든 것을 그림으로 그렸다. 크레용이 세 번만 움직이면 종이 위에 그려진 온갖 것들이 엄마 손을 통해 다시 생명을 얻었다. 아주 잠깐의 시간 동안, 엄마는 모델의 눈에서 반짝하고 나타난 미묘한 감정의 빛을 붙잡거나, 얼핏 보기엔 별것 아니어도 실제론 아주 많은 것들을 보여주는 작은 움직임들을 교묘하게 붓의 그물 망 속으로 끌어들이는 재능을 갖고 있었다. 그래서 자연스럽게 현장을 포착한 수백 장의 작은 데생들이 온 서랍들을 다 채우고 있다가, 어느 날 한 묶음의 화첩으로 만들어져서 그다지 일관성은 없어도 시집의 분위기를 지닌 서정적인 이야기들을 들려주곤 했다. 그러고 보니 엄마는 책을 읽으러 종종 도서관이나 학교에 가곤 했다.

아빠는 마침표 찍고의 주위를 한 바퀴 돌아보았다. 그러곤 사전을 들춰보고 나서 그 녀석이 폭스 테리어, 그레이하운드, 스패니얼 그리고 몰티즈의 피가 섞인 개라고 단정 지었다. 정말 수수께끼 같은 품종의 개가 아닐 수 없었다. 특히 화려하고 풍성하고 긴 꼬리는 어느 품종에 속하는지 도무지 짐작조차 할 수 없게 했다. 아무리 봐도 몸통이 다 만들어지고 난 후에 다른 품종의 꼬리를 갖다 붙인 것 같았다.

"아 참!" 잠시 조용히 있던 나폴레옹이 아빠 쪽으로 몸을 돌리면서 말했다. "부탁할 일이 하나 있구나."

그러곤 타자로 친 종이 한 묶음을 커다란 봉투에서 꺼냈다.

"보렴, 이게 그 판사가 내게 보낸 거란다. 좀 읽어주지 않으련? 혼자서도 읽을 수 있지만, 안경을 놓고 와서 말이다."

아빠가 서류를 건네 들고 뒤적거리기 시작했다.

"자, 자… 어디 볼까요… '이혼 사유: 새로운 인생의 시작' 아니, 아버지! 이건 너무 심하잖아요!"

그러나 나폴레옹은 자랑스럽게 미소를 지었고 마침표 찍고는 그런 나폴레옹을 감동 어린 눈빛으로 바라보는 것 같았다.

"한마디로 요약하자면, 두 사람 모두 동의했고 아무런 갈등이 없었다는 내용이네요."

"바로 그거야." 나폴레옹이 말했다. "모두가 만족하니 아주 멋지게 끝난 거 아니냐!"

"아버지에겐 그렇겠죠. 내 생각에 어머니 편에서 보면…"

"구시렁구시렁… 네가 뭘 안다고 그래? 자, 그건 됐고, 그 외에 다른 말은 없느냐?"

"모든 게 다 정리된 것 같아요. 남은 건 기술적인 것들뿐인데…"

"간단히 요점만 말해!" 나폴레옹이 명령했다.

아빠의 시선이 곧장 서류의 아랫부분으로 향했다.

"판사가 연필로 뭐라고 첨부해놓았는지 아세요? '행운을 빕니다!'라고 써놓았네요."

"그 사람 참 친절하더구나, 그 판사 말이야. 우리 사이엔 통하는 게 있더라고. 그 사람에게 하마터면 맥주라도 한잔 하자고 말할 뻔했지 뭐냐."

나폴레옹이 아빠의 손에서 서류를 빼앗으며 말을 이었다.

"액자를 만들어서 작은방에 걸어놔야겠다. 새로운 인생의 시작을 기념하기 위해서 말이야."

그러고는 서류 묶음을 내 코밑까지 바짝 갖다 대고 말했다.

"코코, 보려무나. 아주 멋진 졸업장이지 않니! 나의 첫 번째 수료증이랄까. 로키 사진 옆에 걸어둘 참이다!"

그러면서 미소를 지었다. 푸른 눈이 숱 많은 백발 밑에서 반짝거렸다. 가끔 긴 앞머리가 얼굴 위로 비스듬히 흘러내리곤 했다. 난 할아버지의 그 무사태평한 태도에 감탄했다. 그리고 잔주름들 사이로 보이는 그 시선의 젊음에도 감탄했다. 할아버지는 언제나 두 주먹을 쥐고 있었는데, 아무 문제나 걱정거리가 없을 때도 그렇게 주먹을 쥐었다.

"아버지만 좋으시다면 그걸로 된 거죠." 아빠가 말했다. "아버지는 자기 일에 누가 끼어들어 왈가왈부하는 걸 몹시 싫어하신다는 거 잘 알아요. 내 의견을 우습게 여기신다는 것도요. 하지만 엄마와의 일에선 지나치게 과잉 행동을 하신다고 생각해요. 자, 마지막으로 한번 말씀드린 거예요."

"네 말이 백 번 옳다." 나폴레옹이 말했다.

그 말에 아버지의 눈이 만족감으로 빛났다. 하지만 그 만족감은 나폴레옹이 꼭 집어서 이렇게 말할 때까지만이었다.

"특히 두 가지 면에서 옳지. 남들이 내 일에 끼어드는 걸 내가 안 좋아한다는 점. 그리고 네 의견 같은 건 신경도 안 쓴다는 점."

그러곤 내게로 몸을 돌리고 물었다.

"츄 비 네 타크사스 린 찜쩨르바?(너무 피곤하지 않니?)"

나는 미소만 지었다.

"할아버지가 뭐라고 하시는 거니? 레오나르!" 아빠가 내게 물었다.

"아, 별말씀 아니에요. 아빠가 할아버지를 걱정해주시는 걸 보면 참 다정한 아들이라고요. 그래서 아빠에게 고마우시대요."

환하게 웃는 아빠의 얼굴이 순식간에 내 마음을 부드러우면서도 어두운 슬픔으로 채워버렸다. 엄마가 아빠의 어깨를 다정하게 팔로 감쌌다.

"그래, 어쨌든 맞는 말이지!" 할아버지가 어깨를 으쓱하면서 투덜대듯 중얼거렸다.

* * *

다음 날 나는 학교에서 알렉상드르 라프스지이크라는 아이를 알게 되었다. 그 애는 자기 이름엔 i가 두 개 들어 있다는 걸 강조하며 말했다. 내가 가방 안에 감춰둔 나폴레옹의 구슬들에 집착하듯이, 그 애는 자기 이름에 들어 있는 두 개의 i에 집착했다. 그 애는 모피와 가죽과 벨벳으로 만들어진 모자를 쓰고 있었는데, 깃털까지 달려서 더 이상해 보이는 그 모자를 복도에 있는 옷걸이에 아주 정성스럽게 걸었다. 그런데 그 이상한 물건이 내 마음을 끌었다.

수줍음을 타는 그 아이에게선 약간 쓸쓸하고 슬픈 표정이 엿보였다. 그 때문에 금방 반 아이들의 관심에서 벗어난 반면 호감 같기도 하고 연민 같기도 한 감정을 내게 일으켰다. 그리고 겨우 몇 시간 만에 난 나도 모르게 그 애를 가장 친한 친구로 여기고 있다는 걸 알았다. 그건 나랑 닮은, 그래서 모든 걸 함께 나누고 싶은 친구를 마침내 얻게 되었다는 기쁨 때문이었는지도 모른다. 아니면 나폴레옹의 구슬들이 가져다준 마법 때문이었을까? 알 수 없는 일이지만, 어쨌거나 거부할 수 없는 이 새로운 감정에 취해버린 나는 망설이지 않고 알렉상드르에게 구슬 놀이를 하자고 제안하고 말았다. 난 내가 맡은 이 보물을 더 증가시킬 수 있다는 확신에 차서 나폴레옹의 구슬들을 갖고 게임을 시작했다.

그러나 난 그 구슬들이 새 친구의 주머니 속으로 하나씩 사라지는 걸 지켜봐야만 했다. 그러곤 여전히 되찾아오길 기대하면서 낡은 가방 속에서 끊임없이 새 구슬들을 꺼내고 있었다. 이번엔 틀림없이 운이 바뀔 거야… 하지만 아무런 일도 일어나지 않았다. 심술궂은 요정이 진행 방향을 슬며시 틀어놓고 있는 건지, 내 구슬은 한 번도 예외 없이 결정적인 순간에 목표 지점에서 완전히 벗어나곤 했다.

알렉상드르는 아무 생각 없는 표정과 기계적인 태도로 한 번도 나를 쳐다보지 않은 채 전리품을 자기 호주머니 속으로 차례차례 집어넣었다. 얼핏 봐도 꽤 불룩해진 호주머니 속에 자꾸만 쌓여가는 구슬들이 잘그락거리는 소리를 냈다. 난 '인제 그만하자고 말하자, 안 그러면 전부 잃고 말 거야.' 하고 속으로 생각했지만, 생각과는 다르게 내 손은 구슬을 잃기 바쁘게 매번 가방으로 들어가 다른 구슬을 꺼내고 있었다. 알렉상드르는 아주 뛰어난 기술을 갖고 있었고 그 손의 움직임은 명사수만이 가질 수 있는 정확성을 갖고 있었다.

그나마 덜 예쁜 구슬들이 제일 먼저 사라졌고 뒤를 이어 아주 예쁜 빛나는 구슬들이 사라졌다. 그리고 마지막으로 가장 아끼는 소중한 구슬들까지 모두 사라졌다. 난 겨우 하루 만에 보물을 다 잃고 말았다.

"자, 이제 끝났어. 하나도 안 남았어." 내가 말했다.

이상하게도 난 알렉상드르가 전혀 밉다거나 원망스럽지 않았다. 그저 나 혼자 뭔가 신성한 것을 탕진한 기분이었다.

난 마음만큼이나 텅 빈 가방과 금방이라도 터질 것 같은 흐느낌을 목구멍까지 채운 채 집으로 돌아왔다. 대체 내가 무엇에게 홀렸던 거지? 왜 끝까지 가고 말았던 거지? 하지만 후회해도 소용없었다. 너무 늦은 것이다.

5

구슬의 비극이 있었던 다음 날, 할아버지가 내게 선언했다.

"코코! 오늘부터 너를 부관으로 임명하마. 레오나르 보뇌르를 지금부터 나의 부관으로 임명한다. 빰빠라밤! 자, 이제 확실해진 거다."

"넵! 분부대로 하겠습니다, 황제 폐하!" 내가 병사처럼 차렷 자세를 취하고 말했다.

"자, 지금부터 필라멘트가 끊어진 전구들을 공격하겠다. 그 전구들을 정복하고 나면 우린 더욱 분명하게 미래를 보게 될 것이다! 알겠는가, 코코?"

"넵! 당연합니다." 난 작은 의자를 붙잡았고 할아버지는 의자 위로 올라가 낡은 전구의 나사를 풀었다.

"할아버지, 전구가 끊어진 게 확실해요?"

"걱정하지 마라, 코코. 그리고 이제 할아버지라고 부르지 마라."

"알겠어요, 할아버지. 걱정하진 않지만, 그래도 할아버지 가 감전사로 죽은 가수 클로클로처럼 되길 바라지 않거든 요."

"오, 가엾은 클로클로! 그래, 나도 그 친구 생각만 하면 충 격을 받는단다. 세상에! 전기 충격으로 죽다니… 하하하!" 할아버지는 그 말을 하고 나서 어찌나 웃던지, 작은 의자 위 에 서 있기가 힘들 정도였다. "아, 이젠 진정해야지. 자, 새 전 구 좀 건네주렴."

그때였다. 할아버지 손에서 작은 불꽃이 튀는가 싶더니 순식간에 완전히 캄캄해졌다.

"아얏! 제기랄!" 할아버지가 열기를 식히려는 듯 손을 흔 들면서 말했다. "내가 뭔가 잊어버린 건가? 하지만 이 집에 전기를 설치한 건 분명 나였는데! 이해할 수 없군. 네 할머니 가 누군가를 불러서 모든 걸 다 뒤섞어버린 게 확실해. 맞아, 그렇게 된 거야. 하여간 여자들은 믿을 수 없어. 항상 조심해 야 한다니까."

할아버지가 유연하게 바닥으로 뛰어내렸다. 그런 다음 양 초를 찾아 불을 붙였다.

"자, 빛이 생겼다!" 할아버지가 자랑스럽게 말했다.

마침표 찍고는 이런 상황이 즐거워서 못 견디겠다는 표정이었다. 녀석은 엉덩이를 깔고 앉아 꼬리를 마구 흔들면서 이 즐거운 사건의 속편을 기다리고 있는 듯했다.

"그렇지, 코코?"

"네."

"자, 여기가 우리 둘이 있기엔 딱 안성맞춤인 것 같지 않니?" 할아버지가 낡은 소파에 앉으면서 말했다.

"셋이요!" 난 마침표 찍고를 어루만지면서 할아버지의 말을 정정했다.

할아버지 말이 옳았다. 우린 어둠 속에서 모의를 꾸미고 있는 두 명의 도둑처럼 보였다. 두 명의 도둑과 한 마리의 개.

"저 녀석이 훌륭한 경비견일지 어떨지 모르겠구나." 나폴레옹이 말했다.

마침표 찍고는 할아버지에게 대답이라도 하듯 땅에 등을 대고 누워서 할아버지 손길에 자기 배를 맡겼다.

"자, 여기 내 옆으로 오려무나." 할아버지가 소파를 손으로 탁탁 두드리며 말했다. "네게 할 말이 있어."

할아버지의 목소리는 한없이 부드러웠다. 약간 떨리는 것 같기도 했다. 아주아주 잠깐, 왠지 할아버지가 약해 보인다는 느낌이 나를 강타했다. 너무나 갑작스러운 순간적인 기분이었다. 곧이어 거실 가득히 조제핀의 부재가 느껴졌다. 난 나폴레옹도 나만큼이나 허전함을 느끼고 있다는 걸 확신할 수 있었다.

"코코." 할아버지가 한숨을 쉬었다. "언제나 우리 옆에 있는 사람들이 있단다. 비록 눈에는 보이지 않아도 말이야."

상황은 이랬지만, 그래도 할아버지는 아주 편안해 보였다. 손마디가 굵은 할아버지의 커다란 두 손이 마치 두 장의 커다란 나뭇잎처럼 무릎 위에 놓여 있었고 양초가 주변을 평안한 빛으로 물들이고 있었다.

"이런! 웬 놈의 양초가 이리도 빨리 녹아버리는지!" 할아버지가 중얼거렸다.

그러곤 조금 전에 자신이 한 말에 스스로 놀라서 머리를 흔들면서 말했다.

"자, 우울하고도 제법 철학적이었던 시간은 15분으로 끝내자. 좋아, 이젠 팔씨름이다!"

우리는 정색을 하고 서로를 마주 보았다. 두 손이 맞잡히고 손바닥과 손바닥이 맞닿았다. 근육이 긴장되었다. 두 팔이 오른쪽으로 기울었다가 왼쪽으로 기울기를 계속했고 얼굴은 용을 쓰느라 있는 대로 찡그려졌다. 나는 이까지 앙다물고 고통스러운 표정을 지었다. 이번엔 내가 할아버지를 쓰러뜨려야지. 하지만 내 승리가 확실해진 순간, 할아버지의 손등이 테이블에 거의 닿기 직전, 할아버지가 미소를 지으며 휘파람을 불기 시작했다. 그리고 테이블 위에 올려놓은 다른 손의 손톱들을 관찰하는가 싶더니 아무 힘도 들이지 않은 채 아주 신중하게 그리고 천천히 상황을 뒤집어버리고 말았다. 어느새 출발점으로 되돌아온 내 손은 그만 반대쪽으로 쿵 무너져버렸다.

그때 누군가가 문을 두드렸다.

"누구 올 사람 있어요?" 내가 물었다.

"아무도 없는데. 가서 문을 열어보렴. 그동안 나는 퓨즈를 다시 올려야겠다. 이런, 잠깐도 맘 놓고 쉴 수 없다니까."

두 사람이었다. 똑같은 양복에 똑같은 손가방을 들고 있었다.

"혼자 있니?" 그중 한 사람이 물었다.

그때 집에 전기가 들어왔고 곧이어 갑자기 할아버지가 내 뒤에 나타났다. 내가 깜짝 놀라고 있는 사이 할아버지는 신원 파악도 하지 않은 두 사람을 어느새 들어오게 해서 테이블에 앉게 했다. 할아버지의 두 주먹이 또다시 꽉 쥐어지는 걸 보았다.

"니 아무지조스, 부보! 일리 네 엘테노스 트리 라운돈!(재미있겠구나, 코코! 이 사람들 3라운드도 버티지 못할 거다!)"

두 방문객은 손가방에서 카탈로그와 사진첩 같은 것들을 꺼냈다. 할아버지는 호기심에 찬 눈빛을 하고 주의 깊게 들여다보는 시늉을 했다. 특히 여러 가지 그림에 흥미를 느꼈다.

"자, 한번 보세요." 영업 사원이 말했다. "이건 계단 리프트입니다, 어르신. 힘들이지 않고 2층으로 올라갈 수 있도록 계단 난간을 따라 설치하는 거예요. 개인용 소형 승강기라고 생각하시면 돼요. 최고의 제품이죠."

"괜찮군. 그럼 이건?"

"그건 청력이 약하신 분들을 위한 겁니다, 어르신. 이걸 사용하시면 모깃소리까지 다 들을 수 있어요."

"뭐라고? 정력이 약해져? 천만의 말씀. 난 아직 펄펄해. 아기 소리를 들었다고? 우리 집 개 소리였겠지. 강아지가 아닐세. 어엿한 경비견이란 말이지."

두 남자가 서로 은밀한 눈길을 주고받고는 부자연스러운 미소를 지었다.

"아, 그리고 이건 뭔가?" 할아버지가 손가락으로 다른 그림을 가리키며 말했다.

"그건 시력이 약한 분들을 위한 돋보기입니다."

"돋보기라… 흥미롭군. 근처에서 날마다 보는 못생긴 얼굴들을 굳이 돋보기까지 끼고 볼 필… 그럼 이건? 이상하게 생겼는걸. 애들 장난감 같이 보이는데. 외발 롤러스케이트도 아니고…"

"최근에 나온 보행기예요, 어르신. 티타늄과 탄소강 합금 재질이죠. 제동 장치가 디스크 방식이에요. 거동이 불편하신 분들을 위한 거죠. 어르신도 미래에 대해 생각해보고 계시겠죠?"

"물론이지. 아주 잘 찾아오신 거요. 난 항상 미래를 생각하고 있으니 말이오."

두 명의 외판원들이 만족한 미소를 지었다.

"자, 코코, 우린 항상 미래 생각을 해야 한단다! 부보, 추비 크레다스, 케 리 이라스 체 씨아 아만티노!(코코, 이 녀석들이 이제 어떻게 하는지 잘 보렴!)"

분노의 심지에 불이 붙었으니 이젠 화약통이 터질 일만 남았다. 조용히. 마치 폭죽 앞에 있는 것처럼.

"자, 미래에 관해서 이야기해볼까요!" 두 남자 중 한 명이 선언하듯 말했다. "아주 진지하게 이야기해보죠!"

"내가 먼저 자네들의 미래에 관해 이야기해주지." 나폴레옹이 팔짱을 낀 채, 재치와 꾀로 눈을 반짝이며 말했다. "아주 진지하게 말일세."

두 남자가 조금 놀라 얼떨떨한 표정으로 나를 바라보았다. 난 나 역시 무슨 영문인지 모르겠다는 뜻으로 그들을 향해 어깨를 으쓱했다.

"이것들 보게나, 잠시 후 자네들의 미래가 어떻게 될지 아나? 내가 말해주지. 우리에게 물건을 팔아치우려고 있는 말 없는 말 주절거리는 짓을 당장 그치게 될 거야. 조금 더 먼 장래도 말해줄까? 얼굴에 주먹 한 방씩을 먹는 거지. 자, 그러니까 잘 대답해야 할 걸세. 이 잡동사니 물건들이 어떤 사람들을 위한 건지 말해줄 수 있겠나?"

"아, 그러니까 그게… 어떤 사람들을 위한 것이냐면요… 약간… 아, 그러니까, 약간 연세가 드신 분들…"

"한마디로 늙은이들을 위한 거란 말이지?" 할아버지가 눈썹을 치켜세우고 물었다. "분명하게 말해 보게."

"어, 그러니까. 네, 실은… 그러니까 말씀하신 대로… 그런 분들인 셈이지요."

나폴레옹의 발이 기계적으로 타일 바닥을 탁탁 치고 있었다.

"그건 아마 이 집에 그런 늙은이가 있다고 생각해서 한 말이겠지? 코코, 네 눈엔 이 집에 늙은이가 보이니?"

"아뇨." 나는 방 안을 샅샅이 살피는 듯이 몸을 돌려 사방을 둘러보면서 말했다. "그런 분은 한 명도 없는데요! 심지어 마침표 찍고도 아직 어리잖아요."

"아니, 그게 저…"

두 명의 페더급 선수들은 어쩔 줄 몰라 쩔쩔매며 말까지 더듬었다. 그들은 감히 아무 말도 더 하지 못했다. 내 눈엔 할아버지가 아주 거대하게 보였고 할아버지의 실루엣이 천장까지 점점 커지는 듯했다. 할아버지가 테이블을 내리쳤다. 테이블이 두 쪽으로 쪼개졌고 위에 놓였던 카탈로그들이 공중으로 솟구쳤다.

"빌어먹을, 자네들 말은 지금 이 방에 늙은이가 있다는 거지? 그래, 안 그래? 제기랄. 그게 뭐가 어려운 질문이라고 대답을 못 하는 거야! 자네들이 아무리 초등생들 같아도 그쯤은 알 수 있잖은가! 대화 능력이 조금만 있어도 대답할 수 있는 질문인데 왜 그러나?"

위로 솟구쳤던 카탈로그들이 벽에 부딪혀 퉁겨졌다가 다시 앞으로 뻗은 할아버지의 팔에 부딪혀 떨어졌다.

"아뇨, 아닙니다. 이 댁엔 어르신이 없네요… 저희가 번지수를 잘못 찾았군요. 여긴 노인 분이 안 계시는데… 그럼 실례했습니다, 이만 가보겠습니다…"

곧이어 쏜살같이 출발하는 자동차 소리가 들렸다.

"미련한 놈들. 아직도 살아갈 날이 창창하기만 한데 벌써 내 목숨을 뺏어갈 궁리를 해? 저승사자 같은 놈들. 코코, 이리 오렴. 기분 좀 풀어야겠다."

난 할아버지가 뭘 어쩌자는 건지 알고 있었다. 우린 얼굴과 얼굴을 마주하고 섰다.

"자, 코코, 권투, 권투. 자, 자, 오랜만에 다리 좀 쓰게 해다오!"

나폴레옹은 날씬하고 팔다리가 가늘어서 옆에서 보면 정말 부피가 없어 보인다. 하지만 정면에서 보면 산처럼 거대해 보였다.

"조심해, 가드, 가드! 방어해야지. 자, 내 다리를 잘 보렴."

얼굴 앞으로 두 주먹을 들고서 상체를 앞으로 불쑥 내민 할아버지는 과거의 권투 선수 모습을 그대로 간직하고 있었다. 그 자세의 할아버지는 영원했고 언제 어디서 어떤 적과도 맞붙어 싸울 준비가 되어 있었다.

할아버지는 1952년에 라이트헤비급 세계 챔피언 자리를 놓고 싸웠으나, 판정승으로 아슬아슬하게 지고 말았다. 로키에게 진 것이다. 나는 아직도 그 경기를 기억하고 있었다. 당시의 신문들이 일제히 앞다퉈 보도했던 그 마지막 시합…

복서로서의 경력에 왕관을 씌워주고, 동시에 그 경력을 마무리 지어줬던 시합이었다. 할아버지가 그때의 패배 직후에 글러브를 벗어 던졌기 때문이다. 난 그 수수께끼 같은 시합에 관해서 감히 할아버지에게 물어볼 용기가 없었다. 하지만 얼마 전에, 왜 그랬는지 모르지만, 할아버지에게 이렇게 물어봤다.

"그 시합에서 무슨 문제가 있었던 거예요? 시합에서 패배한 원인을 알고 계셔요?"

개에게 먹이 주는 일에 집중하고 있던 할아버지는 내 질문을 못 들은 척했고 그렇게 제법 긴 시간이 흘렀다. 그러다 마침내 무뚝뚝하게 이렇게 말했다.

"이유는 없다. 내게 문제될 건 하나도 없었어. 양심을 팔아먹지 않은 심판이 단 한 명밖에 없었다는 게 문제라면 문제겠지."

할아버지는 작은 하얀 행주에 두 손을 닦았고, 내겐 그 몸짓이 더는 질문하지 말라는 뜻으로 받아들여졌다.

"신문이 하는 말은 특히 믿을 게 못 돼." 할아버지는 내 생각을 읽기라도 한 것처럼 그렇게 말했다. "바보들 같으니라고! 모조리 거짓말쟁이들이야!"

그러고는 밥그릇 속에 코를 처박고 쩝쩝거리면서 정신없

이 밥을 먹고 있는 마침표 찍고를 바라보며 잠시 아무 말이 없었다.

"이렇게 게걸스럽게 먹다니! 정말 개처럼 먹는구나! 안 그러냐?"

할아버지가 꿈꾸는 듯한 희미한 시선을 들어 내게로 향했다. 그 시선에서 난 갑자기 시간이 멈춘 것 같은 기분이 들었다. 식탁 위에선 양초가 거의 다 타들어가는 중이었다. 할아버지가 그제야 생각이 난 듯 숨을 훅 불어서 촛불을 껐다.

"그 후에 왜 권투를 그만두셨어요? 난 그게 잘 이해되지 않아요. 어째서 곧 설욕전을 하지 않으셨던 거예요?"

"이리 와보렴!"

작은방 쪽이었다. 그곳은 복서의 신성한 성소였으며 모든 과거 중 일부가 거기 보존되어 있었다.

심판들이 수여한 공로상장이 정성스럽게 액자에 끼워져 벽 중앙에 걸려 있고 조금 떨어진 곳엔 권투 시합 중의 사진들이 붙어 있었다. 부드러운 새틴의 하얀 팬츠를 입은 나폴레옹의 날씬한 근육질의 두 다리가 공중에 떠 있었다. 사진마다 턱을 꽉 다물고 있는 나폴레옹은 라이트 훅을 날리고 있거나 어퍼컷을 올리고 있거나 아니면 가드 자세를 취한 채 상대의 훅을 능숙하게 피하고 있었다. 언제나 무적의 선수였고, KO 패는 단 한 번도 없었다.

"코코, 들어보렴…"

난 귀를 기울였다.

"군중들의 소리가 들리니? 함성이 들려? 주먹으로 상대를 강타하는 소리도 들리고? 그래?"

내 귀에 들리는 거라고는 욕실의 수도꼭지에서 똑똑 물이 떨어지는 소리뿐이었지만, 그래도 고개를 끄덕였다.

나폴레옹은 사진 속의 자기 얼굴을 가만히 응시했다.

"코코, 난 점 하나도 변하지 않았단다. 시간이 나를 비껴갔거든."

"맞아요, 할아버지. 조금도 안 변하셨어요. 앞으로도 절대로 변하지 않을 거예요. 그렇죠? 변하지 않을 거죠?"

"절대로! 약속하마."

나폴레옹은 로키의 사진 앞에 못 박힌 듯 서 있었다. 두 눈이 가늘게 찌푸려졌고 어깨도 가늘게 떨고 있었다.

사각 진 얼굴, 꽉 다문 입술과 턱, 땀으로 번들거리는 두 어깨, 두 뺨에 바짝 붙다시피 한 두 주먹. 로키. 그 위대한 로키. 할아버지의 마지막 상대.

나폴레옹이 한숨을 쉬고 나서 말했다.

"로키에게 설욕전을 한다고? 그 불한당 같은 놈은 정말 잘 싸웠어. 그런데 그놈이 그만 그 시합 후에 며칠 안 돼서 죽은 거야. 정말 어이없게도 멍청한 질병에 걸려서 말이다. 어떤 병이었는지 기억도 안 나는군. 가끔 그놈이 놀리는 소리를 듣곤 하지. 그 나쁜 놈이 나를 이긴 거야!"

나폴레옹은 우리가 온종일 충분히 일했다고 생각했다. 그래서 우리 집에 전화를 걸어서 나를 바꿔주며 말했다.

"자, 물러터진 불알이다."

6

물러터진 불알은 다름 아닌 우리 아빠다.

나는 그 이상한 표현이 무슨 뜻인지 오랫동안 알지 못했다. 아마도 친근하고 특히 애정이 담긴 표현일 거라고만 생각했었다. 하지만 어느 정도 자라서 그 말이 유약한 남자를 뜻한다는 걸 알고부터는 할아버지가 그 단어를 사용할 때마다 몹시 불편하고 불쾌한 기분을 느끼지 않을 수 없었다. 그 심한 표현에 놀랐던 나는 아빠가 받았을 모욕감을 나도 함께 느끼곤 했다.

"그래, 너냐? 내가 네 아들을 볼링장에 데리고 갈 생각이다."

할아버지가 내게 한 눈을 찡긋했다.

"언제 돌아올 거냐고? 글쎄, 모르겠구나. 뭘 그런 걸 묻고 그러냐! 내가 절대로 시계를 안 차고 다닌다는 걸 알면서!

네가 준 시계? 아, 그건 잃어버렸지. 아니, 팔았던가? 기억도 안 나는구나. 그리고 말이다, 너도 알겠지만, 볼링이란 건 언제 시작하는지는 알아도 언제 끝날지는 전혀 알 수 없는 거거든. 뭐라고? 오, 넌 모를 거다, 정말이야. 숙제? 아, 그거야 벌써 했지."

할아버지는 수화기를 한 손으로 가리고 내게 속삭였다.

"네 아비가 날 잡고 안 놔주는구나. 준비하렴, 곧 갈 수 있게."

그러고는 다시 전화로 이야기를 계속했다.

"문법 쪽지 시험? 물론이지. 그럼, 받아쓰기도 두말하면 잔소리고. 모든 게 다 완벽하다니까."

그동안 나는 볼링화와 볼링공을 꺼냈다. 나폴레옹이 드디어 전화를 끊었다.

"봤니, 코코? 내가 물러터진 불알한테 거짓말을 좀 했다. 네 아비는 맨날 숙제만 생각한다니까. 네가 아비를 안 닮아서 얼마나 다행인지 모르겠구나."

심장이 죄어왔다. 난 그저 할아버지를 향해 미소만 지었다. 우린 누군가를 좋아하고 감탄한다고 해서 항상 그 사람을 닮는 건 아니다. 나폴레옹은 검은 가죽점퍼를 입었다. 그리고 우린 현관 매트 밑에 열쇠를 넣어두고 집을 나섰다. 할아버지가 내게 푸조 404의 문을 열어주었다.

"황공하옵니다, 폐하."

할아버지는 자신의 볼링공을 갖고 있었다. 반짝반짝 윤이 나는 까만색의 아주 무거운 공인데 Born to Win(이기기 위해 태어났다)라고 영어로 씌어 있었다. 권투 글러브 위에도 하얀색 실로 꿰맨 똑같은 문장이 있었다. 할아버지는 그 문장이 몹시 세련되고 당당하고 멋지다고 생각했다.

할아버지는 권투를 그만둔 이후에 무료함을 달래기 위한 취미로 볼링을 발견했고, 링 위에서 그랬던 것처럼 레인 위에서도 아주 빠르게 두각을 나타냈다.

"정확할 것, 유연할 것, 섬세할 것, 이것이 볼링의 3계명이란다. 구슬치기도 마찬가지지!" 할아버지는 종종 그렇게 말했다.

할아버지는 주차장에서 세 대의 차를 주차할 수 있는 자리에 떡하니 가로로 푸조 404를 주차했다. 그리고 우리는 볼링장 안으로 들어갔다.

그날 저녁 할아버지는 몸 상태가 아주 좋았다. 먼저 짧은 스텝을 밟은 후에 우아하게 한 발을 앞으로 쑥 내밀었다. 마치 멋진 가위처럼. 공은 할아버지의 손과 헤어지기 싫은 듯 마지못해 떠나는가 싶었는데, 일단 손에서 떨어지자 어찌나 우아하고 부드럽게 앞으로 나아가던지, 바닥을 스치지도 않고 에어쿠션 위를 굴러가는 것 같았다. 한 소녀가 파란 수영복을 입고 춤을 추는 작은 스크린 위에 점수가 기록되었다. 할아버지는 그렇게 해서 무려 열 번의 스트라이크 행진을 했고, 결국 우리 주위에 사람들이 몰려들게 만들고 말았다.

나폴레옹이 세기의 그랜드슬램을 이루기 위해 집중하는 순간, 경건하다시피 한 고요함을 깨뜨리고 들려온 소리가 있었다.

"영감님, 공 떨어뜨리지 마슈."

그 말에 할아버지의 얼굴이 굳어버렸다. 할아버지는 다시 공을 두 손으로 들고서 날카로운 시선으로 주위의 관객들을 훑어보았다. 조롱 섞인 표정을 하는 한 무리의 소년들이 보였다. 아마도 그날 밤을 병원에서 끝내기로 작정한 것 같았다. 나폴레옹은 감정을 자제하고는, 마음을 진정시키기 위해 크게 숨을 쉬었다. 그러고는 다시 스텝 자세를 잡았다.

"자, 준비하시고, 쏘시고! 영감태기 파이팅!" 또 다른 소년이 말했다.

이어서 주변이 쥐 죽은 듯 더 조용해졌다. 할아버지는 다시 공을 내려놓고 마른기침했다. 하나도 거칠 것이 없는 당당한 표정이었다.

"가자, 코코. 어디서 시궁창 냄새가 나는구나." 할아버지가 큰 소리로 말했다.

* * *

"그래서?" 다음 날 알렉상드르가 물었다. "그래서 어떻게 끝났어? 오, 빨리 이야기해봐. 궁금하단 말이야."

"재미있어?" 내가 물었다.

"재미있고말고. 빨리 말해봐. 어서!"

"그래서 우린 다시 야간 주차장으로 갔어. 그랬더니 그 애들이 거기서 우릴 기다리고 있더라고. 자기들 손가락 마디를 뚝뚝 꺾으면서 위협적인 몸짓을 하는 거야. 어떤 모습인지 상상이 되지?"

"와, 세상에!" 알렉상드르가 외쳤다. "그래서 너랑 할아버지는 다시 볼링장 안으로 들어갔어?"

"절대 아니지. 할아버지가 아무렇지도 않은 목소리로 그 녀석들에게 한마디 했어. '평소라면 엉덩이 한 대씩 때려주고 말겠지만, 오늘은 예외로 해야겠구나. 자, 누구부터 시작해줄까?'

"넌? 넌 어디 있었는데?"

"난 그냥 404 안에 조용히 앉아 있었어. 할아버지의 볼링 공을 갖고 말이야. 팝콘만 없다 뿐이지 완전히 영화관에 와 있는 기분이더라니까!"

"안 무서웠어? 할아버지가 걱정되지 않았어?"

난 웃음을 터뜨렸다.

"무서웠냐고? 할아버지가 걱정되지 않았느냐고? 할아버지가 내게 조용히 말씀하셨지. '일이 좀 성가시게 되어 미안하구나. 잠깐이면 되니까 기다리렴.' 그러고는 팍! 팍! 팍! 순식간에 모두 때려눕히셨어. 한 놈, 한 놈. 아! 너도 그 장면을 봐야 했는데! 그놈들이 땅바닥에 누워 꿈틀대면서 신음하고 있는데, 할아버지가 한마디 하셨지. '이제 엉덩이 까고 싶지 않으면 썩 꺼져!'

"그랬더니?"

"그랬더니 모두 걸음아 날 살려라 하고 도망쳤지 뭐."

"와, 멋지다! 넌 정말 이야기를 잘하는구나."

알렉상드르 라프스지이크는 자기 가족에 관해서나 이곳으로 이사 오게 된 이유에 대해 아직 한마디도 하지 않았다. 그 애는 학기가 시작하고 난 후에 전학을 왔다. 그는 사람들이 자기 과거에 대해 이것저것 캐묻는 걸 싫어하고, 또 두려워하는 게 분명했다. 그런데도(어쩌면 오히려 그런 이유로) 아이들 대부분이 그 애에게 질문 공세를 해댔다. 어디서 살다 왔니? 부모님은 뭘 하시니? 아빠와 엄마, 두 분 모두 다 계시니? 등등.

난 그 애가 그런 질문들에 대한 대답을 회피하기 위해 무던히도 발전시켰을 그 기술에 감탄했다. 구슬치기의 기술만큼이나 능숙한 것이었다. 더욱이 얼마 지나지 않아 아이들도 그렇게 질문해대는 일에 곧 지쳐버렸다. 결국, 그들은 알렉상드르에 대해 하나도 알아낼 수 없다는 걸 체념하고 받아들인 것 같았다. 대신 완전히 그 애를 무시하는 것으로 그에게 복수했다. 그래서 알렉상드르 라프스지이크는 우리 반에서 존재하지 않는 사람처럼 되어버렸다. 거기다 그 애의 괴벽도 그 애를 왕따로 만드는 데 한몫했는데, 다른 아이들은 그 괴벽을 혐오했지만, 난 호기심이 발동했다. 그 애는 벌레들을 관찰하고 따라다닐 뿐 아니라, 다른 애들이 지나가다 무심코 밟아버릴까 봐 벌레들을 안전한 곳으로 옮겨주느라 노는 시간을 다 보냈기 때문이다. 알렉상드르 라프스지이크, 그 애는 초시류, 막시류 같은 학명이나, 잔꽃무지라든지 만티고라 대왕길 앞장이 같은 들어보지도 못한 곤충들의 이름까지 줄줄 꿰뚫고 있었다. 내겐 그런 이름들이 나폴레옹의 에스페란토어만큼이나 빛나고 소중하고 시적인 이름으로 들렸다.

비록 학교 가는 길까지 함께 가는 정도일 뿐이었지만, 그래도 우린 둘이서 많은 시간을 보냈다. 그 애가 전학 온 후로 시작된 우리의 우정은 내가 자기 가족에 대해 어떤 질문도 하지 않는다는 걸 그 애가 깨달은 이후부터 더욱 견고해졌다. 나폴레옹의 구슬에 대해서 말하자면, 난 구슬을 다 잃었다는 생각조차 잊고 지냈었다. 그런데 볼링장에서 있었던 나폴레옹의 영웅담을 듣고 난 후, 그 애가 호주머니에서 작은 비닐봉지 하나를 꺼내더니 그것을 열고 그 안에 손을 집어넣으며 말했다.

"난 네가 네 할아버지의 모험담을 이야기해줄 때가 정말 좋아. 넌 구슬치기보다 이야기를 더 잘하는구나. 자, 이 구슬 하나 받아."

"어, 이건…"

"어서 받아. 자, 받으라니까. 그리고 이야기 좀 더 해줘."

7

난 아빠를 볼 시간이 별로 없다. 아빠가 아주 일찍 은행으로 출근하기 때문이다. 침대에 누워서 아빠의 자동차가 출발하는 소리를 들었다. 아빠는 엔진을 가열하는 동안 라디오 주파수를 맞추었다. 그리고 잠시 후에 자갈돌 위로 바퀴 구르는 소리를 내며 멀어져갔다. 메트로놈의 소리처럼 늘 정확하게 이뤄지는 이 의식은 나를 안심하게 해주었다. 내가 일어나 씻고 있을 때면, 엄마는 벌써 크레용을 잡고 있었다. 난 엄마가 밤새도록 작은 아틀리에에 있었다고 느낄 때가 가끔 있다. 그 작은 화실은 선박의 꼭대기 층에 있는 선실처럼 생긴 다락방 한구석에 엄마가 꾸며 놓은 것이다. 그곳은 천장이 낮아서 나만 유일하게 서 있을 수 있다. 난 그곳을 구석구석 샅샅이 뒤지는 걸 좋아했고, 그곳에서 풍겨오는 물감 냄새, 유약 냄새, 파스텔과 크레용 냄새들이 좋았다.

엄마는 직장의 엄격한 시간표에 따라, 존경하는 거장들과 함께 좀 더 고전적인 작업을 하고자 노력했지만, 몇 주만 지나면 항상 일터에서 쫓겨나곤 했다. 그건 엄마가 시간을 잘 지킬 수 없었기 때문이기도 했고, 때로는 서류들과 문서들 위에 자신도 모르게 그림을 그리고 있었기 때문이기도 하며, 또 어떤 때는 엄마가 사무실 책상 위에서 잠이 들기도 했기 때문이다. 하지만 무엇보다도 출근 첫날부터 한마디도 입을 열 수 없었다는 게 가장 큰 이유였다. 엄마는 직장에서 아무것도 할 수 없었을 뿐 아니라, 한 번도 입을 열지 못했다. 한마디로 엄마는 직업의 세계에 적응이 되지 않았다.

하지만 그런 엄마가 꽃 한 송이를 그릴 때면, 보고 있는 사람은 누구나 꽃향기를 맡고 있다는 착각을 하게 된다. 꽃가루에 알레르기가 있는 사람이라면, 재채기까지 하고 싶을 정도다. 엄마의 그림은 언제나 햇빛이 가득했기 때문에 따사로운 열기가 느껴지는 듯했다. 또 엄마는 하늘에서 내리는 비를 진짜처럼 그려낼 수 있는 몇 안 되는 화가 중 한 명이었다. 엄마의 화첩 중 한 권은 처음부터 끝까지 비로 채워져 있다. 안개비, 이슬비, 보슬비, 가랑비, 장맛비, 소낙비 등등. 그 화첩을 넘기고 있으면, 지붕 위로 빗방울 떨어지는 소리가 후드득후드득 들리고, 피부 위로 빗방울이 느껴지는 것 같고, 여름비에 흠뻑 젖은 꽃과 나무에서 풍기는 독특한 향까지 나는 듯했다.

흔히 그렇듯이 오늘 아침에도 나는 엄마를 깜짝 놀라게 해주고 싶어서 소리를 내지 않으려고 살금살금 계단을 올라갔다. 하지만 엄마는 뒤도 돌아보지 않은 채 말했다.

"네가 오는 소리 들었어! 이번에도 실패야!"

엄마는 온통 어질러진 가운데서 그림을 그렸다. 나는 정리라곤 하나도 되어 있지 않은 그 혼돈이 재미있었다. 데생 종이들이 금방이라도 쓰러질 듯 위태위태하게 피라미드를 이룬 채 쌓여 있고, 디스켓, 책, 작은 상자 같은 잡동사니 무더기들이 마법처럼 아슬아슬한 균형을 이루고 있는가 하면, 벽에 붙인 사진들도 서로 포개져 있는 데다, 바닥에서는 갖가지 색의 표지를 가진 화첩들이 발에 챘다. 나는 어떻게 이같은 무질서 속에서 이토록 맑고 순수한 그림들이 나올 수 있는지 궁금했다.

"오늘 나폴레옹 집에 갈 거니?" 엄마가 물었다.

"네. 오늘 벽지를 공격하기로 했어요."

"아, 맞아, 그랬지." 엄마가 즐거운 미소를 지으며 말했다. "네 아빠는 별로 좋아하시지 않을 거야. 나폴레옹의 행동이 항상 지나치다고 생각하니까 말이야."

며칠 전에 벽지를 고르러 갔던 목공 가게에서 나폴레옹은 물건을 사고 그 값을 아빠 계좌로 달아났다. 가게에선 할아버지와 아빠의 성이 같으므로 그 계략을 눈치채지 못하고 그냥 넘어갔다.

"잘 계시니?" 엄마가 물었다.

"할아버지요? 아주 잘 계셔요. 내가 할아버지를 따라다니기가 벅찰 정도인걸요!"

엄마는 자신이 그리는 인물들과 닮았다. 인물들은 한결같이 생명력과 기쁨에 가득 차 있고, 일반적으로 어른들이 고민하는 모든 문제로부터 태평했다. 하지만 또 한편으론 조용하면서도 부드러운 애수가 깃들어 있었다. 그들을 영원히 떠나지 않을 것 같은 애수였다. 그 인물들은 티 없이 맑게 웃고 있다가도 페이지 한 장 넘기는 사이에 금방 굵은 눈물을 뚝뚝 떨어뜨릴 것 같은 느낌을 주었다. 언젠가 엄마가 그림책을 만든 적이 있는데, 온몸을 움직이지 못하는 희소 병에 걸린 어린 소녀의 이야기였다. 소녀는 그 병 덕분에 데생과 회화의 즐거움을 발견했다고 했다. 그래서 난 엄마가 그 책에서 자기 이야기를 하고 있다는 걸 알았다. 게다가 어린 소녀의 이름도 엘레아였다. 엄마의 이름.

물이 가득 들어 있는 물통에 붓을 담그며 엄마가 말했다. 태평하게 보이려고 애쓰는 어조였다.

"너랑 할아버지가 둘이서 무슨 일을 꾸미는지 아무도 모르게 비밀로 하고 싶어 한다는 건 엄마도 잘 알아. 하지만 언제라도 도움이 필요하면, 우리에게 신호를 보내주렴. 때로 어떤 일이 일어날지 모르는…"

엄마는 말하다 말고 침묵했다. 난 엄마가 그 문장을 끝내지 않을 거라는 걸 알았다. 아닌 게 아니라 엄마는 정말 다시 붓을 잡았다.

"엄마가 지금 그리고 있는 건 어떤 이야기예요?" 내가 물었다.

엄마가 짓궂은 미소를 지었다.

"나도 내가 그리는 이야기를 아무에게도 알리지 않고 비밀로 하고 싶단다. 때가 되면 너도 읽게 될 거야."

"곧?"

"글쎄, 그건 모르겠는데."

난 계단을 내려가다가 말고 멈춰 서서 말했다.

"엄마, 물어보고 싶은 게 있어요."

"뭔데?" 엄마가 그림에서 눈을 떼지 않고 말했다.

"나폴레옹이 왜 조제핀과 헤어졌는지 정말 이해할 수 없어요. 할머니는 분명히 새로운 삶을 산다는 데 동의했을 거예요. 그런데 할아버지는 끊임없이 할머니 생각을 하는 것 같아요. 말씀은 안 해도, 내가 느끼기엔 확실히 그래요."

엄마의 붓이 종이 위에서 미끄러지다가 움직이지 않았다. 엄마는 잠시 침묵하다가 대답했다.

"가서 나폴레옹을 잘 도와드리렴, 우리 아들. 황제에겐 항상 그만한 이유가 있는 법이란다."

* * *

나폴레옹이 사는 집까지는 자전거로 몇 분이면 충분했다. 할아버지 집은 우리 집보다 훨씬 작다. 그리고 푸른색 덧문이 있어서 바닷가 어부들의 오두막집을 생각나게 했다.

내가 도착했을 때는 거실이 이미 짙은 수증기 속에 잠겨 있었다. 며칠 전 우리는 거실의 가구들을 모두 한가운데로 모아놓았었다. 나폴레옹은 벽지를 떼기 위해 수증기 뿜는 기계를 손에 들고 있었다. 용처럼 포효하며 수증기를 뿜어대는 기계는 마치 레르네 늪의 괴물 히드라를 공격하는 헤라클레스처럼 보였다.

습기를 잔뜩 먹은 벽지들이 흐물흐물해져 있었고, 마침표 찍고가 주둥이로 그것들을 열심히 공격하는 중이었다.

"몸 상태는 어떠냐, 코코?"

"최고예요. 폐하는요?"

"완벽해. 무쇠솥도 단번에 들 것 같은걸. 완전히 딴사람이 된 것 같지 뭐냐. 자, 창문을 좀 열어라. 수증기 때문에 아무 것도 안 보이는구나."

창문을 열자마자 수증기가 밖으로 빠져나갔다. 희끄무레한 구름이 거의 순식간에 밖으로 빨려 나갔다. 엄마라면 정말 실감 나게 그릴 수 있을 장면이었다.

나폴레옹이 증기를 뿜어대는 기계를 껐다. 그리고 날 향해 벽지 긁는 긁개를 던졌고, 난 그것을 공중에서 턱 받아 잡았다.

"잘해보렴! 그 후에 방수제를 한 번 칠하고, 점심 먹고 나서 페인트칠을 하자꾸나. 절대로 시간이 오래 걸리지 않을 거야. 알았지, 코코?"

"알았어요."

"고개를 숙이고 공격해야 해. 그랬다가 적당한 때를 봐서 상대를 깜짝 놀라게 하는 거야. 그것밖에 없지! 모든 전투는 상대를 놀라게 해서 이기는 거야! 안 그러면 상대에게 재정 비할 시간을 주게 되고, 그러면 더 어려워지거든."

할아버지는 사다리 발판 위에 올라앉아서 거미 다리처럼 가늘고 섬세한 팔다리를 쭉 뻗었다. 풀 냄새와 축축한 벽지 냄새가 코에 들어왔다.

"황제 폐하." 내가 말했다. "로키 말이에요, 그를 잘 아세요?"

할아버지가 벽지를 긁던 손길을 멈추고, 잠시 가만히 눈을 감고 있다가 말했다.

"로키? 약간… 탈의실에서 마주치곤 했지. 같은 체육관에서 훈련한 적도 있고. 그 친구, 믿기 힘들 정도로 멋진 사내였단다! 언제나 샌드백처럼 우편물이 빵빵하게 들어 있는 가방을 갖고 다녔지. 그런데 글을 읽을 줄을 몰라서 받은 편지들을 아예 열어보지도 않는 거야. 사람들이 편지를 많이 보내주면 줄수록 더 강해지는 기분이라는 말을 여러 번 했었지. 한 번도 패하지 않고 복서의 경력을 끝낸 유일한 선수였단다. 단 한 번도. 무적의 선수였어. 무! 적!"

"하지만 할아버지가 그를 물리칠 수 있었잖아요."

"에 또, 코코! 화제를 바꿔보자꾸나."

"로키에게도 자녀들이 있었겠죠? 그렇죠?"

나폴레옹이 벽지 긁개를 닦았다. 옆에서 보는 할아버지의 몸은 바닥에 널려 있는 종이 띠들만큼이나 얇았다. 할아버지가 나를 향해 시선을 들었다. 그때 갑자기 수증기에 날려가듯이 조제핀의 향기가 빠져나가고 있음을 깨달았다. 난 나폴레옹과 함께 외로움을 느꼈고, 곧 그런 감정이 부끄러워졌다.

"자녀들?" 할아버지가 중얼거렸다. "모르겠다. 자, 좀 쉬자. 이제 교양을 쌓을 시간이구나."

그러고는 바구니에 골인시킬 수 있다고 자신하는 농구 선수처럼 우아하고도 경쾌한 몸짓으로 닭개를 대야에 던져 넣었다.

* * *

작은 트랜지스터가 몇 초 동안 찌직 소리를 내더니 곧 아나운서의 목소리가 똑똑하게 들렸다.

우린 이 게임 프로의 모든 걸 다 좋아했다. 매 회마다 첫날처럼 감격에 겨운 목소리로 관중들에게 자기와 함께 '1만 유로에 도저어어어언!' 하고 외치도록 유도하는 사회자의 목소리며, 질문이 끝날 때마다 따라오는 고요함, 고민할 시간이 끝났음을 알리는 3개의 피아노 음 그리고 무엇보다도 도전을 멈출 건지 계속할지를 선택해야 하는 도전자의 망설임과 도전자들을 응원하는 관중들의 환호, 그 모든 게 좋았다.

"도전! 도전! 도전!"

"전 여기서 멈추겠습니다." 때로 이렇게 말하는 도전자도 있었다.

"저런, 물러터진 불알 같으니라고! 못 먹어도 고를 해야지!" 나폴레옹은 그렇게 외쳤다.

나폴레옹이 이 프로를 듣는 습관이 생긴 건 예전에 몰았던 택시 안에서였다. 이 프로가 시작할 시간이 되면, 나폴레옹은 차에 탄 손님의 갈 길이 급하거나 말거나 어김없이 갓길에 차를 세우고 들었다고 한다.

장수 프로인 탓에 진행자들이 벌써 여러 번 바뀌었지만, 나폴레옹은 그들을 모두 혼동했다. 그리고 누가 은퇴를 했는지, 누가 죽었는지, 지금 프로를 맡아서 질문하고 있는 자가 누구인지 더는 기억하지 못했다. 그리고 그들 모두를 한 인물 속에 모아놓고 '아무개'라고 불렀다.

그날 나폴레옹은 정어리 통조림 하나를 땄다. 그리고 엄지와 검지로 정어리 한 마리를 꼬리를 잡고 꺼내서 마침표 찍고에게 주었다. 마침표 찍고는 한입에 삼켜버리고 나서 나폴레옹의 넓적다리에 주둥이를 갖다 댔다. 할아버지는 정어리 두 마리를 으깨어서 빵 조각에 바른 다음 하나를 내게 내밀었다.

"난 취사병이 돼야 했었어." 할아버지가 정어리 샌드위치를 입으로 베어 물며 말했다.

드디어 첫 번째 질문이 나왔다.

"어려운 문제입니다. 집중해서 들으세요. 왜 노벨 수학상은 없는 걸까요?"

몇 초가 흘렀다.

"잘 생각해보세요." 진행자가 말했다. "어려운 질문입니다. 의외의 답이 기다리고 있지요."

나폴레옹이 머리를 끄덕이며 생각했다.

"넌 아니?" 할아버지가 물었다.

난 어깨를 으쓱하면서 머리를 가로저었다.

마침내 생각할 시간이 끝났음을 알리는 세 개의 음이 울려 퍼졌다. 가차 없고 냉혹한 세 개의 음.

"잘 들으십시오! 이 유명한 상을 만들어낸 노벨의 아내에게 내연남이 있었는데, 그가 바로 수학자였습니다. 노벨이 수학 천재에게 상을 주길 거부한 것은 바로 그에 대한 복수 때문이었지요."

그 일화는 할아버지를 즐겁게 해주었다.

"마침표 찍고, 너도 들었니? 아이고, 바보들! 모두가 바보 멍청이들일세!"

호기심이 갑자기 더 발동했는지, 할아버지는 눈썹까지 찌푸려가며 라디오에 더욱 바짝 귀를 갖다 댔다.

"쉿!"

"난 아무 말 안 했어요, 오히려 할아버지가…"

"쉿! 조용히 하라니까. 빌어먹을, 넌 들었니?"

난 들었다. 며칠 후 우리 집 근처에서 생방송이 진행될 거라는 말을. 나는 그 기쁜 소식을 나폴레옹만큼이나 만끽했다. 진행자는 우리 도시만의 비교할 수 없는 장점들을 계속 치켜세우고 있었다.

"아! 뭐니 뭐니 해도 이 도시에선 숲과 성이 유명하지요. 황제가 살던 곳이니까요. 또 그 유명한 체육관도 빼놓을 수 없을 겁니다."

"언젠가 한 번은 와야 했어." 할아버지가 말했다. "그러고 보니 여기 오기로 하기까지 우릴 보러 오느라고 그렇게 시간이 걸린 거로구먼!"

할아버지는 라디오를 껐다. 그리고 팔꿈치를 두 무릎 위에 놓고 손바닥으로 턱을 괴었다. 약간 넋이 나간 것 같기도 하고, 깊은 생각에 젖은 것 같기도 한 표정이었다.

할아버지가 갑자기 나더러 가까이 오라는 손짓을 했다.

그리고 조용한 목소리로 말했다.

"너, 그거 아니? 한 가지 궁금한 게 생겼단다."

"아! 뭔데요?"

"아무개가 정말 행복할까 하는 생각이 드는구나. 단 5분도 궁둥이를 붙이고 있을 수 없이, 매일매일 도시에서 도시로 끊임없이 돌아다니니까 말이다. 그 고생하는 게 순전히 퀴즈 문제들을 내기 위해선데, 넌 그게 인생이라고 생각하니?"

"아마 저 진행자는 좋아할 거예요. 사람들에게 문제 내는 거요."

"그래? 나라면 지긋지긋할 것 같은데! 내 생각엔 아무래도 그 아무개는 스트레스가 찰 만큼 찼을 것 같구나. 틀림없을 거다. 어쨌거나, 우리 또 한 판 붙어볼까? 하자꾸나."

우리의 두 손이 또다시 꽉 쥐어졌다. 근육이 긴장되었다. 일부러 찌푸린 얼굴. 반원을 그린 내 팔… 도리가 없었다. 난 할아버지를 이길 수 없다.

"이거 원, 식은 죽 먹기로군! 네가 날 이기려면 아직 어림도 없다."

할아버지는 일어나서 냉장고에 붙어 있는 사진 앞에 섰다. 어느 잡지에서 대충 잘라내서 자석 두 개로 고정해둔 사진이었다.

"정말 아름답구나. 안 그러니? 베네치아. 물, 곤돌라, 저 모든 게 말이다…"

8

며칠 후 나는 연락도 없이 불쑥 나폴레옹을 찾아갔다. 나
폴레옹은 마침 목욕탕에서 마침표 찍고를 목욕시키는 중이
었다. 거품 속에 싸인 녀석은 주인의 손에 얌전하게 몸을 맡
기고 있었다.

"할아버지, 개를 목욕시키고 계시는 거예요?"

"관찰력이 대단하구나! 놀라워!"

"아니, 주방 세제로 목욕을 시키시는 거예요?"

"거품이 끝내준단다! 이 냄새 어떠니? 해송 냄새! 좋지?
자, 다 끝났다."

마침표 찍고가 욕조에서 뛰어나와 거품 자국을 뒤에 길게
남기면서 사라졌다.

"일 계속해야죠?" 내가 물었다.

나폴레옹이 꼼꼼하게 손을 닦고 나서 대답했다.

"잠시 쉬는 거야. 자, 이제 준비하자."

"좋아요."

그리고 몇 초 생각한 뒤에 내가 다시 물었다.

"그런데 뭘 준비해야 하는데요?"

"크게 한 방 날릴 준비. 거대한 한 방. 역사적 한 방이지."

그러면서 식탁 밑을 세 번 쿵쿵쿵 두드렸다. 연극에서처럼.

* * *

"이건 실패할 수가 없는 거야, 절대로! 내가 전부 다 아주 정확하게 계산했거든, 코코. 우리 앞엔 주말이 기다리고 있으니 시간도 넉넉하잖니. 넌 마침표 찍고랑 함께 도와주기만 하면 돼."

"할아버지, 궁금한 게 있어요."

"말해보렴. 뭐든 물어봐라. 기본부터 명확히 하고 나서 시작하는 게 좋으니까."

"폐하는 왜 아무개를 제거하고 싶으신 거예요?"

할아버지가 말한 큰 한 방이라는 게 바로 〈1만 유로에 도전〉의 진행자를 제거하는 것이었기 때문이다. 그가 체육관에 이르기 직전에 납치한다는 계획이었다.

"왜냐고? 코코, 그건 조금만 생각해보면 알 수 있는 거란다. 그 친구를 자유롭게 해주려는 거야. 오, 날 그렇게 쳐다보지 마라. 그 작자를 그 비루한 임무에서 해방시켜주려는 거니까. 그가 던지는 질문들로부터 해방한단 말이지. 그 감옥에서 나오게 해줘야 해! 그가 조금이라도 사람답게 살게 해주고 싶구나."

난 깜짝 놀랐다. 나폴레옹은 무언가를 설명하는 데 있어서 아주 매력적인 표현법을 갖고 있었다.

"그는 할아버지 의견에 별로 동의하지 않을 텐데요." 내가 말했다.

"물론이지. 납치하지 않는 이상, 그 친구가 좋다고 선뜻 따라나설 리가 없지. 하지만 나중엔 우리에게 고마워할 거다."

"만일 할아버지가 그렇게 말하면…"

하지만 나폴레옹은 아무개가 지나가는 코스, 여행 일자, 활동에 필요한 장비, 방법 등 모든 게 계산되었다고 했다. 하나도 빠짐없이 완벽하게.

세부 작업은 마침표 찍고를 내세워 유인하는 것.

할아버지는 연극 무대처럼 보이는 거실 안에서 대야와 페인트 통들 사이를 왔다 갔다 하며 한껏 흥분해 있었고, 그 계획의 성공을 믿고 있었다.

"그 친구의 고물 차를 멈추게 한 다음 그가 차에서 내리면, 그때 팍! 우물쭈물할 필요 없이 확 낚아채는 거야. 그러면 몇 초 만에 그 친구를 증발시킬 수 있지."

"그런 다음 그를 어디에 있게 할 건데요?"

"404의 트렁크 안에."

그 정도 크기의 트렁크라면, 하루나 이틀은 있을 수 있을 것이다. 하지만 그런 납치는 즉석에서 행해질 수 없다. 연습이 필요하다.

"자, 코코. 예행연습은 내일부터 하자."

그러면서 나폴레옹은 자신의 입을 지퍼로 채우는 시늉을 했다.

"입조심을 해야 한다. 망치면 안 되니까."

* * *

오, 그랬다. 입에 망을 씌우고 입술을 꿰매야 했다. 엄마가 일요일에 닭을 사 와서 오븐 속에 넣기 전에 닭 배 속에 여러 가지 재료를 넣고 꿰매는 것처럼. 난 공식적으로는 벽지 작업을 계속하기 위해 할아버지 집으로 갔다. 그러면 저녁에 아빠와 엄마가 공사가 얼마나 진척되었는지를 물었다. 난 벽을 80g의 사포로 문질렀다는 둥, 못 자국이나 구멍 난 곳들을 메웠다는 둥, 유약을 칠했다는 둥 대충 얼버무리며 대답했다. 그러곤 페인트가 묻은 내 손을 보여주었다. 집으로 돌아오기 직전에 나폴레옹이 내 손에 묻혀준 거였다. 사실 부모님께 거짓말을 한 게 약간 부끄럽기도 했지만, 나폴레옹이 그 '위대한 한 방'에 굉장히 중요성을 부여하고 있었기에 절대로 그를 배신할 수 없었다.

나폴레옹은 실제로 우리 도시 입구에 있는 아주 한적한 곳, 그러니까 옛날에 선박을 끌어오던 예인도로로 사용하던 곳으로 나를 데리고 갔다. 그곳엔 몹시 낡은 거룻배 몇 척이 버려져 있었다. 할아버지 말에 의하면, '도전' 진행자의 자동차는 분명히 국도로 올 거라고 했다. 그래서 그 국도를 가로지르는 길에 404를 숨겨둔다는 것이다.

"그 친구는 남쪽에서 올 거다." 나폴레옹은 확신했다. "그래서 체육관이 있는 북쪽으로 곧장 가겠지. 일부러 따분하게 다른 길로 돌아갈 이유가 없거든."

이래서 난 할아버지를 좋아한다. 토론하느라 시간을 빼앗길 일이 전혀 없는 것이다. 연습할 시간은 사흘이나 있으니 충분했다.

"내가 전부 예상해뒀지. 아주 정확하게."

할아버지는 커다란 사료 봉지 속에 두 손을 넣어 사료를 한 움큼 꺼낸 다음, 발로 바닥을 쿵쿵 밟고 나서 길가에 사료들을 흩뿌렸다. 마침표 찍고가 죽은 체하는 것을 배워야 할 장소였다.

"토마토소스를 약간 뿌려놓으면 될 거다." 나폴레옹이 설명했다. "그럼 여기서 아무개가 자기 차에서 나오겠지."

"확실할까요?"

"확실하고말고. 언젠가 그 친구도 개를 기르고 있다는 말을 한 적이 있거든. 개를 무척 좋아한다고 하더라."

확실히 그건 훌륭한 이유가 된다. 나폴레옹은 내가 약간 주저하고 있다는 걸 눈치챘다.

"자, 내 명령과 계책이 못 미덥다면…"

"아뇨, 그냥 물어본 거예요!"

나폴레옹은 하늘을 쳐다보면서, 또 검지로 턱을 톡톡 두드리면서 잠시 생각에 잠겼다.

"그러니까, 그 친구가 자기가 기르던 개에 관해 이야기한 게 1979년 1월 17일, 발랑시엔느에서 진행할 때였지."

"우와! 할아버지 기억력이 대단하시네요!"

나는 사흘 동안 차에서 내리는 진행자의 역할을 했다. 눈짓과 손짓 한 번에 갓길에 축 늘어져 누울 수 있게 된 마침표 찍고를 구하기 위해서였다. 마침표 찍고는 혀를 쭉 빼고 죽은 개의 연기를 완벽하게 하고 있었다.

나폴레옹은 뒤에서 기다리고 있다가 내게 달려들어 순식간에 손으로 내 입을 틀어막았다. 물론 난 방어하는 시늉을 했지만, 적어도 2초 만에 트렁크 안에 있게 되었다. 나폴레옹은 딸깍하고 시간 측정기를 멈추고 선언했다.

"모두 17초 만에 그 친구는 트렁크 안에 갇히는 거야. 니켈 크롬으로 만든 트렁크 안에 말이지."

그러곤 자동차의 트렁크 뚜껑을 손으로 두드리며 말했다.

"404는 아주 훌륭한 상품이거든."

그 며칠 동안 할아버지의 위대한 한 방을 준비하는 일을 도우면서, 난 솔직히 뭔가 난처하고 당황스러운 느낌을 지울 수 없었다. 할아버지가 줄곧 허공에 매단 줄 위를 걷고 있다는 느낌이었다. 하지만 우린 웃었고, 즐거웠고, 유쾌했다. 아무개 납치를 계획하고 연습하는 건 세상에서 제일 멋진 게임 같았다.

정오에 나폴레옹이 정어리 깡통 하나를 땄다. 그중에서 한 마리를 마침표 찍고에게 던져주었고, 녀석은 공중으로 뛰어올라 덥석 받아먹었다. 할아버지는 나머지 정어리들을 주머니칼로 하나하나 꺼내서 빵 조각 위에 얹었다. 빵에 기름이 배어들어서 넓적다리 위로 기름이 뚝뚝 떨어졌다. 우린 그걸 보면서 또 배꼽이 빠지라 웃었다.

"할아버지. 아무개를 그렇게 트렁크에 가둬도 되는 거예요?" 내가 물었다.

"우리가 연습해봤잖아."

"네, 하지만 그 후에요. 그 후에 어떻게 할 건데요?"

할아버지는 모든 걸 예상한 자만이 지을 수 있는 표정과 다 알고 있다는 뜻의 미소를 보여주었다.

"하하하, 이미 말했지만, 난 하나도 놓치지 않았단다. 코코. 모든 걸 다 계산에 넣어뒀다니까."

나폴레옹은 운하를 따라 정박해 있는 거룻배 중 하나를 손가락으로 가리켰다.

"저기 있는 저 배 말이다. 그 안에 집어넣을 셈이다."

"그러면 탈출할 텐데요."

"오, 그럴 순 없지. 그 친구가 차가운 물을 좋아한다면 모를까. 내가 밧줄을 풀어버릴 거거든.

나폴레옹이 어찌나 크게 몸을 흔들며 웃었던지 정어리 한 마리를 땅에 떨어뜨리고 말았다.

"그러니까 할아버지 말씀은…"

"바로 그거야. 깜짝 놀랐을 거다, 그렇지? 난 그 배를 몰고 줄행랑을 칠 거야. 오, 오랫동안은 아니야. 몇 주 정도. 잠시 바람만 쐬는 거지. 그렇게 해서 그에게 진짜 인생을 사는 법을 가르쳐줄 참이다. 물러터진 불알 같은 그 친구에게 말이야! 물론 그 친구가 나를 붙잡아 가두려고 귀찮게 굴 수도 있겠지. 그런데 왜 그런 눈으로 나를 쳐다보는 거냐?"

"할아버지, 배 운전할 줄 아세요?"

나폴레옹이 어깨를 으쓱하며 말했다.

"핏! 그런 건 중요한 게 아니야! 배를 몰아본 적은 없지만, 자동차 운전보다 더 복잡할 리가 없지."

"그럼 아무개를 신고서 어디로 가실 건데요?"

"베네치아. 그게 작은 라디오의 세상에 갇혀 있는 그 친구를 확 바꿔 놓게 될 거야. 드디어 체육관 의자들이나 그 비렁뱅이 같은 다목적 홀 따위들과는 전혀 다른 걸 보게 될 테니까! 드넓은 세상! 대자연! 멋진 삶! 난 그 친구가 내게 너무 많은 질문을 던지지 않기만을 바랄 뿐이야."

내 입술에 미소가 피어나고 상상력이 날아올랐다. 나폴레옹의 배가 대운하 위를 미끄러져 가는 모습이 보이고, 초록색, 빨간색, 파란색의 수많은 질문으로 할아버지를 귀찮게 하는 진행자의 목소리가 들리는 듯했다. 위대한 한 방! 할아버지가 옳았다. 도전을 외치는 관객들의 함성은 오랫동안 기억에 남을 것이다. 난 자신이 다른 사람들보다 더 강하다고 믿는 나폴레옹의 그 모습이 좋았다.

할아버지가 시계를 들여다보았다.

"이런, 아무개 이야기를 하다 보니…"

나폴레옹이 서둘러 라디오 주파수를 맞췄다. 희미하게 들리던 진행자의 목소리가 점점 또렷하게 들렸다. 마시멜로처럼 말랑말랑한 질문들이 이어졌다. 아마 맞을 것이다. 그가 우릴 기다리고 있나는 할아버지의 말씀이.

"조금만 참게나, 젊은 친구. 자넨 오래지 않아 곧 복이 터지게 될 걸세. 자, 가자, 코코!"

9

실제로 그날이 왔다. 이번 수요일, 할아버지는 그 어느 때
보다 건강하고 활력이 넘쳐 보였다. 집을 나서면서 할아버
지가 집을 한 번 돌아보았다. 난 잠을 제대로 자지 못해서 눈
이 잘 떠지지 않았다. 솔직히 조바심과 가벼운 불안이 뒤섞
여 있었다. 내가 입을 다물고 있었던 게 과연 잘한 짓이었는
지 의문이 들었다. 하지만 나폴레옹에 대해 흔들리지 않는
신뢰가 결국 그 모든 염려를 쓸어가버렸다.

"목표에 도달하기 직전의 마지막 순간이다, 코코!"

우리는 사료와 케첩을 실은 404를 타고서 예인도로로 향
하는 길에 있었다. 뒷좌석에서 마침표 찍고는 미국 영화의
여주인공처럼 보였다. 나폴레옹은 수동 제동 장치를 잡고
서, 404의 작은 시계가 잘 작동되는지 확인하기 위해 톡톡

처보았다.

"완벽하게 작동되는군. 30분 미리 왔구나." 나폴레옹이 기뻐했다.

우리는 함께 자동차 주위를 돌아보았다. 할아버지는 발로 바퀴들을 하나하나 차보면서 이상이 없는지 확인했다. 나도 할아버지 흉내를 냈다. 할아버지는 손으로 턱을 괴고서 트렁크 앞에서 멈춰 섰다.

"코코, 한 가지 의문이 생기는구나. 별건 아닌데 말이다. 네 생각엔 아무개의 키가 어느 정도 될 것 같으냐?"

"전혀 모르겠어요. TV가 아니고 라디오로만 듣다 보니 알 수가 없네요."

"키가 너무 커서 발이 트렁크 밖으로 나온다면 얼마나 웃기겠니? 어디, 한번 확인해보자."

할아버지는 망설이지 않고 트렁크를 열었다.

"자, 내가 안에 들어가봐야겠다, 코코. 그래야 알 수 있을 거야. 자, 서두르자."

그러면서 성큼 트렁크 안으로 들어갔다. 대각선으로 누우니 꼭 맞았다.

"코코, 문을 닫아보렴. 안에 있으면 어떨지 그것만 잠깐 보게."

딸깍. 침묵. 아무 일도 일어나지 않았다. 몇 초가 흘렀다.

"할아버지? 거기 계시죠?"

"내가 어디 있었으면 좋겠니? 춤이라도 추러 갔을까 봐? 자, 됐으니 이제 문 열어라."

할아버지 말에 미소가 절로 나왔다. 마침표 찍고가 나를 바라봤다. 그러곤 잠시 후에 내가 놀라서 말했다.

"어, 할아버지! 열쇠는 할아버지가 갖고 계시잖아요."

몇 초간의 침묵이 있고 난 뒤, 할아버지가 담담하게 말했다.

"제기랄, 빌어먹을, 망했군!"

할아버지는 잠시 생각을 해보다가 짜증을 내고, 몸부림을 치고, 발로 차고, 주먹으로 트렁크를 쳐보았다. 하지만 역시 아무 일도 일어나지 않았다. 할아버지가 갇혀버린 것이다.

"작전이 실패하겠군, 망쳐버렸어." 할아버지가 고함을 쳤다. "다 망쳤어! 걸작이 완성되기 직전이었는데, 코앞에서 놓치고 말다니!"

자동차가 앞뒤로 심하게 흔들렸고, 제동 장치가 삐걱거렸다. 몇 분이 흘러갔다. 15분이 지났다. 30분이 지났다.

"1mm의 오차도 없이 모든 걸 완벽하게 계산했는데!" 할아버지가 한탄했다. "그런데 이제 망치고 말았어! 젠장, 젠장!"

"할아버지, 도움을 청해야겠어요. 아빠에게 복사한 열쇠가 있을 거예요.”

“절대로 연락하지 마라. 알았니? 절대로. 절-대-로!”

“할아버지 뭘 좀 드시러 가셔야 해요.”

“여기 마침표 찍고의 사료가 잔뜩 있잖니.”

어찌 됐든 언제까지 거기 그렇게 있을 순 없었다. 차츰 지나가던 사이클 선수들과 행인들이 이상하게 여기기 시작했다. 열 살가량의 아이 하나가 푸조 404의 트렁크에 대고 계속 말을 하고 있었기 때문이다. 게다가 나폴레옹이 기침을 하고 숨을 헐떡거리며 캑캑거리기 시작했다.

나 역시 배도 고프고, 목이 마르고, 무서워졌다.

“오줌이 마렵구나.” 마침내 나폴레옹이 그렇게 말하고 말았다.

1시간 후에야 문제가 해결되었다. 도로 순찰대원 두 명이 도로 갓길에 차를 세운 것이다. 유니폼을 입은 그들의 실루엣이 나타났다. 그랬더니 순식간에 마침표 찍고가 옆으로 누워 죽은 체를 했다.

내가 할아버지에게 순찰대원들이 오고 있다고 알려주자, 할아버지는 깔깔대며 웃기 시작했다.

“할아버지, 왜 웃으세요?”

“왜냐하면.”

"왜냐하면, 뭐요?"

할아버지는 딸꾹질하면서 겨우 말을 이었다.

"내가 평소에 신호를 무시하고 달리는 통에 그들이 언젠가는 날 잡으려고 했을지도 모르는데, 이미 이렇게 감금당해 있잖니!"

* * *

두 순찰대원은 할아버지와 내가 장난을 쳤다고 생각했다. 그래서 난 그들에게 아빠의 전화번호를 줘야만 했다. 보호자의 번호를 주든지, 아니면 헌병대 초소로 가든지 하자고 했기 때문이다.

몇 분 후에 아빠가 복사된 열쇠를 흔들면서 도착했다. 그리고 헌병들에게 장황하게 설명을 했다. 그제야 헌병들의 표정이 조금씩 풀리기 시작했다. 그중 한 명이 말했다.

"그러게요! 우리 아버지도 늙으셨어요."

아빠가 트렁크의 열쇠 구멍에 열쇠를 꽂고 돌렸다. 하지만 트렁크는 여전히 열리기를 거부했다. 의심의 여지가 없었다. 문이 열리지 않도록 나폴레옹이 안에서 잡고 있었을 것이다.

"아버지, 이제 나오세요." 아빠가 명령조로 말했다.

"무슨 소리! 절대 안 돼." 나폴레옹이 외쳤다. "넌 회사에서 할 일도 없어? 여긴 왜 왔어?"

"왜요, 산더미같이 많아요. 하지만 아버지가 나오시기 전엔 여길 떠나지 않을 거예요."

"자, 넌 이젠 가도 되니, 그만 가봐라."

"안 돼요!" 아버지가 소리를 질렀다. "아버지를 구하기 위해 모든 일을 다 제쳐두고 왔단 말이에요. 그런데 내게 하실 말씀이 고작 이제 가도 되니, 가봐라. 이거예요?"

할아버지가 웃음을 터뜨렸다.

"나를 구하러 왔다고? 너 지금 농담하는 거지?"

"아뇨, 정확하게 말했어요. 아버지를 구하러 온 겁니다. 죄송하지만, 아버진 지금 아주 난처한 상황에 빠지신 거예요."

"너 없이도 내가 알아서 해결할 수 있다. 코코와 난 지금 게임을 하는 거야. 별일이 아니란 말이다."

"둘이서 대체 무슨 게임을 하고 계시다는 거예요? 부주의해서 그러신 게 아니고요? 실수하신 게 아니고요?"

"숨바꼭질!"

"숨바꼭질이요? 트렁크 안에서요? 운하 옆 도로에서요?"

그 사이에 마침표 찍고는 다시 옆에 길게 쓰러졌다.

"그럼 아버지 개도 지금 게임을 하는 거예요?" 아빠가 물었다.

그러곤 트렁크 철판을 주먹을 내리쳤다. 철판이 약간 패였다.

"도대체 아버지 연세가 몇인데 이러고 계세요? 네? 아버지!" 아빠가 소리를 질렀다.

"오줌을 싸도 너보다 훨씬 더 멀리 쏠 수 있는 나이지!" 나폴레옹이 대답했다.

10

다음 날 할아버지는 대운하의 사진을 냉장고에 붙여두는 거로 만족해야 했다.

"우린 어려운 상황에서도 침착하게 잘 대응했어, 코코. 베네치아 따위는 잊어버리자. 거긴 뭔가 찜찜한 냄새가 나는구나."

할아버지는 사진을 주의 깊게 응시했다. 그러다 갑자기 사진을 마구 구겨서 휴지통에 던져버렸다. 그러곤 악어 집게를 사용해서 커다란 페인트 통을 열려고 했다.

"애야, 아무개는 그냥 목소리일 뿐이란다!"

그 모험은 아주 짧게 끝나고 말았지만, 그래도 이점은 있었다. 나폴레옹이 오랜 여행에서 돌아온 사람처럼 집에 온 걸 몹시 만족해하며 기뻐했기 때문이다. 많은 작업이 우릴 기다리고 있었다. 붓은 우리를 향해 털을 곤추세웠고, 롤러는 어서 빨리 자기를 굴려주기만을 기다리고 있었다.

페인트 통이 열리자 할아버지는 막대기로 내용물을 휘저으며 말했다.

"이번 사건은 한 가지 진리를 증명해주었지. 코코, 모든 걸 의심하고, 절대로 가드를 내려선 안 돼. 예기치 않은 순간이 와서 옴짝달싹 못 하게 되는 수가 있거든. 절대로 갇히는 상황을 만들지 마라!"

그러고는 커다란 붓털로 내 얼굴을 쓸었다.

"히잇, 간지러워요!"

반쯤 감긴 내 속눈썹 사이로, 난 할아버지가 장난기 가득한 얼굴로 웃는 것을 보았다. 나는 그 순간을 즐기면서 이 몇 초의 유쾌함을 영원히 기억하겠노라고 결심했다.

"너무 인색하게 굴지 말고 마음을 넓게 쓰려무나. 양을 넉넉하게 하자. 지불은 다 은행에서 해줄 테니까! 몇 겹 더 칠할 생각이다. 아주 정성스럽게. 시간은 얼마든지 있으니까 서두를 필요 없지. 이렇게 해두면, 적어도 5년 동안은 다시 손볼 필요가 없을 거야."

"아마 10년도 끄떡없을걸요."

"그래, 10년."

이 모험에서 남은 거라곤 무너진 자존심과 비통한 기분뿐이었을 텐데, 할아버지는 그런 내색은 조금도 비치지 않았다. 하지만 내가 느끼건대, 할아버지의 그 상처는 라디오 프로 시간에 더 생생해지는 것 같았다. 트랜지스터가 며칠 동안 침묵했던 것만 봐도… 며칠 후 정오가 다가오자 나폴레옹은 더는 유혹을 이겨낼 수 없었던지 부엌 안을 서성이기 시작했다. 그러다 드디어 라디오를 켜기 위해 손을 뻗었지만, 곧 다시 손을 내렸다. 마치 뜨거운 것에 데기라도 할 것처럼.

"오, 세기릴!"

심지어 더 시간이 지나서 그 프로를 듣기 시작했을 때는 마치 상상 속에서 베네치아의 대운하 위를 항해하고 있는 듯 두 눈에 물기가 촉촉이 어리기까지 했다.

붓질하는 동안 나폴레옹은 절대로 오래 입을 다물고 있는 법이 없었다. 수천 번 넘게 이야기한 건데도, 어떻게 택시맨이 되었는지 이야기해줄 때마다 큰 기쁨을 느끼는 것 같았다. '우연'의 중요성을 말해주는 이야기였다.

"어느 날 빌러맹이 녹다운이 된 시합을 보고 바그람 홀에서 돌아가는 길이었지. 아주 늦은 시간이었어. 적어도 새벽 두 시는 되었을 거다. 빨간불 앞에서 멈춰 섰지. 난 그만 집으로 돌아가려던 참이었어, 너도 알다시피… 그런데 그만 바지직 하고 전기 통하는 일이 일어나고 만 거 아니겠니! 어느 여성이 유리창을 두드리면서 나더러 예약 손님이 있느냐고 묻는데, 아주 젊고 귀여운 여성인 거야. 나는 얼른 타시라고 대답했지. 어디까지든 갈 수 있을 것 같더라. 그 여성이 뒷문을 열고 들어와서 앉았어. 그녀 이름이 조제핀이었던 거야."

나폴레옹은 그것을 운명의 신호탄으로 여겼다. 그래서 그의 두 번째 인생은 '결혼한 택시맨'의 인생이었다.

"인생을 바꾸고 싶을 때는 말이다, 몇 세기 동안 심사숙고하는 수고를 할 필요가 없어. 난 즉시 권투 글러브를 조수석 서랍에 집어넣었지. 그러고는 그냥 앞으로 고고! 돌진한 거야. 코코, 내가 얼마나 많은 사람을 차에 태웠는지 넌 짐작도 못할 거다! 부유한 사람, 가난한 사람, 수다쟁이, 입 꽉 다문 사람, 젊은이, 늙은이, 슬픈 사람, 명랑한 사람, 상냥한 사람, 성가시게 구는 게 박사급인 사람들. 게다가 덜떨어진 바보 멍청이들까지… 온갖 종류의 사람들이 다 탔지."

당시에 할아버지가 특히 좋아했던 건, 손님들이 아무에게도 할 수 없었던 속내 이야기를 할아버지 앞에 꺼내놓는 거와 그래서 그들을 누구보다도 더 잘 알고 있다는 기분을 느끼는 거였다.

"막 아기 아빠가 된 사람, 아파서 병원에 가는 사람, 법원을 피하려고 세상 끝으로 떠나는 사람들도 있었고, 어떤 이들은 웃고, 어떤 이들은 울고…"

처음엔 택시 손님들이 권투 선수인 할아버지를 알아봤었다. 그들은 나폴레옹이 여기저기서 상대를 무찌르던 모습을 봤거나 신문에 난 사진을 본 사람들이었다. 그래서 나폴레옹은 사인도 해주었다. 손님들은 그가 로키를 맞이해서 이해할 수 없는 패배를 한 것에 대해 질문도 하곤 했었다.

복싱계는 나폴레옹의 은퇴를 아쉬워하고 그리워했다. 하지만 그는 로키의 죽음을 하나의 신호로 받아들였기에, 그 역시 곧 권투 글러브를 내려놓았다. 그날 페인트 냄새가 가득한 가운데 나폴레옹이 덧붙였다.

"코코, 너도 언젠가는 이해하게 될 거다. 난 삶에서 로키에게 가장 큰 기쁨들을 빚졌단다."

어떤 기쁨에 대해 말하는 걸까? 할아버지는 그날따라 좀 특별한 어조로 말했고, 그 때문에 감히 많은 질문을 해볼 수가 없었다.

"분위기가 너무 심각해졌구나. 자, 코코, 음악 좀 듣자꾸나. 기분이 유쾌해지게! 즐겁게, 신나는 기분으로 일하는 게 중요하거든. 특히 새로운 인생을 시작할 때는 더 그렇지."

트랜지스터를 켰다. 클로드 프랑수아(클로클로라는 애칭으로 불리며 사랑받았던 프랑스 가수. 히트곡 중에 〈알렉상드리 알렉상드라〉가 있는데, 그 노래의 가사 중에 '바라쿠다'가 나온다 - 옮긴이)의 목소리가 페인트 통들 사이에서 터져 나왔다.

난 당신의 삶 속에 있네.
난 당신의 품 안에 있네.

나폴레옹은 리듬에 맞춰 붓질하면서 입으로 노래를 흥얼 거렸다. 몸을 약간 흔들면서 십오 초 만에 한 번씩 커다란 페인트 통에 붓을 담갔다 뺐다. 그러다 뭔가를 준비한 듯했는데, 그게 단번에 성공했다! 두 다리를 넓게 벌리고 서서 그 자리에서 머리를 뒤로 젖힌 채 회전을 하며 손목을 돌려서 천장 가득 소용돌이 모양들을 그린 것이다. 팔꿈치를 움직이며 붓질을 하는 것이 마치 하늘을 날고자 애쓰는 것처럼 보였다. 나폴레옹은 한쪽 다리를 들고 다른 한쪽은 흔들면서 그 자리에서 펄쩍 뛰어 몸을 비틀다가 엉덩이를 뒤로 쑥 내밀었다. 클로드 프랑수아가 눈앞에 나타난 것 같았다. 우아한 털이 숭숭 난 앙증맞은 암컷 하마 같은 클로드였다.

"봐라, 코코. 너도 클로클로가 이 춤 추는 걸 본 적이 있을 거야!"

할아버지의 유쾌한 춤은 어깨를 흔들고, 턱을 치켜든 채, 앞으로 나아갔다가 뒤로 물러갔다가 그 자리에서 빙빙 도는 것으로 끝이 났다.

내 식욕은 왕성해서
바라쿠다보다 더 많이 먹을 수 있지.

"바라쿠나…" 나폴레옹은 입을 크게 벌린 채, 상상 속의 태양이 그리는 곡선을 눈으로 좇아가면서 노래를 흥얼거렸다.

난 벙어리처럼 입만 벌린 채 감탄하고 있었다. 커다란 곤충처럼 야위긴 했으나 근육질의 몸매를 가진 할아버지는 빙빙 돌고, 발뒤축으로 바닥을 쿵쿵 차고, 두 손을 등 뒤에서 깍지 꼈다가 그 두 손을 다시 공중으로 높이 쳐들며 풀었다.

"할아버지, 기가 막히게 잘 추시네요! 그런 춤을 어디서 배우셨어요?"

"브로드웨이!"

할아버지는 춤을 잠깐 멈추고 배꼽 아래로 내려온 바지를 추켜올리며 덧붙였다.

"자, 후렴을 기대해라. 그건 한 번도 못 봤을 거다!"

미끄럼대 같은 피라미드의 경사면 위에서 후렴이 시작되었다. 나폴레옹은 왼쪽 오른쪽으로 균형을 잡기 위해서 두 팔을 들어 올렸다. 알렉산드리아 항구 사이렌의 영원한 멜로디에 맞춰 고별 무대 인사를 하는 것 같았다.

"워우 워우 워우!" 그러면서 에코까지 넣었다.

"할아버지, 정말 놀라워요, 뛰어난 재능이에요!" 나는 웃음을 터뜨리면서 고함치듯 말했다. "할아버지가 바로 그 굉장한 바라쿠다예요! 할아버진 챔피언이고 황제예요. 아무도 할아버지를 이길 수 없어요."

곧 알렉상드르 라프스지이크에게 이야기할 게 분명했지만, 그때 난 절대로 죽지 않는 영원한 존재를 보고 있는 듯한 기분이 들었다. 영원히 나와 함께할 사람. 평생 팔씨름에서 나를 쓰러뜨리고 이길 사람. 나폴레옹은 그가 세상에 없다는 걸 상상조차 할 수 없는 그런 존재 중에 속한 사람이었다.

그러다 별안간 내 눈이 황소 눈알만큼 커졌다.

"앗… 조심하세요!" 내가 소리 질렀다.

너무 늦었다. 점점 더 대담해지는 연기력에 마음을 빼앗긴 나폴레옹이 자신도 모르게 바닥에 놓였던 벽지 위에 한 발을 올려놓았는데, 그게 축축한 풀과 페인트가 뒤섞여 묻어 있는 벽지였기 때문이다. 결국, 발이 종이에 닿는 순간 그만 얼음판에서처럼 방 한가운데 가구들을 모아둔 곳까지 죽 미끄러져버리고 말았다.

라디오 속의 클로드 프랑수아는 계속해서 큰 소리로 노래를 불렀다.

오늘 밤 나는 열이 나고, 당신은 추워 죽을 것 같지.
오늘 밤 나는 춤을 추네, 춤을 추네, 나는 당신의 시트 안에서 춤을 추네.

하지만 할아버지는 바닥에 등을 대고 누워서 손짓 발짓을 하는 게 마치 제자리로 돌아가지 못해 버둥거리는 바퀴벌레처럼 보였다. 나는 걱정을 떨치려고 괜찮은 척 웃음을 터뜨렸지만, 음색 없는 그 웃음은 방 안에서 음산하게 울려 퍼질 뿐이었다.

"할아버지, 괜찮아요?"

"그렇게 부르지 말라고 했잖니."

나는 링 위에서 숫자를 세는 심판처럼 할아버지를 향해 뜸을 들이면서 숫자를 세었다.

"원… 투… 쓰리…"

"그만하렴, 꼬마야. 세는 건 내가 하고 있으니까."

"뭘 세고 계세요?"

"내 뼈들. 절반은 잃어버린 것 같구나. 겉으로 보기엔 멀쩡하냐?"

"네, 그런 것 같아요."

바라쿠다…

라디오 속의 클로클로는 계속 큰 소리로 노래를 불렀다.

"저 바보 같은 클로드 녀석의 입을 꿰매고 싶지 않냐? 저놈의 바라쿠다가 사람 잡는구나."

침묵이 다시 찾아왔다. 할아버지는 정말로 몸이 안 좋은 것 같았다. 꽉 다문 이빨 사이로 아주 작은 신음이 새어 나왔다.

"코코. 나를 좀 일으켜다오. 황제를 이렇게 넘어진 채로 놔둬서야 쓰겠니. 황제는 아주 힘든 계곡을 지나왔단다. 그런데 적군이 기습했구나. 알겠지만, 예기치 않은 순간이 오면…"

"반격해야죠."

"네 말이 맞다. 비관주의에 빠지면 안 돼. 우린 물러터진 불알들이 아니거든."

할아버지를 일으켜 세우려고 애를 썼지만, 내겐 할아버

지가 너무 무거웠다. 무엇보다도 할아버지가 수천 조각으로 부서지는 건 아닐까 두려웠다. 바닥에 누워 있는 할아버지의 모습은 너무나 작아 보였다. 어린애보다 겨우 조금 더 커 보일 정도로…

"페인트 통 먼저 잡아당겨다오. 발부터 빼자꾸나."

그제야 할아버지가 균형을 잡으려다가 한 발이 페인트 통에 빠져서 그 안에 끼어버렸다는 걸 알게 되었다. 난 두 손으로 페인트 통을 잡고서 있는 힘껏 잡아당겼다. 하지만 소용없었다.

"됐다, 코코. 자, 그럼 이런 상황에서는 어떻게 해야 할까?"

"황제 폐하, 보통 이럴 땐 동맹군의 힘을 빌어야 합니다."

할아버지의 시선과 찌푸린 눈썹을 보고서, 난 할아버지가 자신을 도와주러 올 수 있는 사람들을 떠올려보려고 애쓰고 있다는 걸 알았다. 하지만 궁정은 텅 비었다. 그의 친구들은 벌써 모두 떠나버리고 없었다. 당황한 할아버지는 마침내 이렇게 선언하기에 이르렀다.

"그 녀석? 너 혹시 그 녀석을 생각하고 있는 거냐? 물러터진 불알?"

"다른 해결책이 없는걸요."

"내가 그 녀석에게 도와달라고 부탁할 사람처럼 보이냐?

내가?"

불길한 빛이 집 안을 가득 채웠다. 페인트로 반쯤 얼룩진 벽과 신문지, 석고 가루가 널려 있는 바닥 탓에 거실은 어수선한 작업장으로 변해 있었고 버려진 집처럼 보였다. 조제핀이 집을 떠난 지 수세기는 된 것 같았다. 날이 차츰 기울고 있었고 그림자들이 집 주위를 떠도는 유령들처럼 보였다.

"폐하, 어떻게 할까요? 아빠를 부를까요? 때로는 자존심을 주머니 속에 잠시 넣어둬야 할 때도 있다고 생각하는데요, 폐하."

"그보다 물이나 한 잔 갖고 오너라. 그게 더 유용할 것 같구나. 먼저 물부터 마시고 나서 제대로 생각해봐야겠다."

할아버지는 물 한 잔을 다 마셨다. 하지만 더 나아진 건 없었다.

"멍청한 클로클로! 이게 다 순전히 그 가수 놈 탓이야. 망할 놈의 바라쿠다 같으니라고!"

할아버지의 얼굴이 창백해졌고 이마가 땀으로 번들거렸다.

"할아버지, 많이 아프세요?" 내가 물었다.

"천만에. 그 반대다. 기둥뿌리도 단번에 뽑을 수 있을 것 같구나, 코코. 어딘가에 척추뼈 하나가 떨어져 있는 게 보이거든, 잘 보관해두렴. 내 척추니까!"

"할아버지, 왜 아빠를 부르시지 않으려고 하세요?"

"물러터진 불알을 또다시 부르자고?"

"폐하, 뭘 염려하세요? 우린 지금 함정에 빠졌어요. 지원병의 도움이 필요할 때예요."

"천만에. 15분 후면 일어설 수 있을 거다. 그러면 오늘 밤엔 볼링장에 가자꾸나."

"아, 폐하, 좋은 생각이 났어요. 동전을 던져서 정하기로 해요."

"좋다. 뒷면이 나오면 부르지 말고, 앞면이 나오면… 그래도 부르지 말자!"

할아버지는 크게 웃음을 터뜨렸지만, 그 웃음은 곧 나지막한 중얼거림으로 변하고 말았다.

"물러터진 불알은 온갖 무기가 장착된 적군의 진지 속으로 날 끌고 가려고 할 거다… 틀림없어. 그놈은 내가 잘 알지. 여기저기 사방에 정보를 알아보려고 할 거야… 너도 그가 어떤지 잘 알잖니. 그 녀석은 침착하게 시간을 갖고 순서를 따라 치밀하게 일을 처리할 거야. 그래서 내가 조금이라도 방심한다 싶으면 꽉! 순식간에 그 녀석의 작살에 찔리는 거지. 으악 하고 소리 지를 시간도 없이 적의 막사로 끌려갈 거다. 속옷 냄새가 풀풀 나고 늙은이들만 잔뜩 모아놓은 요양원 같은 곳에 말이야. 난 냄새나는 늙은이들과 함께 있고 싶은 생각이 눈곱만치도 없어. 난 여기, 내 집에 있을 테다. 여기서 얼마든지 혼자 살아갈 수 있어. 내 보좌관을 데리고, 언제까지…"

"언제까지요?"

"사람들이 날 귀찮게 하는 걸 멈출 때까지. 코코, 어디 가니?"

"작은방이요. 움직이지 마세요."

"저런, 난 또 나이트클럽에라도 가는 줄 알았는데, 고작 작은방이라니."

난 작은방으로 가서 문을 열고 과거의 시간으로 들어갔다. 나폴레옹의 거친 호흡 소리와 군중들의 함성이 들렸다. 이어서 픽 하고 둔탁한 주먹이 피부에 닿는 소리, 허공을 때리는 소리, 복싱화가 링의 바닥을 스치는 소리도 들렸다. 로키의 눈을 들여다보았다. 난 어릴 때부터 수없이 이야기를 들어서 그를 알고 있었다. 로키가 내게 말을 걸고 있는 듯한 기분이 들었다. 난 그 마지막 시합에서 속임수가 있었을 거로 생각하지 않았다. 나폴레옹이 질 만했을 거라 믿는다. 하지만 나폴레옹은 약할 수가 없는 사람이다. 나폴레옹은 끝까지 싸우는 사람이며, 후퇴를 모르고, 포기를 모른다. 나폴레옹은 나의 황제다. 나 역시 절대로 나의 황제를 포기하지 않을 것이다. 만일 나폴레옹이 내게 거짓말을 한 거라면, 그건 그럴 만한 이유가 있어서다. 나는 나폴레옹을 사랑하고 그의 거짓말까지 사랑한다. 나는 제발 로키가 그 시합에 관해 설명해주길 간절히 바랐다.

"아, 드디어 돌아왔구나!" 나폴레옹이 소리쳤다. "난 네가 구멍 속으로 떨어진 줄 알았지. 너같이 작은 멸치가 구멍 속에 떨어졌다고 해도 놀랄 게 없으니까."

나는 할아버지 옆에 웅크리고 앉았다.

"폐하, 아무래도 우리 힘만으로는 이 난관을 헤쳐나가기 어려울 듯해요! 원군을 청하는 게 좋겠어요."

할아버지가 나를 노려봤다. 나를 잡아먹을 듯한 눈초리였다.

"할아버지, 난 무서워요. 할아버지가 걱정되어서 미치겠어요." 내가 중얼거렸다.

할아버지가 어찌나 다정하게 미소를 짓던지, 난 금방이라도 울음을 터뜨릴 것만 같았다. 할아버지가 웅얼거리듯 말했다.

"네 말이 맞다. 좋은 군사는 무섭다는 걸 고백할 줄 알아야 하는 법이지. 그래, 그를 부르렴. 하지만 끝까지 네 황제의 위엄을 지켜줘야 한다. 임시로 잠시만 후퇴하는 것일 뿐이야. 난 절대 도움을 구하지 않을 거다. 비겁하게 굴복하는 건 절대 안 해. 그냥 동맹 관계를 제안해보는 것뿐이야."

"물론이죠, 폐하. 전략적 동맹일 뿐이에요."

"그래, 그거 나쁘지 않구나. 전략적 동맹! 좋았어. 적을 속여서 마음을 놓고 방심하게 만들어 놓는 거야. 그래놓고 우린 그새 더 강해진 모습으로 돌아오는 거지! 넌 조 루이를 아니?"

"아뇨. 몰라요."

"미국인인데, 그게 바로 그 사람이 잘 쓰는 수법이었단다. 일부러 약한 것처럼 수를 써서 상대를 방심하게 만드는 거야."

"네, 우리도 그렇게 하는 거예요!"

"좋았어! 물러터진 불알 녀석을 방심하게 만들어 놓자고!"

* * *

"곧 가마."

아빠는 별로 놀라지 않았다. 다만 한숨을 쉬며 그렇게 말한 뒤 즉시 전화를 끊었다.

마치 옷까지 다 입고 차 열쇠를 손에 쥔 채 전화를 기다리기라도 한 것 같았다. 아빠가 도착하려면 30분은 걸릴 텐데, 그동안 나는 나폴레옹과 아빠가 수년 동안 그렇게 서로 멀어진 이유를 알고 싶었다. 물론 황제가 대답하길 거부할 거로 생각했다. 하지만 이런 상황에도 불구하고 할아버지는 기분이 그리 나쁘지 않은 듯했다.

"난 그 녀석을 괜찮은 남자, 남자다운 남자로 만들고 싶었지. 하지만 링 위에 서 있는 네 아빠를 봤으면 너도 배꼽 빠지게 웃었을 거다… 네 아빠가 두 팔을 양쪽 엉덩이에 딱 붙이고 서서 주위만 둘러보지 뭐냐… 모두가 포복질도하고 웃었지. 내가 그때 느꼈던 수치감이라니!"

"아빠가 폐하를 닮았으면 했던 거예요?"

할아버지는 잠깐 망설이다가 대답했다.

"아니. 난 그 녀석이 날 닮기를 원하진 않았다. 그렇다고 지금처럼 나와 완전 딴판이길 바라지도 않았지. 네 아빠는 어렸을 때부터 이상한 것에만 관심을 가졌지 뭐냐. 수학이라든지, 화학이라든지, 문학 같은 거 말이야. 게다가 우표까지! 그 애는 별별 것에 다 관심을 가졌어! 책은 또 왜 그렇게 많이 읽는지! 맙소사! 난 이 세상에 책이 그렇게 많은지 정말 몰랐단다. 경마장엘 데리고 가도 결국은 그 애를 도서관에 놔두고 가야 할 정도였으니까! 네 아빠는 그런 애였다. 그 녀석은 활발하지 못했고 한 번도 남들하고 싸워본 적이 없었어. 하지만 해야 할 숙제나 공부가 있으면 어찌나 집중해서 열심을 내던지… 내가 한번은 권투 시합에 데리고 갔었는데, 아, 글쎄 그 녀석이 2회전 때부터 졸기 시작하는 거야. 그러곤 잠에서 깨어나서 하는 말이, 기하학 숙제를 해 가야 하는데 너무 늦었다며 우는 거야. 그 녀석이 날 기쁘고 자랑스럽게 해줄 수 있을 거라고 여기는 것들을 적어보라고 하면, 내가 원하는 것과 정반대인 것들만 골라서 썼을 거라고 보면 틀림없다. 그런데 사실 그건 내 탓이란다, 코코."

"할아버지 탓이라고요?"

"그래, 그 녀석은 좀 삐딱했어. 그 애가 어떤 친구들과 사귀는지 내가 좀 더 감시하고 엄격하게 다뤘어야 했는데 말이다. 다행히도 넌 네 아빠 같지 않고 인생을 제대로 살 줄 아는 남자가 될 게 분명해. 내 기질이 한 세대를 뛰어넘어서 나타난 것 같구나."

허리의 통증이 할아버지에게서 불평을 끌어내는 것 같았다. 할아버지가 눈을 치켜뜨며 말했다.

"그런데 넌 수학이 몇 점이냐?"

"수학이요? 20점 만점에서 3점이에요, 할아버지."

할아버지가 엄지를 공중으로 치켜들었다.

"제일 최근에 본 받아쓰기 시험은?"

"악센트 빼고 철자 틀린 것만 서른일곱 개요!"

"뭐? 너 지금 부풀려서 말하고 있는 거지?"

"아뇨, 할아버지. 정말이에요!"

"숙제는 꼬박꼬박 하고 있는 거냐?"

"꼬박꼬박 빼먹고 있어요. 절대 안 하죠."

"그럼 벌 받겠구나?"

"학년 시작하고 여섯 번은 넘게 받은 것 같아요."

"그 정도면 꽤 괜찮은걸. 하지만 더 잘할 수 있어. 숙제 노
트에다 부모님 서명을 받아가긴 하냐?"

"한 번도 없었어요, 할아버지."

"그럼 어떤 수법을 쓰는데?"

"엄마의 서명을 베껴놓은 게 있어요."

나의 이런 거짓말들은 할아버지를 즐겁게 해주었다. 할아
버지는 내가 한 말들을 믿었을까? 상관없다.

"할아버지는 정말 대단하셔요."

"정말이냐?" 할아버지가 중얼거렸다.

그러곤 통증이 심한지 상을 찌푸렸다.

"폐하, 그 이야기 또 해주세요."

"또 그 이야기…"

"어서요."

"적어도 50번은 했을 텐데… 좋아, 하지만 이번이 마지막이다…"

내가 아직 어렸을 때, 아빠는 많은 전문직 청중들 앞에 강의할 일이 많았었다. 주로 수치, 통계, 퍼센티지, 곡선, 투자 등등에 관한 내용이었다.

"네 아비 같은 스타일의 인생은 절대로 유쾌할 수가 없어. 그런 데다 네 아비는 징징거리기까지 하니 말이다!"

할아버지는 아빠의 생일에 멋진 검정 넥타이를 선물했다. 아빠는 할아버지의 이런 행동을 두 사람의 관계 회복을 위한 시도라고 보았다.

"아버지, 고마워요." 몹시 감동한 아빠가 말했다. "내일 당장 이 넥타이를 맬게요. 이 넥타이를 매고 강의를 하겠어요."

"그래, 나도 네 강의를 들으러 가마."

"아버지, 정말이세요?"

아마도 아빠는 나폴레옹이 드디어 아들의 직업을 진지하게 여겨준다고 생각해서 몹시 기뻤을 터였다. 하지만 문제는 그 넥타이였다. 강의실의 불을 끈 순간 넥타이가 형광을 발하기 시작했는데, 그게 홀딱 벗은 여자의 모습이었다! 말하자면 그 넥타이는 장난치는 데 쓰는 물건이었다. 아빠는 자신의 강연을 들으러 온 수많은 저명인사와 은행가 사이에서 크게 웃음거리가 되어버렸다. 처음엔 웅성거리는 소리가 들리다가, 급기야 온 장내가 웃음바다가 되고 말았다. 그리고 아빠는 그날 이후 모든 사람 앞에서 형광 넥타이를 맨 은행가라는 별명을 얻게 되었다.

몹시 격노한 아빠는 뭐든 닥치는 대로 부숴버릴 작정으로 씩씩거리며 집으로 돌아왔다.

"아버지, 제게 모욕을 선물하셨더군요! 이제 끝입니다."

"모욕이라고! 그렇게 심한 말을!" 나폴레옹이 말했다. "네가 네 인생에서 처음으로 누군가를 웃게 해줬다는 걸 모르겠니!"

이 사건은 우리 집에 일종의 우울한 불편함을 가져왔다. 그러나 나는 그 이야기를 몇 번이나 해달라고 졸랐는지 모른다. 나폴레옹이 마침내 자신의 세계를 인정해줬다는 생각에 기뻐했을 아빠의 마음과 그 뒤에 이어진 수치심과 절망감을 상상하면, 한편으로 내 가슴이 미어지기도 했다.

그날 아빠가 오기를 기다리면서 내가 황제에게 물었다. 아마도 그날이 우리 삶에서 중요한 단계라고 느꼈기 때문일 것이다.

"그런데 할아버지, 왜 그렇게 아빠를 놀렸어요?"

"나름대로 이유가 있었지." 할아버지가 무뚝뚝하게 대답했다. "아무튼, 그 사건 이후로 난 포기했다. 실패했다는 걸 알았거든. 모든 게 망했다는 걸 깨달은 거야."

"모든 거라니, 뭘요?"

할아버지가 곧 울음을 터뜨릴 거라는 생각이 든 바로 그 순간 모터 소리가 났고 이어서 문 열리는 소리가 났다.

"자, 네 아비가 왔구나." 나폴레옹이 중얼거렸다. "내가 쓰러진 걸 보기 위해서라면 1분 1초도 안 기다리고 뛰어오는 녀석이거든."

* * *

"그다음엔 어떻게 됐어?" 알렉상드르가 흥분해서 물었다. "얘기해봐, 빨리!"

"할아버지를 병원에 모시고 갔어. 하지만 할아버지는 입원하고 싶지 않다고 막무가내로 저항하셨어. 그 소리가 어찌나 쩌렁쩌렁했는지 복도에서도 다 들렸다니까. 너도 들었어야 했는데! 아스피린 두 알만 있으면 된다고 소리소리 지르셨지."

"정말 심각하셨던 거야?"

"척추가 부러졌어. 하지만 할아버지는 뭐가 문제인지 알고 싶어 하시지도 않아. 지금도 그냥 요통일 뿐이라고 우기시면서 아빠가 의사들에게 입 다물도록 돈까지 주면서 음모를 꾸민 거라고 하고 계셔."

"네 숙제랑 시험 점수랑 벌 받았다는 거 말이야. 그거 다 거짓말이지?"

"그럼, 그건 다 거짓말이야. 내가 제일 기분 좋을 때는 숙제를 다 마치고 숙제 노트에 다 했다는 표시를 할 때야. 하지만 나폴레옹과 함께 있을 때는 난 전혀 딴 애처럼 굴어야 해. 마치 할아버지를 닮은 것처럼 말이야. 늘 자유로워지고 싶고 모험을 향해 달려가고 싶어 하는 아이가 되는 거지. 내가 할아버지를 닮았다는 게 할아버지에게 희망을 준다는 생각이 들어서일 거야."

"그럼 마침표 찍고는?"

"그 녀석은 지금 우리 집에 와 있어. 혼자 놔둘 순 없잖아! 엄마가 그 녀석을 그리고 있는데, 인내심이 끝내주는 모델이라고 하셨어."

알렉상드르가 멈춰 서더니 한 손을 윗옷 주머니에 넣었다. 그 애는 항상 같은 옷만 입었다. 늘 똑같은 벨벳 윗옷에 무릎이 다 해어진 바지, 밑이 다 닳아빠진 낡은 농구화였다.
나는 그 애의 집이 넉넉하지 않을 거로 추측했다.

"이야기를 재미있게 해줬으니까 자, 여기 구슬 또 하나 받
아."그 애가 말했다.

그러고는 눈길이 땅으로 내려갔다. 그 애의 낡은 농구화
옆에 작은 벌레 한 마리가 기어가고 있었기 때문이다. 그 애
는 두 손가락으로 그것을 집으며 말했다

"불쌍한 녀석. 발버둥 치는구나. 어쩌다 혼자 떨어졌니?
이렇게 다니다간 누구에게 언제 밟혀 죽을지 모르잖아."

할머니의 편지

의젓한 내 손자에게,

착한 내 손자야, 내가 그곳을 떠나온 지 벌써 며칠이 지났
지, 그래서 네게 편지로 소식을 전해야겠다고 생각했는데,
물론 전화로 이야기하는 게 더 쉽고 편리하긴 하지만, 그렇
게 하면 잊어버리고 못 다한 말들이 너무 많더구나, 전화를
끊고 나면, 항상 이런! 그 말을 해야 했는데, 아이코, 저 말도
안 했잖아, 저런, 그것도 얘기했으면 좋았을 텐데 하고 후
회하기 일쑤더구나, 물론 편지로 쓰면, 시간이 오래 걸리고,

117

단어를 고르느라 머리도 써야 하고, 우표와 편지 봉투도 준비해야 하고, 우체국까지도 가야 해서 훨씬 더 수고스러운 건 사실이지, 그건 거의 운동이나 다름없으니까 말이야, 게다가 내 편지를 읽다 보면 구두점에 문제가 많다는 걸 알게 될 거야, 나는 구두점 찍는 걸 제대로 못 하거든, 하지만 네가 그냥 실수로 넘겨주고 이해해주길 바란다.

우선 내게 시간이 많다는 걸, 그것도 너무너무 많다는 걸 말해야겠지, 그래서 난 그 많은 시간으로 대체 뭘 해야 할지 모르겠단다, 이렇게 많이 남아도는 내 시간을 다른 사람들에게 팔 수만 있다면 대번에 백만장자가 될 거야. 처음엔 내가 과연 이 시간을 다 쓸 수 있을까 걱정도 했는데 오히려 그 반대더구나, 나만을 위한 시간이 1분도 없었지 뭐니, 계속 여기저기 뛰어다니면서 집을 손보고, 자질구레한 짐들을 정리하고, 정원에 이것저것 심고, 잡초들을 뽑고 하다 보면 어느새 하루가 후딱 지나가곤 하는 거야, 오죽하면 네 고약한 할방구나, 너희 가족에 대해서, 심지어 나에 대해서도 생각할 시간조차 없었을까!

하지만 1주일이 지나고 나니까, 더 할 일이 없어졌고, 그렇게 되자 말도 못하게 울적한 기분이 들기 시작했단다, 울적한 기분으로 잠이 깨고, 울적한 기분으로 잠이 들고, 낮에는 수많은 추억 때문에 끊임없이 울었지 뭐니, 추억이란 누군가와 함께 있을 때는 좋은 친구지만, 혼자 있을 땐 고약한 적이란다, 난 너무 많이 울어서 비가 오는 줄 알았을 정도였어, 그래서 어떻게든 기운을 차리고 힘을 내야 했지.

너도 알다시피 네 할아버지는 '딱' 하고 손가락 튕겨내듯이 그렇게 쉽게 잊을 수 있는 사람이 아니잖니, 그렇게 폭풍 같은 삶을 사는 사람 옆에서 한평생을 살았으니 말이야, 아, 그땐 정말 모든 게 재미있었단다, 그런데 그 삶이 멈춰지고 나니까 그 타격이 얼마나 큰지 새삼 알게 되더구나, 그래서 다시 보수 작업을 하지 않을 수가 없었어, 내 삶 곳곳에 균열이 생겨서 말이야.

네 할아버지는 사람을 피곤하게 만드는 뛰어난 재주를 가진 이기적인 늙은이임에도 불구하고, 평생 사랑하지 않을 수 없는 그런 사람이란다, 그리고 이건 내가 잘 알고 있는 건데, 네 할아버지는 약간 정신이 나간 사람이라서 그 머릿속에 있는 건 믿으면 안 돼, 언젠가는 너도 알게 될 거야.

아무튼, 난 콧바람을 쐬기로 했단다, 그래서 처녀 때 친구들을 다시 찾아봤지, 그런데 대부분은 어디로 떠났는지 알 수 없었고, 또 세 명은 묘지에 잠이 들었으니 대화를 나누기엔 적당하지 않았고, 이곳에 남은 친구라곤 겨우 두 명뿐이더구나, 그런데 그 두 친구는 세상에서 제일 고집 세고 까다롭기로 유명한 사람들이어서 내가 학교 다닐 때 정말 안 보고 싶었던 애들이었지 뭐니, 그래도 어쩌겠니, 아무튼 난 그 친구들 집에 차를 마시러 다니기 시작했는데, 그중 한 명은 정말이지 거짓말 하나 안 보태고, 2분마다 한 번씩 방귀를 뀌어대는 거야, 그러니 웃음을 참을 수가 없었단다, 게다가 방귀를 뀌는 사이사이에 온 세상에 대해, 이 세상 모든 남자와 여자에 대해, 늙은이와 젊은이에 대해, 심지어 동물에 대해서까지 불평불만을 쏟아내는 것 아니겠니! 그런가 하면 또 다른 친구는 방귀쟁이가 그런 불평을 하는 동안, 10초에 한 번씩 말 울음 같은 소리를 내는 거야, 이런 식으로 말이야, '히힝, 송아지 고기 스튜가 먹고 싶어, 히힝.' 하여간 그 친구는 먹는 것만 생각하는 거야, 그래서 난 송아지 스튜와 방귀에 완전히 질려버리고 말았단다, 결국 더 이상 그 친구들 집에 가지 않기로 했지.

동물 이야기가 나왔으니 말인데, 하는 수 없이 난 시간을 보내기 위해서 경마를 하기로 했단다, 아침마다 크림 커피 한 잔을 앞에 놓고 마권의 칸에 표시하는 거야, 그렇다고 언젠간 내가 꼽은 말들이 우승하겠지 하는 생각 같은 건 조금도 안 해, 내가 말에 대해서 아는 게 하나도 없으니까 말이야, 지금으로선 그냥 내 기분 내키는 대로 표시를 하고 있을 뿐이야, 그러니 맞을 리가 없지. 그래서 어제는 정보를 좀 얻기 위해 경마 전문 신문을 한 장 사야겠다고 생각했단다, 경마에 문외한이나 초보자들을 위한 정보를 알려주는 신문인데, 신문 가판대에서 하나 골라 집으로 갖고 와서 공부하려고 했는데, 손에 잡히는 대로 들고 보니 경마 신문이 아니었어, 경마에 관한 정보는 단 한 줄도 없는 거야, 아마도 누가 집어 들었다가 엉뚱한 데다 잘못 내려놓았던가 봐, 그런데 들여다보니 구인 광고들과 알림, 안내들만 잔뜩 있는 신문이었던 거야, 친구나 연인, 배우자를 구한다는 광고들만 있을 뿐, 개나 말에 관한 이야기는 단 한 줄도 없었어, 말하자면 사람을 구하는 거였지, 그래서 도로 가판대에 갖다 놓으려고 했어, 내게 필요한 건 말에 관한 정보지, 사람에 관한 정보가 아니니까, 하지만 불행하게도 내가 첫 번째 알림을 읽고 말았지 뭐니, 그리고 두 번째 광고도! 그렇게 하나씩 읽다 보니까, 자정이 되도록 읽어버렸던 거야, 노인, 젊은이, 키 작은 사람, 키 큰 사람, 부유한 사람, 가난한 사람, 별별 사람들이 다 있더구나, 자기를 돋보이게 하려고 나는 이렇다, 이런 장점이 있다, 이런 걸 좋아한다, 이런 걸 싫어한다 등등, 그래도 애야, 넘겨짚지 말려무나, 너도 일단 그

걸 들여다보기 시작하면 거기서 헤어나올 수 없을 거다, 최면에 걸린 것처럼 말이야. 그 신문은 매주 화요일마다 나오는 신문이었는데, 내일이 바로 화요일이로구나.

네게 뽀뽀를 보낸다,
널 사랑하는 할머니가.

추신 1: 만일 낙타처럼 고집 센 그 고약한 나폴레옹이 혹시 내게서 소식을 받은 게 있느냐고 물어보면, 없다고 말해주면 고맙겠구나. 인젠가 그 영감탱이가 날 다시 부를 거라는 걸 알고 있지만, 그게 100년 후가 아니길 바란단다. 안 그러면 우린 이제 서로에게 이야기할 게 별로 없을 거야.

추신 2: '추신'이라고 쓰는 게 멋지게 보이는구나.

추신 3: 마침표를 고안해 낸 사람을 네가 만나게 되면, 나 대신 혀를 쏙 내밀어주렴. 메롱! 하면서.

11
·······

　나폴레옹의 병실은 병원의 제일 꼭대기 층에 있었다. 열리지 않는 창문을 통해서 아주 먼 곳까지 펼쳐진 넓은 전경을 볼 수 있었다. 나무들이 빽빽한 언덕들 사이로 센 강이 굽이지며 흐르고 있고, 그 센 강의 강둑을 따라 기찻길이 이어져 있었다. 그리고 더 멀리에는 안개 낀 지평선에 공항의 활주로라고 생각되는 곳이 보였고, 그 활주로를 향해 하늘로부터 반짝이는 비행기들이 끊임없이 내려앉고 있었다.

　아빠는 나폴레옹이 독방을 쓸 수 있도록 추가 요금을 내고 즉시 텔레비전을 연결했다. 그리고 입원 절차를 마치자마자 할아버지에게 조제핀을 부르는 것이 어떻겠냐고 제안했다.

　"만일 네가 조제핀에게 알릴 생각이라면, 조언하는데, 지

123

금 당장 도망치는 게 좋을 거다. 정말이지 너란 녀석은 큰일에는 별로 유능하지 않으면서 나를 모욕하는 데는 세계 챔피언이로구나! 내가 약해졌다고 느끼자마자 그런 생각들이 폭포수같이 쏟아졌겠지. 내 앞에서 감히 비열한 꼼수를 부리려고 하다니!"

난 할아버지가 입원한 다음 날 병원을 방문했다. 할아버지는 나를 보자마자 불평을 터뜨렸다.

"내 입을 닫게 하는 일이라면, 네 아비는 언제나 일등으로 나선단다. 지금이 전쟁 중이었다면, 네 아비는 벌써 나를 게슈타포에 고발했을 거다. 내가 장담하지."

"할아버지도 전쟁에 나가셨었어요?"

"천만에. 전쟁이 났을 때 난 미국에 있었기 때문에 거기 남아 있었지. 바보가 아니니까. 그들의 자질구레한 이야기 따위에 난 관심이 없었어. 난 주먹질을 좋아하지만, 신사들 사이의 주먹질만 주먹질로 치거든."

"거기서 로키를 알게 된 거예요?"

"그래. 전쟁이 막 시작되었을 때지. 우린 같은 체육관에서 훈련했단다."

할아버지는 어찌나 야위었던지 덮고 있는 시트와 혼동이 될 정도였다. 하지만 숱이 많은 백발을 가진 할아버지 모습은 참 멋있었다. 할아버지가 창문 쪽으로 고개를 돌리며 말했다.

"애, 코코. 사람이 나처럼 조금 살아보면 말이다, 아, 난 절대로 늙었다고 하지 않는다는 거 알지? 아무튼, 사람이 어느 정도 완숙기에 이르면 말이다, 모든 것들이 정말 이상하게 보인단다."

할아버지의 팔이 창문 쪽으로 쭉 뻗어졌다. 그 모습이 마치 천장에 숨겨놓은 도르래가 있어서 그것이 금방이라도 할아버지를 스르륵 일어나게 할 것처럼 보였다.

"끊임없이 지나가는 저 기차들 하며, 5분에 한 번씩 지나가는 배들, 한 줄로 서서 차례로 지나가는 비행기들, 저 수많은 자동차… 빌어먹을, 사람들은 왜 저렇게도 이동하지 못해서 안달인지 모르겠구나. 무슨 할 일이 그리도 많고 바쁜 걸까? 코코, 넌 아니?"

"아뇨."

이런 상황은 할아버지를 우울하게 만들었다. 할아버지는 택시맨이었을 때부터 자기 승객들을 관찰하길 좋아했고 그들의 삶과 이동하는 이유를 상상하길 좋아했다. 해마다 내 생일 때면, 할아버지는 시간에 따라 찰칵찰칵 요금이 표시되는 미터기를 제로로 한 채, 나를 택시에 태우고 다녔다. 그러면 손님들은 운전석 옆에 앉은 나를 보고 이렇게 말했다.

"이 택시, 지금 운행합니까?"

주행하는 동안 우리는 방금 태운 승객이 알아듣지 못하게 에스페란토어로 그에 관한 이야기를 나누곤 했다. 저 손님은 지금 어디서 오는 길일까? 숨겨놓은 애인의 집에서 오는 걸까? 직업이 뭘까? 장의사? 우산 장사? 어떻게 알 수 있을까?

작동시키지 않은 요금 계산기는 계속 0000을 가리키고 있어서 승객은 자신이 내고 싶은 만큼만 내면 되었다. 어떤 승객도 반발하거나 불만을 표시하지 않았다. 그리고 그 요금은 내 호주머니 속으로 들어갔다.

"자, 오늘은 네 생일을 축하하는 거다!"

그 요금 계산기가 지금은 고장이 난 상태다. 할아버지는 언제부터인가 그 요금 계산기에 일종의 증오심 같은 걸 품게 되었다. 그래서 몇 년 전에 그 기계가 아예 소리를 내지 못하게 만들었는데, 찰칵찰칵 하는 소리를 참을 수 없었기 때문이다. 그 바보 같은 기계가 할아버지의 남은 시간을 세고 있는 듯한 기분이 든다고 했다.

"언젠가 내가 저 기계를 구둣발로 차버렸었지. 그때 저놈의 기계가 불평 한마디 없이 얌전해졌던 걸 네가 봤어야 했

는데 말이다. 코코, 절대로 저런 기계에 속지 마라. 시간을
재는 것들은 모조리 다 망가뜨려야 해. 안 그러면 그 기계들
이 네 인생을 게걸스럽게 먹어치우고 말 거야."

할아버지가 병원에서 무엇보다 아쉬워하는 것은 마침표
찍고를 옆에 둘 수 없다는 거였다. 할아버지는 마침표 찍고
를 그리워했다.

"원래 다 그런 거예요." 아빠가 할아버지에게 말했다. "화
내실 일이 아니에요. 원래 개들은 방문이 금지되어 있어요."

"라 센코요놀로즌 오니 플리 주스트 말페르메수!(정말 입
장을 금지시켜야 할 것들은 물러터진 불알들인데 말이야!)"

"뭐라고 하셨니?" 아빠가 물었다.

"별말씀 아니에요. 규칙에 따르는 수밖에 없겠다고 하셨
어요."

다음 날부터 난 할아버지의 울적함을 덜어주기 위해서 엄
마가 그려준 마침표 찍고의 그림들을 갖고 가서 보여주었
다. 엄마의 그림 속에 있는 마침표 찍고는 옆모습을 보이며
앉아 있었다. 왠지 장난기 어린 눈길에 미소를 꾹 참고 있는
듯한 표정이었다. 그림 속의 녀석은 금방이라도 왈왈 짖을
것 같고, 콧수염이 움찔움찔 움직일 것만 같았다.

"오, 코코! 네가 있어서 얼마나 다행인지 모르겠다. 너도

봤지? 마침표 찍고가 곧 꼬리를 움직일 것만 같구나. 내가 비밀 하나 알려주련? 네 아빠는 그에게 어울리지 않는단다."

"누구에게요?"

"누구긴, 네 엄마지. 내게 딸이 있다면, 꼭 네 엄마를 닮았으면 한단다. 우선 네 엄마는 말이 별로 없잖니. 그건 여자들에게선 잘 볼 수 없는 아주 드물고도 큰 장점이거든. 그리고 네 엄마의 그림은… 하긴 그런 재능을 갖고 있다면, 말이 필요 없을 거야! 사람들은 항상 쓸데없이 말이 많거든. 네 엄만 그걸 아주 잘 이해하고 있는 거지."

* * *

며칠이 더 지났다. 이젠 그림도 소용이 없게 되었다. 할아버지는 마침표 찍고를 직접 보고 싶어 했다.

"먼발치에서라도 좋으니 제발 부탁한다. 내겐 너밖에 없잖니. 딱 너 하나뿐이야. 너만 나의 유일한 동맹군이란다."

그래서 마침표 찍고를 병원 주차장에 데리고 가서 산책시키는 게 내 일과가 되었다. 알렉상드르 라프스지이크가 동행했다. 어느 날 그 애는 마침표 찍고에게 자기 모자를 씌워 놓고 재미있어했다. 나는 그날 처음으로 그 애가 터뜨리는 웃음소리를 들었다. 솔직하고 맑은 웃음소리가 하늘 높이 울려 퍼졌다.

　나폴레옹은 창가에 있는 침대에 앉아서 마침표 찍고가 움직이는 모습을 볼 수 있었다. 마침표 찍고는 주차장의 음산한 풍경에 곧 싫증을 느꼈고 결국 거기서 똥을 싸고 말았다. 그 녀석은 자기 주인이 있는 창문을 찾기라도 하는 것처럼 위를 향해 주둥이를 들었다. 그러고는 멀리 하늘을 지나가는 비행기들을 바라보았다. 그러다가도 자동차 한 대가 와서 멎으면 금방 옆으로 길게 누워버렸다.

* * *

　열흘이 지나자 할아버지는 휠체어를 탈 수 있게 되었다. 병원에 온 이후로 줄곧 할아버지를 삼키고 있던 우울감은 이제 할아버지의 기본 성품인 반항심에 자리를 내주고 물러가야 했다. 할아버지는 마치 우리 안에 갇힌 한 마리 사자처럼 방 안을 돌아다니면서 병실 안에 있는 온갖 것에 대해 불평을 터뜨렸다. 음식에서부터 텔레비전 프로에 이르기까지 할아버지에게 불평의 대상이 되지 않는 건 하나도 없었다.

　"코코, 이 방에선 쉰 속옷 냄새가 나! 게다가 그 인턴 녀석은 어찌나 입 냄새가 나는지, 완전히 세계기록 수준이란다. 그 녀석이 미소를 지으면 방귀를 뀌는 것 같지 뭐냐. 그놈은 입 냄새 대회에 참가 신청서를 써야 해. 아이고, 텔레비전 프로는 또 어떻고! 이 못된 놈들이 내겐 특별 채널 하나만 연결해 놓았단다. 이건 분명 음모야. 나를 지겨워 죽게 만들려는 계략인 거지. 무슨 놈의 TV가 이따윈지 모르겠구나. 서부극도 없지, 권투 시합도 없지, 볼링 시합도, 자동차 이야기도 하나 없지, 하다못해 발가벗고 나오는 여자도 하나 없으니 말이다. 좌우지간 볼 만한 프로라고는 하나도 없다니까! 전혀! 나오는 거라곤 순전히 경제니, 위기니, 주식이니 이런 것들뿐이니! 물러터진 불알 같은 놈들이나 보는 TV인 거지! 나더러 이런 걸 보라는 거야!"

할아버지 말에 따르면 아빠가 뇌물을 써서 병원 사람들이 할아버지를 강제로 붙잡아 놓고 있다는 거였다.

"나를 일찍 죽게 하려고 여기 사람들이 이런 일을 꾸미고 있는 거란다, 코코." 그러면서 한숨을 푹 쉬었다. "그놈들이 드디어 시작했더구나. 무슨 말인지 아니? 내게 다이어트를 시키기 시작한 거야."

"오, 정말 비열한 놈들이군요!" 내가 대답했다.

"이젠 소시지도 없단다. 넌 이해가 되니? 겨우 허리 좀 아픈 거 가지고 이 난리를 피운다는 게 이해가 돼?"

"골절이에요, 할아버지. 그것도 다른 부위가 아니라 척추라고요."

"그게 그거야. 다리뼈든, 등뼈든! 중요한 건 그들이 이 불행한 요통 환자를 강제 수용소에 집어넣었다는 사실이야, 내 말은… 참 내, 기가 막혀서! 나를 치료한다고? 지나가는 개가 다 웃겠다! 그놈들은 나를 가둔 거야! 네 아비가 지금 나를 늙은이들 수용소에 집어넣으려고 퇴원 날짜를 자꾸 뒤로 미루고 있다니까! 장담하건대, 지금 그 녀석 책상 위엔 가격별로 쫙 분류된 요양원 안내서들이 산더미처럼 쌓여 있을 거다, 틀림없어. 정말로 그놈들이 날 돌봐줄 생각이었다면, 최소한 소시지를 금하는 짓 따윈 하지 말아야지."

할아버지는 엄지손가락만 한 작은 소시지들이 줄줄이 붙어 있는 비엔나소시지를 무척 좋아했다. 할아버지가 나를 구슬리고자 달달한 눈빛으로 윙크를 하며 말했다.

"네가 뭔가 해줄 수 있지 않을까? 인류애를 발휘한 작은 수고 말이야. 말하자면 열두 개짜리 줄줄이 비엔나소시지 같은 거."

"약속할게요. 그래도 척추가 부러진 건 심각한 거니까, 몸을 아끼셔야 해요!"

"넌 로키가 자기 몸을 아꼈을 거로 생각하니? 로키가? 그가 쪼잔하게 요통 따위에 쓰러져서 링을 떠났을 거 같아? 아니지, 절대 아니지. 그 친구는 끝까지 최선을 다해 싸웠어. 이렇게 말이야, 팟팟팟!"

나폴레옹이 입원해 있는 동안, 난 나폴레옹이 로키에 대해 아주 많은 걸 알고 있다는 걸 알게 되었다. 이제껏 로키에 관해 이야기했던 것보다 훨씬 더 많은 것이었다. 심지어 두 사람은 전쟁 중에 나폴레옹이 대서양 저편에 갇혀서 고국으로 돌아오지 못하고 있을 때 같은 방을 쓰기도 했었다. 나폴레옹과 로키가 이층 침대에서 잠을 잤다는 것이다. 복싱계의 두 영웅이 아래위층에서 자는 걸 상상해보는 건 아주 재미있었다.

로키의 부모님은 로키가 태어나기 10년 전에 이탈리아에서 미국으로 건너왔다. 그들은 몹시 가난한 환경에서 태어나서 가난 속에서 자라고 가난 속에서 죽었다. 그들의 유일한 기쁨은 아들의 탄생이었고, 유일한 승리는 로키가 한 살 때 폐렴으로 죽을 뻔했다가 살아난 사건이었다.

나폴레옹은 승리를 향해 돌진하는 로키의 지칠 줄 모르는 에너지가 그 부모의 가난한 삶에 대한 기억과 그를 쓰러뜨릴 뻔했던 질병에 대한 기억으로부터 샘솟는 거로 생각했다. 그의 생애는 끝날 줄 모르는 복수일 수밖에 없었을 거라고 하면서.

"그 가난하고 보잘것없는 청년을 무적의 로키로 만든 건 바로 그 가난과 질병이었지. 그 친구의 진짜 이름은 로베르토였어."

그리고 어느 날 할아버지는 이렇게 중얼거렸다. 자신과 로키를 이어준 것을 한마디로 요약한 말인 듯했다.

"한 복서가 다른 복서에게 줄 수 있는 최고의 것, 로키는 그걸 내게 주었지."

난 그게 무슨 뜻인지 감히 물어보지 못했다. 하지만 나 역시 똑같은 생각을 했다. 할아버지가 손자에게 줄 수 있는 최고의 것, 나폴레옹은 바로 그것을 내게 주고 있다고… 할아버지는 마치 내 생각을 읽기라도 한 것처럼 말했다.

"고맙다, 코코야. 네가 없었다면 난 어떻게 되었을지 모르겠구나! 사실 난 황제가 된다는 게 뭔지 모르거든. 자, 이제 라디오를 켜자. 교양을 쌓을 시간이구나. 어쨌거나 그건 몸에 해로운 게 아니니까, 그렇지?"

진행자의 목소리가 분명하고 선명하게 그리고 우리 마음을 편안하게 해주는 안정제처럼 들려왔다. 많은 사람에게 용기를 주는 그 목소리는 어쩌면 천 년 후에도 여전히 똑같은 질문을 하고 있을지 모른다. 난 나폴레옹의 반응을 훔쳐보았다. 미소가 약간 모호했다.

"자, 파란 문제입니다. 빅토르 위고는 몇 살까지 살았을까요?"

도전자들이 결정을 못 내리고 우물우물하는 소리가 들렸다.

진행자가 한숨을 쉬었다.

"우리가 모두 사랑하는 빅토르 위고는 아주 오래 살았는데요…"

"70세!" 도전자 중 한 명이 시도를 해봤다.

그 말에 나폴레옹이 격노하고 말았다.

"진행자가 분명히 오래 살았다고 했는데! 오래 산 게 고작 70세라고? 저런 정신 나간 놈이 있나!"

"아, 아닙니다. 여든세 살이었습니다… 빅토르 위고는 아주 장수하신 분입니다…"

청중이 손뼉을 쳤다.

"라디오 꺼라." 나폴레옹의 얼굴이 벌게졌다. "아주 장수했다니! 고작 여든셋인데! 대체 무슨 소리를 하는 거야! 여든셋이면 아직 어린애잖아! 그 작자는 아주 허약 체질이었던 게 분명해. 아니, 그런데 저 아무개 녀석은 가끔 따귀 맞을 짓을 한단 말이야, 저놈이! 젠장, 그때 저 녀석에게 여행을 좀 시켰어야 했는데! 곰팡내가 나도록 좁은 곳에 갇혀서 문제만 내며 살다 보니, 이제 슬슬 냄새를 풍기기 시작하는구나."

그때 문이 열렸다. 간호사 한 명이 붕대, 혈압계, 체온계, 파스 등등 의료품을 실은 작은 수레를 끌고 들어왔다.

"자, 간단한 처치를 할 시간이에요!" 그녀가 날카로운 목소리로 말했다.

"처치는 무슨." 나폴레옹이 중얼거렸다.

그 간호사는 이번에도 좌약 넣는 일을 나한테 슬쩍 떠넘기려고 할 게 분명했다.

할아버지는 휠체어를 화장실로 밀고 갔다.

"어디 가시려고요?" 간호사가 물었다.

"오줌 누러. 그것도 금지된 건가?"

할아버지는 화장실에서 돌아오자마자 큰 소리로 선포하듯 말했다.

"미리 말하겠는데, 내 보좌관은 계속 이 방에서 감시하고 있을 거요. 만일 날 슬그머니 독살할 생각으로 왔다면, 이미 실패한 거니 그냥 돌아가는 게 나을 거야."

간호사가 어깨를 으쓱하고는 총천연색의 알약 몇 개와 물

한 잔을 할아버지에게 내밀면서 미소를 지었다. 그러곤 할아버지가 방심한 틈을 타서 할아버지의 입에 체온계를 쏙 집어넣었다.

"보통은 입에 넣지 않는단다." 간호사가 내게 속삭이듯 말했다. "하지만 이렇게 하면 적어도 몇 분 동안은 입을 다물게 할 수 있거든. 네 할아버지는 너무 쉽게 흥분하시는 분이야. 이름과 딱 어울리는 분이시지 뭐니."

나폴레옹이 노기 어린 두 눈을 굴렸다. 분노, 그건 좋은 징조였다.

드디어 간호사가 체온계를 다시 빼서 들여다보았다.

"41도! 어머, 이상하네, 보기엔 별 이상 없어 보이는데!"

"당신이 그 말 하는 걸 들으니 기쁘군요, 마드무아젤."

할아버지는 다시 내게 몸을 돌리고 덧붙여 말했다.

"벨라스 라 플레기스티노, 추 네?(이 간호사는 꽤 괜찮아, 안 그러니?)"

"뭐라고 하셨니?" 젊은 여인이 물었다.

"오, 별말씀 아니에요. 간호사 선생님이 아주 친절하시대요."

그녀가 침대를 다시 정리하고 있는데, 갑자기 나폴레옹이 내게 가까이 오라는 신호를 보냈다.

"코코, 지금 내가 눈이 좀 아파서 그러는데, 저기 뭐라고 씌어 있는지 말해줄래? 저 간호사 블라우스 위에 씌어 있는 글자 말이다."

"유니폼 위에요?"

"그래, 오른쪽 가슴 위에."

"노인병학이라고 씌어 있는데요, 할아버지."

할아버지의 시선이 별안간 굳어져버렸다. 마치 눈 대신 구슬 두 개를 박아놓은 것 같았다. 얼굴도 창백해지고 입술은 칼날처럼 얇고 가늘어졌다.

"이런, 빌어먹을, 빌어먹을! 확실한 거냐?"

내가 그렇다고 고개를 끄덕였다.

"할아버지, 왜요? 무슨 일이에요?"

"그렇게 부르지 말라고 했지. 특히 지금은 더욱 그럴 때가 아니야."

폭풍 같은 명령이었다. 칼날처럼 날카로워진 두 눈이 간호사의 유니폼에 완전히 꽂혀 있었다.

"마드무아젤!" 할아버지가 고함을 쳤다.

"네, 무슈?" 젊은 여인이 소스라치게 놀라며 대답했다.

"거기다가 뭐라고 쓴 거요?"

그의 손가락이 간호사의 유니폼 위에 내려앉았다. 간호사는 놀라서 살짝 뒤로 한 걸음 물러났다.

"여기요?"

"그렇소, 거기! 귀까지 먹은 건가?"

나는 나폴레옹이 약간 이성을 잃은 건가 하는 생각이 들었다. 젊은 여성은 너무 당황해서 빨리 대답을 하지 못했다.

"지금 기다리고 있잖소. 어서 말하라니까! 지금 내가 기다리고 있는 게 안 보이나? 예고하는데, 내 인내심에도 한계가 있다는 걸 기억해야 할 거요."

"여기요? 보시다시피, 노인병학이라고 씌어 있는데요."

할아버지가 가슴에 팔짱을 꼈다. 딱딱하게 굳어진 얼굴이었다.

"나도 읽을 줄은 알아. 고맙군."

"제가 근무하고 있는 부서예요! 전 노인병학에서 일한다고요. 그래서 노인병학이라고 씌어 있는 거예요."

간호사가 변명하는 표정이 되었다.

"좋소, 좋아. 마드무아젤, 얼른 가서 사전 한 권 갖다 주면 고맙겠소."

"사전이요? 아, 가로세로 낱말 맞히기 프로를 보시려고요? 곧 재방송 시간인가요?"

"아니. 〈난 사람 무시하는 짓은 인제 그만하겠다〉라는 프로의 생방송을 보려고."

간호사는 자기가 뭘 잘못했는지 모르겠다는 표정으로 병실을 나갔다.

"알겠니, 코코? 난 지금 저 간호사에게 화를 내는 게 아니다. 하지만 짚어야 할 건 분명하게 짚고 넘어가야지. 잘못된 건 그 즉시 확실하게 고쳐야 해. 안 그러면 나중엔 더 골치 아파지거든."

10분 후에 간호사가 들어와 나폴레옹에게 사전 한 권을 내밀었다.

"이웃 병실에 있는 분에게 빌렸어요. 긴 단어 찾기 게임을 좋아하시는 분이거든요."

나폴레옹이 내게 은밀한 눈길을 보냈다.

"알크로추 빈, 부보, 포르테 스쿠이조스.(꼭 잡아라, 코코, 좀 흔들릴 거다.)"

그러면서 휠체어 바퀴를 돌려서 간호사 코앞까지 다가갔다.

"마드무아젤, 당신 이야기를 할 필요 없소. 이웃 병실 환자 이야기도 꺼낼 필요도 없고. 난 그딴 거엔 아무 관심도 없으니까. 자, 당신이 직접 노인병학이라는 단어를 찾아보시오."

그녀는 분홍빛 혀끝을 살짝 내민 채, 페이지를 넘겼다.

"노인병학… 노인병학… 아, 여기 있어요!"

"읽어보시오. 읽을 줄 안다면!"

"네… 노인층의 건강과 질병에 관한 의학의 한 분야."

그녀가 얼굴을 들고 순진하게 미소를 지었다.

"들으셨죠? 헤헤헤. 놀랍지 않아요? 사전에서 이런 걸 배우다니요. 자, 이제 만족하셨어요?"

나폴레옹이 휠체어의 팔걸이를 꽉 움켜쥐었다. 관자놀이에 푸른색의 굵은 핏줄들이 나타났다.

"만족했냐고? 뭐가 나를 만족스럽게 하는지 정말 관심 있소? 좋아, 말해주지. 제기랄! 그건 늙은이들의 건강과 질병을 치료한다는 이 병실에 어째서 내가 들어와 있는지 알고 싶은 거요!"

병실 안에 있는 걸 모두 던져버리겠다고 위협하며 계속 고함을 질러대는 이 여든여섯 살의 해적 앞에서 간호사는 뭘 어떻게 해야 할지 몰라 쩔쩔맸다.

"그렇소. 마드무아젤, 난 대체 내가 왜 이 멍청한 노인네들하고 같이 여기 있으며, 뭘 하고 있는지 알고 싶단 거요! 내가 지금 당신에게 불가능한 일을 요구하는 게 아니잖소, 단지 당신들이 크게 실수하고 있다는 걸 인정하라는 것뿐이야! 단지 그것뿐이라고!"

간호사가 큰 걸음으로 성큼성큼 방을 떠났다. 유리창 뒤로 지는 해가 드넓은 풍경을 붉게 물들였다. 나의 황제는 내가 거기 있다는 사실을 잊고 있는 듯했다. 나폴레옹은 휠체어에 앉아서 주먹으로 허공을 쳐댔다. 황제의 광활한 들판 위로 서서히 쓰러져가고 있는 태양을 마구 두들겨 패는 것 같았다.

12

보름 후에 노인병학과 과장이 아빠를 불렀다. 의사는 몹시 걱정하고 있었던지, 일사천리로 일을 처리하려고 했다. 진실은 단번에 이야기하는 편이 나은 법이다.

"보뇌르 씨, 단도직입적으로 분명하게 말씀드리지요. 아버님을 병실에 더 오래 머무시게 하는 건 불가능합니다. 모든 서비스가 한계에 달했어요. 이러다간 조만간 우리 의료팀이 전부 정신병원에 들어가게 될 지경입니다!"

그러면서 우리에게 그간의 사정을 이야기했다. 난 한 마디도 놓치지 않으려고 주의를 기울여 들었다.

나폴레옹은 복도에서 산소통을 굴려 볼링을 치는가 하면, 다른 환자들을 방문해서 팔씨름하자고 부추기고, 간호사들이 들어오면 노골적인 농담을 해서 당황하게 했는데, 얼마 전부터는 아예 그녀들을 따라다니면서 엉덩이에 손을 대곤 했다는 것이다.

"가장 끔찍한 게 뭔지 아세요? 아버님께서 측정기처럼 생긴 것들은 모조리 다 고장을 냈다는 겁니다. 그는 젠장! 빌어먹을! 하고 소리치면서 모든 측정기의 수치를 다 제로로 만들어버렸어요. 그뿐 아니라 어젯밤엔 퓨즈가 다 나갔지 뭡니까! 대체 왜 그러는지 이유를 좀 알아보셔야 할 것 같습니다!"

실제로 나폴레옹 주위에서는 매 순간 추격전이 벌어지고, 웃음이 터지고, 분노한 간호사들의 날카로운 소리가 들려왔다.

"어제는 어떻게 했는지 아세요? 수술실로 뛰어들어와서 '나만 빼놓고 모두 여기 모여서 재미 보는 건가?' 하고 소리를 질렀답니다. 상상되세요?"

"넌 이런 게 재미있니?" 내가 참을 수 없어서 미소를 짓자, 아빠가 그렇게 물었다.

"솔직히 말하자면 이건… 너무… 놀랍네요." 쿡쿡거리며 웃음을 애써 참던 엄마도 아빠가 눈치채지 못하게 억지로 심각한 표정을 지으며 가까스로 말했다.

엄마의 눈은 여전히 웃고 있었다. 엄마가 내 무릎에 한 손을 올려놓았다.

"흠흠, 나도… 이게 웃긴다고 생각하긴 해." 아빠가 말했다.

잠시 침묵했던 의사가 다시 말을 이었다.

"솔직히 아버님이 간호사들이나 다른 환자들의 마음을 끄는 데가 있긴 해요. 나 자신도 여러 번 웃어… 아, 지금 내가 무슨 말을 하는지 모르겠군요, 죄송합니다. 아마 피곤해서 이러나 봅니다. 어쨌거나 볼링 사건은 병원을 폭발시킬 뻔했어요. 대형 참사가 일어날 뻔했단 말입니다. 그런데 보뇌르 씨, 정말 아버님의 출생 연도가 분명하긴 한 겁니까? 혹시 10년이나 20년쯤 착오가 있었던 건 아닌가요?"

"네, 확실합니다." 아빠가 말했다.

"워낙 원기가 왕성하신 분이라서 말입니다. 비정상적으로 활력이 넘치시는 거예요. 원칙적으로는 80세부터 특히 휠체어에 앉게 되는 큰 사고 같은 걸 당하면 대개 좀 기운이 빠지고, 과거 생각에 사로잡히고, 많은 걸 포기하게 되는 게 보통이죠. 주변의 자질구레한 것들을 정리해가면서 말이죠. 그런데 보뇌르 씨의 아버님은… 최근에 어떤 일이 있었는지 아십니까?"

"아…뇨…?" 아빠가 더듬거렸다.

"잘 들으세요. 그분 말씀이 오토바이 한 대를 사시겠다는 겁니다."

아빠의 입이 딱 벌어졌다.

"네? 오토바이요?"

"네, 오토바이요. 오토바이를 타고 다니시겠다는 거예요… 650cc짜리를 살지, 800cc짜리를 살지 망설이고 계시더군요. 500cc 이하는 좀…"

"물러터진 불알 놈들이나 타는 거라고 하셨겠죠?" 아빠가 말했다.

"네, 맞습니다."

한마디로 해결책을 찾아야 했다. 나폴레옹은 병원 측에서 보자면 감당이 안 될 정도로 성가신 사람이었기 때문이다. 그래서 아빠와 엄마가 황제의 미래와 그의 제국에 대해 의논하기 시작한 건 병원 근처 상가 지역에 있는 한 중국 식당 안에서였다.

"해결책이 많지 않군." 아빠가 젓가락으로 군만두 하나를 집으면서 말했다. "한 가지가 있긴 한데, 아버지는 틀림없이 동의하시지 않을 거야."

"당신 말은 양로…"

"맞아…"

엄마의 얼굴이 찡그려졌다.

"아버님이 거기 계신 모습은 전혀 상상이 안 돼요. 게다가 당신은 뭐라고 할 거예요? '아버지를 위한 좋은 소식이 있어요. 아버지가 계실 만한 좋은 양로원을 찾아냈어요.'라고 이야기할 거예요?"

"그러게 말이요. 그만둡시다, 그냥 생각만 해본 거지 뭐…"

아빠의 손가락에 경련이 일어났다. 그 바람에 젓가락 사이에서 튕겨 나간 군만두가 옆에 있던 어항으로 들어가 나선을 그리며 서서히 물속으로 내려갔다. 좀 떨어진 곳에서 그걸 본 웨이터가 아빠를 향해 손짓으로 금붕어에게 먹이를 주는 건 금지되어 있다는 뜻을 전해왔다.

"참, 골치 아프게 됐어." 아빠가 말했다. "브랑슈 씨나 토르피용 아주머니를 좀 봐요. 그분들은 거기서도 아주 잘 지내시잖아. 편안하고 즐겁게 말이야. 당신도 알지만 양로원은 바로 레오나르 학교 앞에 있어. 건물도 아주 예쁘게 지은 데다 내부도 깨끗하고, 조용하고…"

엄마는 미소로만 대답했다. 예쁘고, 깨끗하고, 조용하고… 그건 나폴레옹과는 전혀 어울리지 않는 단어들이었다.

그러고 보면 황제의 말이 옳았다. 나폴레옹은 적군의 음모를 완벽하게 꿰뚫고 있었다.

"그렇군요." 내가 말했다. "아빠와 엄마는 할아버지를 강제 수용소로 추방하려는 거죠!"

아빠가 깜짝 놀라서 젓가락 하나로 오른쪽 콧구멍을 찌르고 말았다. 코피가 흘렀다. 아빠는 냅킨으로 급히 코를 막으며 말했다.

"강제 수용소라니, 추방이라니! 무슨 말을 그렇게 하니! 우린 할아버지를 추방하려는 게 아니야, 전문 기관에서 치료와 돌봄을 받으시게 하려는 거지. 거긴 할아버지처럼 나이 드신 분들을 돌봐주고, 시간을 즐겁게 보내도록 도와주는 전문가들이 있는 곳이야. 덧붙여 말하자면, 나로서도 꽤 돈이 드는 일이란다!"

아빠는 분노를 비워내기라도 하려는 듯이 군만두 하나를 신경질적으로 입에 넣고 모질게 씹기 시작했다. 그러자 쩝쩝하는 불쾌한 소리가 났다. 별안간 아빠가 얼어붙은 듯 꼼짝하지 않았다. 그리고 냅킨이 계속 코피를 흡수하고 있는 몇 초 동안 나를 뚫어지게 바라보다가 부드럽게 물었다.

"레오나르, 누군가를 추방한다는 게 무슨 뜻인지 알고는 있니?"

아빠가 내 눈을 똑바로 바라봤다. 난 낚싯바늘에 걸린 것처럼 아빠의 시선에서 눈을 뗄 수 없었다.

"어… 그러니까… 실은…"

아빠가 한숨을 쉬고 나서 냅킨을 둥그렇게 말다가 엄마와 난처한 시선을 주고받았다.

"얘야, 누군가를 추방한다는 건 말이야…" 엄마가 말했다. "그건 그 사람을 억지로 고향 땅과 집에서 내쫓아 다른 지방이나 나라에 감금하는 거야."

"알겠니? 이거랑은 전혀 상관없는 거다." 아빠가 말했다.

"그럼 그 사람은 어떻게 되는데요?" 내가 물었다.

"그렇게 되면 그 사람은 이제 아무 권리도 못 갖게 돼. 모든 소유를 다 빼앗기고 아주 멀리 쫓겨나니까. 사랑하는 모든 사람에게서 떨어져서 다시는 그들을 볼 수 없게 되는 거지."

잠깐의 침묵이 있고 난 뒤에 알렉상드르의 얼굴이 퍼뜩 떠올랐다.

"왜 그렇게 하는 거예요?" 내가 또 물었다. "왜죠?"

"왜냐고?" 엄마가 전쟁에 관해서 이야기해주었다. 그리고 전 유럽을 휩쓸며 아우슈비츠로 향했던 기차들에 대해서도. 그 기차에 꽉꽉 실려 갔던 사람들은 아무도 다시 볼 수 없었다고 했다.

엄마의 말은 입에서 나오자마자 증발해 버렸다. 그래서 전부 다 기억하진 못하지만, '사랑하는 모든 사람에게서 떨어져서 다시는 그들을 볼 수 없게 되는 거지.'라고 했던 말만은 대리석에 새겨놓듯이 머릿속에 새겨졌다.

그때 웨이터가 작은 기구를 들고 다가와서 테이블보 위를 살짝 스쳤더니 식탁 위에 흩어진 빵 부스러기들이 감쪽같이 사라졌다.

"아주 편리하군, 안 그렇소?" 갑자기 즐거워진 아빠가 중얼거렸다.

웨이터가 다른 테이블로 향하자 엄마가 아빠 쪽으로 몸을 굽히고 말했다.

"그냥 쉽게 생각하기로 해요. 몇 주 동안 아버님을 우리 집으로 모시면 어때요?" 엄마가 수줍게 제안했다.

"우리 집?" 아빠가 눈썹을 찌푸리며 물었다. "정말이오?"

아빠의 시선에서 한편으로는 그 제안에 끌리고, 한편으로는 불안해하는 게 보였다.

"아버님의 몸이 회복될 때까지만요." 엄마가 주장했다. "그리고 여보, 그러면 당신과 아버님이 가까워지는 기회가 될 수도 있어요."

"하지만 좀체 가까워지려고 하지 않는 건 바로 아버지야. 넥타이 사건 알지? 난 아직도 그 넥타이를 갖고 있어. 그런 식으로 가까워지는 건 전혀 고맙지 않아! 됐어요!"

그러면서 아빠는 자신의 가슴을 가리켰다. 아빠의 얼굴에서 갑자기 어린애 같은 표정을 읽을 수 있었다.

"당신도 알잖아. 아버지는 한 번도 나를 인정해준 적이 없어. 난 주먹질은 한사코 싫으니, 그거야 난들 어쩌겠어?"

아빠는 빈약한 작은 두 주먹을 폈다 오므렸다 해보았다.

"내가 아버지의 사랑을 받을 수 있는 유일한 게 바로 이거 잖아, 팟팟팟, 복서가 되는 거. 그 생각이 여든여섯 살에 와서 갑자기 바뀔 리가 없잖소. 예순에도 안 바뀌었는데."

엄마가 아빠의 손을 잡으며 꾸밈없이 말했다.

"시간은 잡을 수 없는 거예요, 여보. 나폴레옹이 우리 곁에 영원히 계시는 게 아니잖아요."

할머니의 편지

사랑하는 내 손자야,

지난번에 어디까지 이야기했더라? 아, 그래, 화요일의 잡지에 관해서 이야기했었지, 덴마크어를 공부하러 마드리드로 떠나는 조카딸이 지나는 길에 잠깐 들렀다며 와서 말하는데, 그렇게 누군가를 만나서 교제해보는 게 삶을 활기차게 만들 수 있어서 좋을 거라고 하면서도, 그 애의 말이 여간 조심하지 않으면 안 된다고 하더구나, 글쎄 그 애가 이런 말을 하는 거야. '어떤 사람을 만날지 모르잖아요. 이모를 토막 살해하려는 미친 사람이라도 만나면 어떻게 할 거예

요?'

그 말에 조심해야겠다는 생각이 들어서 쉽게 결심하지 못했지, 그런 데다 여자친구를 원하는 사람들이 하도 많다 보니, 나중엔 모두가 다 비슷비슷해 보이는 게 아니겠니? 마치 자동차를 사려고 할 때, 신뢰할 만하고, 힘이 좋은 기본 모델을 고르는 게 나을지, 유행에 따르는 옵션이 많은 대신 조금 힘이 없는 모델을 고르는 게 나을지 몰라서 고민하는 거랑 똑같더라.

그래도 드디어 세 명의 후보자들을 골라서 마음에 드는 순서를 매겼단다, 경마장에서 우승마를 고를 때처럼 말이야, 그러고 나서 세 사람에게 편지 한 장씩을 보냈어, 정확하게 똑같은 내용으로 이름만 바꿔가면서 썼는데, 첫 번째 사람에게 보낸 편지가 되돌아왔더구나, '위 주소에 거주하지 않음'이라는 표시와 함께 말이야. 그리고 두 번째 편지를 받은 사람은 좋다 나쁘다 답장이 없는 거야, 그런데 세 번째 사람이 보낸 답장을 우편함에서 발견했지. 편지 보낸 지 일주일 후였단다.

그래서 그 사람을 만났어, 처음엔 얼마나 겁이 났었는지 넌 상상도 못할 거야, 그런데 그가 나를 중국 식당에 초대했단다, 그래서 난생처음 먹어보는 중국요리를 먹었지 뭐니,

151

식사가 끝나고 마지막에 연기가 모락모락 나는 크레프처럼 생긴 게 나왔는데, 내가 그걸 입에 넣고 씹고 있으니까 에두아르(그 남자의 이름이야)가 웃음을 터뜨리는 거야, 그건 크레프가 아니라, 뜨겁게 데워져 나온 물수건이었다나? 에두아르가 '그건 손을 닦으라는 거예요.' 하고 말하기에 알았지, 난 중국인들이 식탁에서 손을 닦는다는 걸 몰랐지 뭐니, 아무튼 그랬는데 그가 웃음을 멈추지 못하는 거야, 그러더니 나 때문에 정말 오랜만에 즐겁게 웃어본다고 하더라, 그러면서 우리 둘 사이에 좋은 징조라고 하더구나.

긍정적인 점은 어쨌든 그가 나를 토막 살해할 생각이 없다는 걸 확신하게 되었다는 거지, 식당을 나와서 난 그 신사적인 남자와 둘이 주변을 한 바퀴 돌았단다, 그리고 그가 한창 젊었을 때 무역업을 했다는 걸 알게 되었어, 내가 그에게 그가 생각하는 것처럼 과부가 아니고, 남편이 85세의 전직 복서인데, 새로운 삶을 살기 위해 나를 내쫓았다고 말했더니, 그는 농담이라고 여기고 믿지 않더구나, 그저 나를 재미있는 과부라고 생각하는 거야, 난 한 번도 그런 생각을 해본 적이 없는데 말이야, 믿기 어려울 정도로 활기찬 네 할아버지와 함께 살고 있으면 그런 식의 생각은 절대로 안 하게 되지, 아무튼 난 그 남자를 다음 주에 다시 만나기로 했어, 그

땐 나를 일본 식당으로 데리고 가겠다더라. 그는 예전에 아시아에서 사업을 했대. 이쪽 나라에서 젓가락을 사서 저쪽 나라에 팔고, 저쪽 지방에서 성냥을 사서 이쪽 지방에 팔고 했나 봐. 그런데 결론을 말하자면, 그가 과부라는 말을 꺼내는 바람에 내 머릿속에 비관적인 생각이 들어와버렸다는 거야. 그래서 돌아오는 길로 즉시 그 고약한 네 할아버지를 위해 스웨터를 짜기 시작했지. 내 사랑하는 손자야, 난 네가 할아버지를 아주 좋아한다는 걸 잘 알고 있단다. 그러니 할아버지와 그의 새로운 삶을 잘 돌봐주길 바란다. 하지만 네게 편지를 썼다는 이야기는 하지 마라. 안 그러면 청춘을 되찾으려고 애쓰는 할아버지가 부담스러워할 거야. 청춘이란 20세에도 견디기 쉽지 않은 건데, 86세에는 더더욱 만만치 않을 테니까 말이다.

늘 너를 생각하는 할머니가.

13

"너희 집에?" 나폴레옹이 억양 없는 목소리로 물었다. "내가 제대로 들은 거냐? 내 청각에 문제가 생기기 시작한 거야? 벌써? 이 나이에?"

아빠가 할아버지 앞에서 발꿈치를 약간 들었다. 그것은 아빠가 거북할 때면 자주 하는 버릇이다.

"네, 우리 집이요."

"그건 너희들끼리 생각한 거냐? 아니면 오늘의 운세에서 나온 이야기대로 따라 해본 거냐?"

"아버지가 다시 기력을 회복할 때까지만 계시도록 하세요."

"네가 내 기력을 걱정해줘야 할 때가 되면, 그땐 네게 신호를 보내마. 하지만 넌 네 일이나 제대로 하는 게 좋…"

갑자기 나폴레옹의 시선이 바닥으로 향했다. 그리고 미소를 지었다.

"오호라. 내가 그러고 보니 네게 하고 싶은 말이 있었는 데… 너희 집엔 항상 내 신경을 거스르는 게 하나 있지."

"하나뿐이에요?"

"아니, 하지만 다른 것들보다 특별히 더 신경 쓰인다는 거 지. 그건 네가 앞코가 네모난 구두를 신는다는 거야."

아빠가 자기 발을 내려다보았다. 두 팔을 늘어뜨리고 서 있는 아빠는 마치 구두끈 매는 걸 잊어버려서 어른에게 지 적당하고 있는 어린 소년 같아 보였다.

"너도 아니라고는 말 못 할 거다. 넌 항상 앞이 각진 구두 를 좋아했으니까 말이야. 난 앞코가 뭉툭한 구두를 신는 아 들을 가진 게 참 이상하다고 생각했었지. 내가 질문 하나 해 도 되겠냐?"

"아, 네." 아빠가 당황한 표정으로 대답했다.

"누군가의 엉덩이를 구둣발로 차본 적이 있냐?"

"네? 아, 모르겠어요. 잠깐만요… 그런데 왜요? 그건 왜 물 어보세요?"

"네 구둣발에 차여본 녀석은 틀림없이 며칠 동안 네모난 똥을 쌌을 거 같아서 그런다!"

아빠는 나폴레옹 앞에서 말문이 막혀 아무 말 못 했고, 할아버지는 두 손을 바지 주머니에 넣은 채 창 앞에 가만히 서 있었다. 유리창 밖으로 계곡이 많은 풍경과 유리창에 희미하게 비친 할아버지의 얼굴이 겹쳐졌다. 다시 심각해진 나폴레옹이 끼익 바퀴 소리를 내는 휠체어를 밀고 아빠 옆에 가서 섰다. 두 사람은 비행기가 내려오는 궤도를 함께 눈으로 좇고 있었다. 나는 침대 위에 걸터앉아서 두 사람이 등을 보이며 서 있는 모습을 바라보았다. 나폴레옹은 휠체어에 몸을 웅크리고 앉은 자세였고, 아빠는 상상 속의 높이에 있는지 뭉툭한 구두코를 밑으로 한 채 발뒤꿈치를 들고 서 있었다. 등을 보이고 있는 두 사람은 정면에서 보는 것보다 더욱 서로가 대조적으로 보였다.

"이상하단 말이야." 나폴레옹이 나지막하게 말했다. "저 많은 사람이 저토록 끊임없이 돌아다니니 말이야."

"그러게 말이에요. 정말 이상해요." 아빠가 대답했다.

아주 짧은 순간 서로 공모자가 된 듯한 두 사람을 바라보면서 나는 확신했다. 엄마라면 두 사람의 모습을 재빨리 포착해서 이 묘한 부드러움을 크레용으로 순식간에 표현할 수 있었을 텐데 하고.

"아, 그리고 또 하나 생각이 있어요." 갑자기 아빠가 말했다. "가정부… 내 말은 아버지를 돌봐주는 간병인을 모셔볼까 하는데…"

나폴레옹은 잠시 말이 없었다. 비행기 한 대가 구름 속으로 사라지는 모습을 끝까지 지켜보는 것 같았다. 그러고 나서 중얼거리듯 말했다.

"그 간병인, 예쁘냐?"

* * *

이렌의 경력은 엄청났다. 그 간병인은 소동을 잘 일으키는 노인들만 전담하는 일종의 특수전문팀에 소속되어 있었다. 그래서인지 유도, 주짓수, 가라데, 태권도, 타이 복싱, 이스라엘의 크라브마가 그리고 일본 격투기와 요가까지 다양한 무술을 익힌 여자였다. 그녀는 다른 사람과 자신을 통제하는 방법에 관해선 모든 걸 알고 있는 듯했다. 열 손가락을 배 위에 포개 놓고 눈을 감은 채 몇 초 동안 아주 천천히 호흡하는 시범을 보이며 그것을 증명해주었다.

"내 마음의 평안은 아무도 깨뜨리지 못해요." 우리 집에 처음 온 날 그녀는 그렇게 말했다. "아무리 고집 세고 까다로운 사람이라 해도, 난 그들을 지치게 해서 제압할 수 있어요. 그래서 그런 사람들도 결국은 나와 함께 평온의 바다로 돌아가게 되지요. 왜냐하면 난 내 안에… 쇼군의 영을 모시고 있거든요!"

그녀의 목은 딱 벌어진 양쪽 어깨 사이에 파묻혀 있는 것처럼 보였다. 그래서 기분 좋은 웃음을 지을 때는 약간 고슴도치처럼 보였고, 위협하는 표정을 지을 때는 불독처럼 보였다. 나이는 이십 세로 보이기도 하고 어떤 때는 오십 세처럼 보이기도 했다.

"그래도 조심하세요." 아빠가 말했다. "헤비급 문제의 노인을 상대해야 하니까요! 그의 이름이 나폴레옹이라는 걸 기억해야 할 거예요. 벌써 이름부터 만만치 않잖아요."

"걱정하지 마세요, 제가 잘 해결할 수 있어요." 이렌이 선언하듯 말했다.

"이렌, 우리가 당신께 바라는 건 하나뿐이에요. 팔십육 세의 나이엔 누군가의 도움이 필요하고 혼자선 살 수 없다는 걸 우리 아버지가 받아들일 수 있게만 도와주시면 돼요. 부탁드리는 건 그것뿐입니다… 자신이 나이 들었다는 사실을, 그것도 나이가 아주 많다는 사실을 머릿속에 단단히 주입해 주신다면, 우리로선 더 바랄 게 없지요."

이렌은 차분한 표정을 지었다. 엄마가 거실 한쪽 구석으로 자리를 옮겼다. 크레용을 어찌나 빠르게 놀리던지, 엄마가 그림을 그리고 있는 걸 다른 사람들은 미처 보지 못했을 정도였다.

"아, 그런 거라면 걱정하지 마세요. 벌써 끝난 거나 다름없어요." 이렌이 말했다. "불 보듯 빤한 데요, 뭘. 한 달 후면, 어르신이 먼저 양로원에 자리 하나 마련해달라고 요청할 거예요. 난 일본 쇼군들 선조의 기술을 사용할 생각이에요. 어르신을 격리하고, 어르고 달랜 다음, 결국 숨을 못 쉬게 만드는 거죠!"

"그래도 조심하세요. 우리 아버지는 치고, 때리고, 난타할지도 몰라요!"

"오, 염려 마세요. 난 최면요법도 쓸 수 있거든요." 이렌이 아빠의 눈을 똑바로 바라보면서 말했다. "먹이를 앞에 두고 있는 뱀처럼요. 으으으으으으음… 저를 미이이이이인으세요!"

"그렇군요. 정말 당신의 시선에는 뭔가 특별한 점이 있는 것 같네요. 심상치 않은 기운이 느껴져요. 왠지 위축되는 느낌이 든다고 할까…"

"바로 그거예요! 지금부터 어르신을 위한 양로원을 알아보시고 미리 자리를 구해놓으셔도 된다니까요! 하지만 꼭 기억해야 합니다. 제가 신호를 보낼 때까지는 절대로 어르신을 찾아오시면 안 됩니다. 아무도요! 그동안 제가 쇼군의 영을 모시고서 어르신을 격려하고, 어르고 달랜 다음… 결국 숨을 못 쉬게 만들어버릴 테니까요."

그녀는 보이지 않는 먹이를 두 손아귀에 넣고 목을 조르는 시늉을 해 보였다.

* * *

그래서 2주일이 넘도록 난 할아버지로부터 소식을 전혀 듣지 못했다. 전화할 때마다 수화기에서 들려오는 건 이렌의 목소리였다. 그녀는 자기에게 말하라고 한 뒤에, '오케이, 전해줄게.' 하는 거로 끝이었다.

이렌은 아무하고도 접촉하지 않았다.

그녀의 담담한 목소리에선 아무런 감정도, 느낌도 전해지지 않았다.

"저… 할아버지는 잘 계시나요?"

"우린 함께 길을 가고 있단다."

"길이요? 산책하세요?"

"평온의 바닷길. 지혜의 드넓은 대양 위를 걷고 있는 거야. 쇼군의 배꼽이 우리 위에서 빛나고 있지."

나는 몇 번이나 할아버지 집 앞에서 서성거렸는지 모른

다. 그때마다 커튼 뒤에서 이렌이 밀고 있는 휠체어의 희미한 그림자만 볼 수 있을 뿐이었다. 테이블을 사이에 두고 두 사람이 얼굴을 마주하고 있는 것도 어렴풋이 볼 수 있었다.

이렌이 할아버지를 어르고 달래고 있는 것 같았다.

겨울이 왔다. 우리는 낮이 짧아진 탓에 한 시간을 뒤로 돌려야 했고 햇빛은 점점 더 일찍 수그러들었다. 아빠는 달력에다 날짜 가는 것을 표시했다. 지나가는 하루하루가 아빠의 소망을 조금씩 더 견고하게 해주었고 할아버지를 양로원에 모실 수 있다는 기대감이 거실 테이블 위에 차곡차곡 쌓여가고 있었다.

어느 날 아빠가 말했다.

"이렌이 말한 평온의 바다라나 뭐라나, 아무튼 그곳에 이르게 되면 제일 먼저 조제핀에게 알리는 거야. 그러면 두 분이 나란히 손을 잡고 포근하고 예쁘고 조용한 곳에 가서 사시게 되는 거지."

이렌이 할아버지의 숨을 못 쉬게 만드는 중이었다.

* * *

겨울은 추웠고, 우울했고, 음산했다. 나는 황제가 그리웠다. 마침표 찍고도 자기 주인을 보고 싶어 했다. 이렌은 마침표 찍고까지 돌보려 하진 않았다. 아마도 할아버지와 단둘이 보내는 시간에 집중하고 싶어서일 것이다. 어쩌면 그 녀석이 쇼군을 물지나 않을까 염려해서 그런 것일 수도 있다. 어쨌거나 마침표 찍고도 우울한 표정으로 주인이 돌아오기만을 기다리며 창문 쪽을 하염없이 바라보고 있었다. 밤이 오면 주인이 돌아오기까지 또 하루를 기다려야 한다는 걸 알고 그러는지 낑낑거리기 시작했다. 그리고 자동차 엔진 소리가 들리면 벌러덩 누워서 죽은 체를 했다. 위대한 배우들은 때때로 자신의 명장면을 떨쳐내기가 쉽지 않은 법이다.

나는 종종 알렉상드르와 함께 마침표 찍고를 산책시켰다. 그런데 가끔은 우리 셋 중에 누가 나머지 둘을 산책시키고 있는 건지 모르겠다는 생각이 들 때가 있었다. 아무튼, 눈에 보이지 않는 끈이 항상 우리 셋을 묶고 있는 것 같았다. 우리는 세 명의 불쌍한 패잔병이었다. 알렉상드르는 절대로 그 이상한 벙거지를 벗는 법이 없었다. 그건 사실 모자라기보다는 축제 때 쓰는 장식용 모자나 아니면 옛날 코사크 병사들이 쓰던 군모처럼 보였다.

가끔 알렉상드르가 오후 시간에 교실에 들어오지 않을 때가 있었는데, 그럴 때면 그의 자리가 오후 내내 빈자리로 남아 있었다. 그 애는 어디에 간 것일까? 그러나 그 애의 결석은 항상 아무 설명 없이 지나가곤 했다. 학기 초부터 우리 사이에는 묵언의 동의가 맺어져 있었기 때문에 나는 늘 호기심을 감추려고 노력했다. 그러나 다른 아이들은 망설임 없이 여러 가지 질문들로 그를 귀찮게 했다. 알렉상드르가 변함없이 침묵으로 일관하자 아이들은 그 애에게 경멸과 불신을 노골적으로 드러냈고, 급기야 그에 관해 믿을 수 없는 소문들까지 떠돌기 시작했다.

알렉상드르는 자취를 감추었다 다시 나타날 때마다 작은 물건들을 몇 가지씩 갖고 왔고, 다른 아이들에겐 감추었지만 내게는 그것들을 하나하나 다 보여주었다. 방패 모양으로 섬세하게 만들어진 붉은색과 황금색의 기장, 축구 선수들의 사진, 뭐 그런 종류의 자질구레한 것들이었다. 그런데 어느 날 저녁, 내가 그에게 부럽다는 투의 말을 하고 말았다.

"네 열쇠고리 정말 예쁘다! 나도 갖고 싶어. 넌 좋겠다, 이런 걸 갖고 있어서."

"어쩌다 운이 좋았던 거지." 그가 중얼거렸다.

난 그가 더는 말하고 싶어 하지 않는다는 걸 알았다.

솔직히 난 내가 알렉상드르 라프스지이크에게 관심을 두는 이유를 나 자신도 잘 이해할 수 없었다. 그 애가 보물처럼 여기며 쓰고 다니는 그 이상한 모자에 관한 관심일까? 그 애의 침묵 뒤에서 들려오는 듯한 비밀스러운 고통의 외침 때문일까? 아니면 벌레들에 대한 그 애의 기이한 열정? 그것도 아니면 그냥 그 애가 나폴레옹의 모험에 대해서 호기심을 보여주었기 때문일까? 그 애는 마치 연속극을 기다리듯이 나폴레옹의 이야기들을 기다렸다. 끝이 있을 수 없는 드라마. 내 생각엔 그 애만 그 극들을 이해해줄 수 있는 것 같았다. 그리고 우리 둘이 이렇게 이야기를 하다 보면 망각으로부터 보호될 수 있을 것 같았다.

왜냐하면 예전에 있었던 권투 시합, 관중의 함성, 탈의실에서 느끼는 고독, 속임수가 있었던 시합 등에 대해 내가 그 애에게 수도 없이 이야기했기 때문이다. 나는 그 애를 브루클린의 권투 체육관으로도 데리고 다니고 복서들의 묘기나 비법들을 소개해주기도 했다. 물론 나는 나폴레옹의 이야기를 더 멋지게 꾸미고 살짝 덧붙이기까지 했다. 순전히 그 아이의 귀를 즐겁게 해주기 위해서 나폴레옹이 미국에서 망명 생활을 하며 로키와 지내던 시절을 조금씩 꾸며서 이야기하기도 했다. 우린 두 명의 청년 복서들의 뒤를 따라 브로드웨이 길을 내려가 보기도 했다. 그러면서 난 알렉상드르에게 염려할 필요 없다고 말했다. 나폴레옹은 쇼군의 약점을 발견한 뒤, 이전보다 더 강해진 모습으로 우리 앞에 나타날 거라고 했다.

그러면 알렉상드르는 항상 주머니에서 새로운 구슬 하나를 꺼내며 말했다.

"넌 정말 이야기를 재미있게 하더라. 자, 가져."

* * *

난 집에서 훨씬 더 많은 시간을 보내고 있었다. 어느 일요일 저녁에 엄마는 지난 몇 년 동안 그렸던 우리 가족의 소소한 삶의 장면들을 보여주었다. 엄마는 때론 그 장면들을 생생하고 예리하게 잡아냈고, 또 때론 불분명하면서도 끈질긴 기억의 곡선을 따라 크레용이 가는 대로 내버려두기도 했다.

"너, 이 장면 기억나니?" 엄마가 물었다.

아빠가 나폴레옹이 준 넥타이를 처음 본 순간이었다. 도화지 위에서 아빠는 그 넥타이를 자랑스럽게 매고 있었다. 아빠의 눈은 크리스마스 선물 상자를 풀고 있는 아이처럼 빛났다. 엄마는 아빠 안에 있는 기쁨을 강조했던 것일까?

"그리고 이거 보렴. 이건 그다음 날 강연회가 있고 난 뒤의 장면이야! 표정이 완전히 바뀌었지!"

아빠는 화가 나서 할아버지 앞에서 넥타이를 흔들었고 할아버지는 웃음을 터뜨렸다. 격노한 아빠의 목소리와 통쾌해하는 황제의 웃음소리가 귀에 들리는 듯했다.

하지만 난 이 그림들을 자세히 보고 있다가 한 가지 사실을 발견하곤 가슴이 철렁 내려앉았다. 나폴레옹은 늙어가고 있었다! 엄마가 섬세하게 관찰한 나폴레옹의 피부는 점점 더 깊은 주름으로 덮였고, 볼살이 움푹 꺼졌으며, 처음의 그림에서 각이 졌던 어깨가 둥그렇게 굽었고, 반짝거리며 위협적인 두 눈도 스케치북을 뒤로 넘길수록 점점 흐려갔다. 현실 속에서 굳어버린 시간이 종이 위에서는 쉼 없이 흘러가고 있었다. 현실 속의 할아버지가 내게 영원한 불굴의 인물로 보이는 만큼이나 그림 속의 할아버지는 연약하고 덧없는 존재가 되어가고 있었다.

14

가을이 겨울로 변해가는 몇 주 동안, 아빠는 이렌이 토요일마다 우리 집 우편함 속에 넣어두는 꼼꼼한 보고서를 받아보았다.

아빠는 승리를 눈앞에 두고 있었다. 나폴레옹이 슬금슬금 평온의 드넓은 바닷가로 다가가고 있었기 때문이다. 난 그 승리를 미리 맛보고 있는 아빠가 미웠다.

"그 여자 정말 대단해! 동양의 노자나 공자 등등에 대해서도 빠삭하게 알고 있단 말이야. 정말이지, 여든여섯에 아직도 싸우려 한다는 게 말이 돼? 그 나이엔 더 싸우지 않는다고. 지혜가 생기는 나이지. 그게 모든 사물의 자연스러운 흐름이야. 반항 같은 건 잊히는 때란 말이야."

이런 말들이 밤마다 독수리들처럼 내 주위를 맴돌았다.

난 꿈을 꿨다. 숲속의 나무들이 이유도 없이 흔들리고 있었다. 바람 한 점 없었는데! 그런데도 거대한 나무들은 흔들리고 쓰러졌으며, 체념의 침묵 속에서 도미노처럼 서로를 덮치면서 차례로 넘어져갔다. 나와 알렉상드르와 마침표 찍고가 나무와 나무 사이를 뛰어다니면서 빈약한 힘으로 아무리 용을 써 봐도 나무들이 쓰러지는 걸 막을 도리가 없었다. 나무들은 겉보기엔 아무 이유가 없는데도 속절없이 넘어졌다. 그래서 얼마 후엔 결국 음산한 평원밖엔 아무것도 남지 않았다. 외로움과 애수에 젖은 황제만이 그 한가운데 홀로 서서 과거를 생각하고 있있다.

난 소스라치게 놀라서 잠에서 깨어났다.

두려움에 땀까지 흐르고 있었다.

* * *

학교 수업이 없는 어느 수요일에 전화벨이 울렸다. 난 잠자리에서 막 일어난 상태였고, 엄마는 밤새도록 자지 않고 화실에 있었던지 벌써 그림을 그리고 있었다. 내가 수화기를 들었다.

"내 보좌관과 말하고 싶구나."

두 다리가 후들거리는 걸 느꼈다. 심장이 어찌나 쿵쿵 세게 뛰던지 터질 것만 같았다.

"황제 폐…하?" 내가 머뭇거리며 물었다.

"그렇단다. 라르메오 다시지스 세드 라 임페리오 사피지스!(군대는 흩어졌지만, 황제는 살아남았다!)"

"할아버지가 이기신 거예요?"

"물론이지. 아, 정말 끈질기고 악착같은 적이었지 뭐냐. 다행히도 내가 에체바리아와의 대전에서 보여줬던 마지막 결정타를 날렸지. 너 기억하니?"

"와우! 그럼요. 비스듬히 올려 쳤잖아요!"

"맞았어. 더 버틸 수 없는 것처럼 창백한 얼굴로 비틀거려서 상대가 믿게 하는 거지. 네가 금방이라도 쓰러질 거라고 말이야. 그러다 네가 완전히 끝장났다고 상대가 믿는 순간, 퍽 하고 마지막 핵 펀치를 날리는 거야."

"폐하는 너무 강해요. 그럼 전투는 계속되는 거예요?"

"뭐라고! 전투를 하는 한, 그는 살아 있는 거야. 자, 어서 날 데리러 오렴. 팔다리를 좀 풀어야겠구나. 좀이 쑤셔서 견딜 수가 있어야지."

난 즉시 할아버지 집까지 달려갔다.

"그 여자는 어디 있어요?" 내가 물었다.

나폴레옹은 휠체어에 앉은 채로 혼자서 그럭저럭 검은 점퍼를 입고 모자까지 쓰고 있었다. 발을 사용해서 열심히 연습한 탓인지, 할아버지의 볼링공 Born to Win을 무릎 위로 튀어 오르게 한 다음, 턱으로 복도 끝을 가리켰다.

"화장실이요?" 내가 소리쳤다. "그 여자를 화장실에 감금하신 거예요?"

"그래. 나도 안다, 그게 방어 기술로선 그리 훌륭한 게 아니라는 거. 더 세련된 기술이 있긴 하지. 하지만 시합에서 이기려면 때로는 모든 공격이 다 허용되는 거란다. 자, 코코. 얼른 가자…"

"그 여자를 저 안에 그냥 둘 거예요?"

"그래야 굴복할 테니까!"

그녀가 우리가 하는 말을 들은 게 분명했다. 그녀가 울부짖는 소리가 복도 끝에서 들려왔기 때문이다.

"현자는 결코 적에게 굴복하지 않는다. 공자의 말이에요."

그러자 할아버지가 잽싸게 그녀에게 대꾸했다.

"현자는 작은 공간에 순응할 줄 안다."

잠시 침묵이 있었다.

"노자?" 이렌이 자신 없는 목소리로 물었다.

"아니. 나폴레옹!"

난 할아버지의 휠체어를 푸조 404의 앞 좌석까지 어렵지 않게 밀고 갈 수 있었다. 출발하기 전에 할아버지가 물었다.

"마침표 찍고는? 그 녀석은 어떻게 지내냐?"

"후방을 아주 잘 지키고 있어요."

"좋아, 좋아. 아주 좋아. 제국은 너희 둘 덕분에 안전하구나."

볼링장에 들어서자 휠체어를 탄 나폴레옹의 느닷없는 등장에 모두 좀 놀라긴 했지만, 그곳 직원이 이렇게 말했다.

"다시 보게 되어 기쁩니다, 황제 폐하! 평소 쓰시던 레인을 드릴까요?"

할아버지는 자기의 볼링화를 신겠다고 고집했다. 나는 망설였지만, 할아버지는 매우 진지했다. 내 손 안에 들어온 할아버지의 두 발이 너무나 작게 보였다.

"코코, 끈을 꽉 묶어라. 두 번 묶으렴!"

이제 이 상황에 적응하는 것만 남았다. 할아버지가 이미 차 안에서 모든 걸 설명해준 터였다.

"자, 내 전용차를 뒤에서 밀려무나!"

나는 레인 위로 휠체어를 밀었다. 휠체어가 가까스로 움직였다. 왁스 칠한 나무 위에서 바퀴가 끼익끽 소리를 냈다.

"더 빨리! 더 세게, 젠장!"

나는 달리다 넘어져서 무릎이 까지면서도 다시 휠체어를

잡았다. 마침내 전속력으로 달리다가 브레이크 위에 발을 올려놓았더니 휠체어가 옆으로 미끄러졌다.

나폴레옹이 Born to Win을 손에서 놓으면서 외쳤다. "달리렴, 내 사랑아, 어서 굴러가!"

볼링핀들이 할아버지의 웃음처럼 소리를 내면서 한꺼번에 튀었다. 이어서 자동기계가 다시 한 세트를 세워놓았다. 철컥.

두 번의 스트라이크를 연속으로 기록한 후, 우리는 콜라를 마시러 갔다. 나폴레옹은 아메리카를 연상시킨다는 이유로 콜라를 좋아했다.

"요통이라면 이제 지긋지긋하구나!" 나폴레옹이 말했다.

"걱정하지 마세요, 할아버지. 곧 회복될 거예요."

"내가 제일 곤란한 게 뭔지 아니?" 그가 물었다.

나는 콜라를 쭉 빨아들이면서 고개를 가로저었다.

"네가 이제 거의 내 키만큼 자랐다는 거."

내가 할아버지 어깨를 툭 치고는 휠체어 옆에 가서 섰다.

"내가 더 커요. 보세요!"

"오, 그건 좀 더 토론해볼 문제로구나. 너 지금 까치발 하고 섰지? 그건 무효야. 게다가 휠체어의 타이어가 펑크가 나서 좀 가라앉았잖니. 네가 그렇게 발레리나처럼 발가락 끝으로 서 있으니까 네 아비가 생각나는구나! 오히려…"

그러면서 할아버지는 테이블 위에 팔꿈치를 괴고서 손을 흔들며 내게 손을 내밀라고 손짓을 했다.

"자신 없어서 피하는 건 아니겠지?"

"그럴 리가!"

오랜만에 우리의 두 손이 다시 하나가 되었다. 근육이 긴장되었고, 손바닥과 손바닥이 밀착되었으며, 우리의 눈도 서로에게 고정되었다. 난 버텼다. 아니, 버티는 것 이상이었다. 그때 난 황제가 내게 일부러 져주고 있는 게 아니라는 걸 알았다. 나폴레옹의 눈에서 불안한 빛이 읽혔고 태평한 미소로 불안을 지우려고 애쓰는 게 보였다. 할아버지의 힘은 바닥이 났고 턱은 꽉 다물어졌다. 그러나 나는 아직 힘이 남아 있었다. 힘이 넘쳤다. 조금만 더 힘을 쓰면 할아버지의 팔을 문제없이 넘길 수 있었다. 하지만 슬픔이 갑자기 거대한 파도처럼 밀려왔고 나는 힘이 부치는 척해야 했다. 힘을 뺐다. 곧 내 손이 평소처럼 넘어갔다.

"이길 수가 없네요." 내가 말했다.

우리 사이에 거북함이 감돌았다.

"코코, 맹세 한 가지 해다오."

"뭔데요? 말씀하세요."

"넌 절대로 절대로 앞코가 네모난 구두를 신지 마라."

주변에서 핀들이 쓰러지는 소리가 들렸고 스트라이크가 나온 사람들이 기뻐 외치는 소리도 들렸다. 할아버지는 빨대로 유리잔에 남은 마지막 한 방울까지 쭉 빨아들였다. 그러곤 잠시 눈썹을 찌푸리더니 긴장이 풀린 표정을 지었다. 양쪽 눈꼬리에 조그만 다리들을 뻗은 작은 거미들이 나타났다.

"할머니로부터 무슨 소식이 있었니?"

"전혀요, 할아버지."

"그렇게 부르지 말라니까! 어쨌든…"

웨이트리스가 와서 달그락 소리를 내며 빈 병들을 가져가는 통에 나폴레옹의 말이 중간에 들리지 않았다.

"… 네 할미가 허세를 부리고 있구나!"

"할머니가 허세를요? 할아버지, 지금 허세라고 하셨어요?"

"그래. 그런 식으로 사라지다니!"

난 할아버지가 농담하고 있다고 생각했다. 하지만 그렇지 않았다. 할아버지는 아주 진지한 표정이었다. 할아버지는 황제의 위엄 있는 시선으로 홀 안을 둘러보았다. 볼링공을 든 사람들이 레인 위에서 몇 스텝을 밟고 나서 공을 미끄러뜨리듯이 던졌다.

"코코, 이 사랑스러운 아가씨를 보렴." 나폴레옹이 마치 아기 안듯이 두 팔로 안고 있는 공을 가리키며 말했다.

"네, Born to Win이요."

"이제 이 공은 네 거야. 정성스럽게 잘 돌봐주렴."

* * *

이틀 후에 간병인으로부터 편지가 왔다. 무조건의 항복 소식을 기대하고 있던 아빠는 쇼군의 지혜를 믿고 큰 소리로 읽기 시작했다.

"선생님, 저는 지금까지 수십 명의 노인을 봐온 사람입니다. 하지만 선생님의 아버님 같은 분은 솔직히 말해서 거의 없습니다… 아주 특별한 경우죠…"

아빠가 눈썹을 찌푸리고 입술을 깨물었다. 불안한 눈으로 재빠르게 편지 전체를 읽어 내려갔다. 아빠의 목소리는 차츰 작아지더니, 마침내 피가 다 빠져나간 사람처럼 얼굴이 창백해지기 시작했다.

"게다가 이건 결코 그냥 넘길 일이 아닙니다. 왜냐하면 다음 날 환자분이 제 방으로 불쑥 들어와서는…"

아빠는 기절할 뻔했다. 다리가 후들거렸던지 넘어지지 않으려고 테이블을 잡았고, 엄마는 손에 들고 있던 프라이팬으로 아빠에게 부채질을 해주었다. 아빠는 그래도 떨리는 목소리로 계속 편지를 읽으려고 했지만, 그럴 힘이 나오지 않는 것 같았다. 엄마가 아빠의 어깨너머로 편지를 읽었다.

"… 그래서 일단 기력을 되찾은 후에 제가 환자분께 설명했습니다. 권투 글러브와 로큰롤은 쇼군의 철학과 반대되는 거라고요. 저도 압니다. 그렇게 해선 안 되는 거였다는 걸요. (저를 이해해주세요. 전 한계에 이르러 기진맥진한 상태여서 지혜를 잊었으니까요.) 결국 전 환자분을 미친 노인으로밖엔 볼 수 없게 되었습니다. 그랬더니 환자분이 제게 했던 대답은… 선 그 말을 감히 선생님께 옮길 수가 없군요. 아무튼, 그 말을 듣는 순간 제 배 안에서 원자폭탄이 터진 것 같았습니다… 환자분이 한 말은…"

"과장이 심하군!" 아빠가 요약했다.

만만치 않은 사람들의 전문가로 자처했던 이렌은 편지 끝에 남쪽으로 내려갈 계획이라고 썼다. 미쳐 날뛰며 사사건건 반항하는 나폴레옹 같은 사람을 더는 만나고 싶지 않기 때문이라고 했다. 그리고 마지막에는, 친절하게도 자신은 자기 외엔 아무도 원망하지 않는다고 썼다. 다만 나폴레옹이 쇼군의 지혜를 이용하지 못한 게 몹시 가슴 아플 뿐이라고… 이렌은 멀리서나마 나폴레옹이 건강하게 오래오래 살기를 바라고 아주 좋은 뜻에서 어쨌거나 쇼군이 그를 너그러이 잘 돌봐주실 거라고 믿는다고 했다.

아빠는 다 읽은 편지를 마구 구기더니 공을 밖으로 쳐내는 골키퍼처럼 획 던져버렸다.

"다시 원점으로 돌아왔군!" 아빠가 한숨을 쉬고 나서 중얼거렸다. 다행히도 조제핀은 멀리 있었다.

할머니의 편지

사랑하는 손자야,

솔직히 일본 사람들은 굉장히 영리한 사람들인 것 같더라만, 믿기지 않을 정도로 까다롭고 복잡한 사람들이기도 하더구나. 지난 토요일 저녁에 에두아르가 나를 일본 식당으로 데리고 갔단다. 너도 알다시피 그는 아시아 전문가니까 말이야. 그런데 가만히 보니 일본 요리들은 이름이 모두 '이'로 끝나더구나. 스시, 사시미, 오코노미야키, 돈부리 등등… 네모나게 썬 작은 생선 조각들이 나왔는데, 아무것도 없이 그것만 나왔다는 걸 믿을 수 있겠니? 소스도 없고, 크림도 없고, 밀가루로 싸서 튀긴 것도 아니고, 그렇다고 채소를 얹은 것도 아니고 말이야. 그래서 난 나오는 요리마다 다

되돌려 보냈단다. 전혀 익히지 않은 날생선을 어떻게 먹으라는 건지! 그래서 난 그들이 예의 바르고 상냥하게 미소를 짓고 있어도 속으로는 사람을 비웃고 있는 거로 생각했지.

그런데 에두아르가 설명해주기를, 그건 사시미라고 하는 건데, 천 년 이상의 역사를 갖고 있을 뿐 아니라, 많은 식도락가와 미식가들이 찾는 아주 세련된 요리라는 거야, 그래서 처음엔 익숙해지기가 쉽지 않지만, 자꾸 먹다 보면 왜 미식가들이 그렇게 좋아하는지 알게 된다는구나, 그 말에 시도를 해보려고 했는데 정말이지 그걸 먹는 사람들을 이해하지 못하겠더라. 난 아무래도 날생선을 먹으려면 천 년은 걸릴 거 같아… 그걸 먹을 수 있으려면 보충 수업이 필요할 듯싶은데, 배를 채우는 데도 그런 절차가 필요한 건지 미처 몰랐지 뭐니.

지난번에 크레프인 줄 알고 뜨거운 물수건을 씹었던 사건이며, 어제 도저히 먹을 수 없었던 날생선 사건에다, 작고 가느다란 젓가락을 커다란 이쑤시개로 오해했던 거 등등 난 이 노신사가 자기를 만물박사처럼 보이게 하려고 허풍을 떠는 게 아닌가 했었지, 그런데 그가 식사 중에 설명해줬는데, 참, 그는 설명하고 가르치는 걸 아주 좋아하는 사람이라는 걸 말해야겠구나, 하여간 그 사람이 설명해준 건데,

아내가 2년 전에 폐에 문제가 생겨서 세상을 떠났다는 거야. 그러면서 나더러 먹어보라고 한 게 있는데, 이름이 뭐였는지 기억이 안 나는구나. 초록색 치약 같은 건데, 생선 위에 얹어서 먹는 거였어. 엄청나게 매운 거였지. 에두아르에게 아내가 생전에 멋진 여행을 많이 했느냐고 물었더니, 금방 그의 눈에서 눈물이 흐르지 않겠니! 그런데 세상에! 그 순간에 민망하게도 난 웃음이 터지는 걸 참을 수 없었단다. 바보 같은 말이지만, 웃음을 참으려고 애쓸수록 잘 안 되는 거야. 게다가 내가 웃을수록 그의 얼굴은 점점 더 찌푸려지고 말이야. 그런 얼굴을 보고 있자니 어쩌나 더 우습던지, 미안해서 죽을 뻔했지 뭐니. 하는 수 없이 그에게 용서를 구하려고 그의 뺨에 입을 맞췄더니 그의 얼굴이 빨개지는 게 아니겠니? 그 모습이 귀엽더구나. 그러고 나서 우린 한동안 말이 없었어. 정말 거북해서 혼났다. 어쨌거나 난 정말 죄송하다고 말했고, 솔직히 말해서 내가 할 수 있는 건 그것밖에 없었으니까. 난 네가 어려운 상황에 부닥칠 때마다 솔직하게 미안하다고 사과해서 그 상황을 벗어난다는 걸 잘 알고 있지. 그건 아주 좋은 태도니, 늘 기억하도록 하렴.

식사가 끝날 때쯤 해서 에두아르가 나더러 보드게임을 좋아하느냐고 묻더구나. 사실 난 그런 걸 아주 좋아해. 그런데 네 할아버지랑 사는 동안은 평생 삼갔지, 브리지 게임이나 블로트 게임, 혹은 휘스트 게임 같은 것들 말이야, 알다시피 네 할아버지는 절대로 그런 게임을 할 수 있는 사람이 아니잖니, 한 자리에 진득하게 앉아서 뭘 생각하는 건 딱 질색인 사람이니까 말이야, 그에게선 인내라는 걸 기대할 수가 없지, 심지어 스크래블 게임만 해도 그래, 네 할아버지는 스크래블이라는 말만 꺼내도 싫어했단다. 그런 건 물러터진 불알들이나 하는 짓거리라고 입버릇처럼 말하면서 말이야, 그런데 어느 날 네 할아버지가 날 기쁘게 해줄 요량으로 보드게임을 하는 자기 선배들 모임에 데리고 갔는데, 결국 거기서 소동이 일어나고 말았단다, 네 할아버지가 아무것도 아닌 일에 분통을 터뜨렸기 때문이지.

내가 하고 싶은 말은, 에두아르가 보드게임을 좋아한다는 것만으로도 그에게 후한 점수를 주게 되었다는 거야, 아무튼 기분이 좋아진 나는 그가 권하는 대로 일제 유리잔에 일본 술인 사케를 따라 마셨어, 그런데 그 유리잔에 그려진 그림을 보고 얼굴이 화끈거려서 견딜 수 없었단다, 홀딱 벗은 남자가 커다란 불알을 버젓이 내놓고 있는 그림이었기 때문이지, 하지만 난 아무 말 하지 않았어, 아무것도 아닌 일에 호들갑 떨면서 아양 부리는 여자처럼 보이고 싶지 않아서였지, 그러자 에두아르가 그러더구나, "바둑을 좋아하세요?"

바둑? 그게 뭐여? 하마터면 난 그렇게 물을 뻔했지만, 질문하는 것도 지겹더구나, 그 전에 중국 음식, 일본 음식 먹는 동안 물어본 게 하도 많아서 나중엔 내가 아예 물음표로 변할 것 같았거든, 그래서 그냥 "네." 하고 대답했어, 보통은 그냥 네라고 말하는 게 제일 쉽잖니, 네라고 하는 순간 곧 평화가 찾아오니까, 너도 그 교훈을 새겨두기 바란다, 아무튼 내가 네라고 대답했더니, 에두아르가 "바둑말입니다." 하고 다시 확인해보더구나. "바둑 게임이요, 일본 게임, 말하자면 일본식 장기지요. 부인께서 정말 그걸 좋아한다면, 언제 날을 잡아서 내가 더 자세하게 설명해드리지요, 아주 재미있는 시간을 보내게 될 거예요." 그는 마치 덩치 큰 어린애에게 말하듯 한단다. 그래서 난 가끔 생각해보곤 해, 에두아르는 대체 자신을 누구라고 생각하는지 말이야, 그가 날 '부인'이라고 부르는 거며, 상급자 행세를 하는 표정, 전문가인 체하는 말투, 이런 것들이 날 정말 짜증 나게 하거든. 에두아르와 나폴레옹의 차이점 중에서 첫 번째가 뭔지 아니? 네 할아버지는 내가 그의 택시에 탔을 때 5분 만에 내게 친근한 투로 말을 놓았다는 거야, 그런데 에두아르는 몇 주가 지났는데도 아직도 '부인'이라고 하면서 높임말을 쓰고 있지 뭐니.

아무튼, 우린 식사 후에 호수 한 바퀴를 돌았는데, 왜 그런지 모르겠지만 갑자기 큰 소리로 울고 싶어지지 않았겠니! 나폴레옹으로부터 버림받은 고아처럼 느껴졌기 때문이야, 그래서 집으로 돌아오자마자 내가 시작했던 뜨개질을 다시 손에 잡았단다. 그러고 있자니 나폴레옹의 페넬로페가 된 기분이었어, 에두아르는 다음엔 나를 한국 식당에데리고 가겠다고 약속했는데, 그는 어쩌면 그렇게 먹는 것만 생각하는지 모르겠더구나, 아무튼 난 지도를 꺼내서 한국이 어디 있는지 찾아봤어, 정말 먼 곳이더라.

네가 내 편지에 관해 나폴레옹에게 아무 말도 안 했기를바란다, 난 항상 그날 밤을 생각하곤 하지, 내가 나폴레옹의택시 창문을 두드리면서 예약 손님이 있느냐고 물었던 그날 말이야, 그때 그는 나를 보며 싱긋 웃으며 얼른 타라고했었지, 그리고 다음 날부터 우린 이제 나는 나, 너는 너가아니었어, 그날부터 난 보뇌르 씨를 만난 행복한 여자가 되었지, 애야, 난 네 할아버지만큼 자기 이름과 어울리는 사람을 본 적이 없단다. 난 가끔 나폴레옹 때문에 나의 남은 인생 내내 울기만 할 거라는 기분이 들어, 사실 생각해보면 정말 고약한 늙은이지 뭐니! 그런데 또 어떤 때는 나폴레옹이 항상 내 옆에 있고, 어딜 가든 그가 나를 따라오고 있다는 생각이 들어. 뒤만 돌아보면 그가 날 향해 미소 짓고 있을 것 같은 기분이지.

널 사랑하는 할머니가.

15

삶은 다시 예전처럼 돌아갔다. 난 그렇게 믿었다. 꼭 예전 그대로라고. 할아버지 말씀대로 그냥 좀 성가신 일이 있었을 뿐이었다. 할아버지는 지금껏 여러 번 힘든 일이 있었지만, 그때마다 매번 오뚝이처럼 다시 일어섰고, 그랬기에 이번에도 아무런 타격을 받지 않았을 거라고 믿었다.

그러나 회복의 기쁨은 순식간에 희미해졌다. 벽지가 벗겨진 벽들, 여전히 방 한 중앙에 모여 있는 가구들, 공간을 가득 채우고 있는 축축한 습기 냄새, 이 모든 것들을 보면서 나는 왠지 모를 슬픔에 압도당해버렸다. 체념과 낙담을 일으키는 유령이 어슬렁거리며 집 안을 돌아다니고 있는 것 같았다. 난 현실이 우리보다 강하다는 것을 순식간에 그리고 처음으로 느꼈다. 현실은 나의 황제보다 더 강했다. 모두가 합심하여 기울이는 노력보다 더 강했다.

할아버지와 내가 내부 수리를 절대로 끝내지 못할 거라는 확신이 들었다. 그러면서도 한편으로는 그렇게 확신하고 있다는 게 부끄러웠고, 나도 모르게 아빠처럼 생각하고 있다는 게 부끄러웠으며, 할아버지와 나, 우리가 패배를 모르는 불굴의 인간일 수 없다는 게 부끄러웠다.

"코코. 너 지금 기분이 별로니? 우리 작업이 꽤 많이 나갔구나, 안 그러니? 이제 끝이 보이는 것 같지 않니?"

"네, 황제 폐하. 끝이 보여요."

그래서 며칠 동안 느리고 별 진척 없는 작업이 계속되면서 나의 의기소침한 기분을 감추는 습관이 생겨났다. 때때로 나폴레옹은 침묵과 낙담 속에 빠졌다. 그 침묵과 낙담은 나폴레옹을 소파에 눌러앉게 했고 한참을 그렇게 앉아 있던 나폴레옹은 자신도 모르게 그 자리에서 잠이 들곤 했다. 할아버지는 내면이 텅 빈 사람 같았다.

그런 때나마 난 현실을 잊으려고 작은방으로 뛰어들어갔다. 로키의 사진을 뒤로 돌려놓은 건 나의 황제였을까? 뒤돌아 벽을 마주하고 있는 로키는 정말 죽어버린 것 같았다. 난 다시 그를 부활시켰다. 그래서 로키는 다시 나를 바라볼 수 있게 되었다. 그와 마주하고 있으니 다시 한 번 포효 소리가 들리고 가슴이 뛰기 시작했다. 소리 없이 주먹들이 오가는 모습이 보였다. 로키는 절대로 솜뭉치를 들고 싸우는 자가 아니다… 그는 결정적인 훅을 날린다… 나폴레옹이 휘청거린다. 하지만 다시 힘을 회복한다… 나폴레옹과 얼굴을 맞대자 로키는 우아한 댄서가 된다. 두 사람을 흥분시키는 경쾌한 댄스.

나폴레옹이 위기에 빠진다. 빗겨 치는 그의 유명한 장기를 구사하지 못한다. 그러나 그가 이 분야에서 최고라는 것은 의심의 여지가 없다. 그런데 어쩐 일인지 로키는 몸 상태가 안 좋아 보인다. 이제 시합의 승리는 나폴레옹의 손에서 벗어날 수 없다. 잠시 휴식이 있고 난 뒤 다시 형세가 급전한다… 로키의 스텝이 화려해졌다… 투스텝의 공격… 나의 황제가 쓰러진다. 심판이 숫자를 센다. 원… 투… 쓰리… 그리고 수십 년이 지난 오늘, KO 패를 당한 건 바로 나다.

황제가 박력을 되찾는 날도 있었다. 그럴 때면 예전의 그와 거의 다름없는 모습이었다. 난 그럴 때마다 기회를 이용해서 질문의 포를 쏘아댔다. 여기서는 어루만지듯 섬세하고 교묘한 질문, 저기서는 섬광처럼 정면에서 직접 훅 치고 들어가는 질문.

"폐하, 비결이 뭐예요?"

"무슨 비결?"

"투사의 비결이요…"

"아…"

나폴레옹의 목소리가 가벼운 안도감으로 떨렸다.

"코코, 잘 들어라. 그건 연구를 아주 많이 해야 하는 전략이란다. 아주 섬세하고 교묘한 술책들로 가득한 전략이지. 잘 기억해두렴."

"알겠어요."

마침표 찍고는 주인이 얼마나 중요한 걸 이야기하고 있는지를 잘 의식하고 있다는 듯 내 옆에 자리를 잡고는 귀를 쫑긋거렸다.

"자, 전투의 초반에는 있는 힘을 다해서 때리는 거야. 이렇게."

나폴레옹의 주먹들은 마치 피스톤으로 추진력을 받는 것처럼 재빠르고 힘이 있었다.

"그리고 전두의 중반엔 있는 힘을 다해서 때리는 거지."

"그럼 마지막엔요?" 내가 천진하게 물었다.

"마지막엔? 그야말로 있는 힘을 다해서 때리는 거지. 이렇게!"

나폴레옹의 주먹이 벽을 쾅 때렸다. 그러자 휠체어가 반동을 얻어 뒤로 밀리더니 저절로 한 바퀴를 돌았다.

"할아버지! 손, 괜찮아요?" 내가 물었다.

"괜찮고말고. 왜?"

"왜냐하면, 벽이… 보셨어요?"

사선으로 빗금이 나 있고 바닥엔 석고 가루가 떨어져 있었다.

로키와의 마지막 전투가 머리에서 떠나지 않았다. 시간이 갈수록 그 시합에 대한 의문이 더 커졌다. 판정에 속임수가 있어서 졌던 게 아니고, 나폴레옹이 마땅히 해야 했을 최선의 힘으로 끝까지 밀어붙이지 않았다는 확신이 점점 더 강하게 들었다. 무슨 일이 있었던 게 분명했다. 그게 대체 무엇이었을까? 그 미스터리가 내 혀에 불을 붙여버렸고 마침내 그 의문이 마음과 달리 입 밖으로 새어 나오고 말았다.

"황제 폐하, 왜 끝까지 싸우지 않았던 거예요?"

"무슨 말이냐, 코코?"

할아버지는 내 대답을 기다리지도 않고 라디오를 켰다.

"자, 퀴즈 시간이다. 다행히도 여전히 아무개가 나오는구나. 이 프로를 듣다 보면, 어느새 모든 걱정과 근심, 나약해빠진 생각들이 다 새처럼 하늘로 날아가버릴 거다. 쉿! 시작이다!"

"폐하, 계속 이야기하는 건 내가 아니라, 폐하예요."

"쉿. 듣기나 해, 이 녀석아. 정말 멋지지 않니! 이 아무개 녀석이 말하는 걸 듣고 있으면 생각나는 복서가 있단다. 링 위에서 한시도 쉬지 않고 떠들어댔었지. 자기 인생을 이야기하느라고 말이야, 어쩌고저쩌고 어쩌고저쩌고."

"봐요, 황제가 또 시작했잖아요. 쉿!"

"쉿."

"수학 문제입니다. 숫자 하나를 임의로 택해서 그것의 25%를 더한 수를 A라고 했을 때, A를 본래의 숫자가 되게 하려면 몇 퍼센트를 감소시켜야 할까요?"

나폴레옹이 나를 돌아보며 물었다.

"넌 아니?"

"아뇨."

"20%입니다." 한 도전자가 말했다.

"맞았어! 그거야." 나폴레옹이 말했다.

"알고 있었어요?"

"전혀. 알 리가 있나."

또 다른 질문들이 이어졌다. 암소는 몇 개의 위를 갖고 있을까? 사라 베르나르는 몇 년도에 태어났을까? 스웨터 하나를 만드는 데 재활용 페트병 몇 개가 필요할까? 따옴표를 만들어낸 사람은 누구일까? (이때 할아버지가 '난 아니야.'라고 말하고는 웃음을 터뜨렸다.) 왜 사람들은 수화기를 들면 '여보세요.' 하고 말하는 걸까?

"'빌어먹을.' 하고 말할 수도 있겠지만, 그러면 별로 좋을 게 없거든." 나폴레옹이 말했다.

그러고는 라디오를 껐다.

"사람들이 저토록 똑똑하고 박식할 수가 없단 말이야! 놀랄 일이야. 정말 어처구니없지 뭐냐. 나도 문제 하나를 보내야겠다."

할아버지가 한쪽 눈을 찡긋하면서 덧붙였다.

"대답하기보다는 질문하는 게 훨씬 쉬울 거다, 안 그래?"

"폐하, 우리 다시 일해야죠. 안 그래요?"

할아버지는 그제야 벽지가 벗겨진 벽에 시선을 돌리더니 흠칫 놀라는 듯했다. 마치 처음 본 것처럼.

"세상에, 난장판이로구나." 할아버지는 놀랐다는 말은 하지 않고 그냥 그렇게만 말했다. "굳이 벽지를 바르는 것보다 이게 훨씬 유용하지 않을까 싶구나. 코코, 사람들은 열심히 일하고 나서도 일이 끝나는 즉시 도대체 왜 그 일을 했는지 모르는 때가 대부분이야."

"기억해 보세요. 새로운 삶을 살고 싶어 하셨잖아요. 이제 생각이 바뀌신 거예요?"

"물론 아니지. 하지만 위대한 정복의 시대는 이제 막바지에 이르렀단다. 걱정하지 마라, 우린 국경선을 끝까지 방어할 테 니까!"

나폴레옹이 주먹을 앞으로 쭉 뻗으며 말했다.

"그리고 영토를 구해야지. 날카로운 부리와 발톱으로."

창밖에서 기울어가는 햇빛이 미세한 먼지들을 몰고 오는 것처럼 보였다. 집 안에 어둠이 내려앉기 시작했다. 할아버 지는 마침표 찍고의 머리를 오랫동안 쓰다듬으면서 미국에 서 지내던 때의 추억들을 뒤죽박죽으로 떠올렸다. 로키와 함께 다니던 지하의 재즈 바, 새벽에 걷던 브로드웨이… 아 스팔트 위를 걷는 두 사람의 발소리가 내 귀에 들려오는 듯 했다. 그때 할아버지는 육중한 할리 데이비드슨 오토바이를 탔다고 한다.

"거기선 면허 따기가 여기보다 훨씬 수월했지. 양키들 말 이야. 우표 한 장만 사면 그걸로 끝이었으니까. 헬멧도 그냥 아무거나 바가지 같은 것만 뒤집어쓰면 돼."

언젠가 게리 쿠퍼라는 배우가 나폴레옹의 시합을 구경하 러 온 날도 있었다.

"아, 정확하게 말하면 꼭 나를 보러 온 건 아니었지. 하지만 탈의실에서 나와 악수를 했단다. 게리 쿠퍼, 너도 이름은 들어봤지?"

내가 못 들어봤다는 뜻으로 고개를 가로젓자, 나폴레옹이 휠체어의 팔걸이를 툭툭 두드리며 말했다.

"오, 세상에! 빌어먹을. 게리 쿠퍼를 모르다니! 하기야 세상이 워낙 삐딱하게 돌아가고 있으니 놀랄 일도 아니지."

할아버지는 정말로 세상에 대해 분노하는 표정이었다. 난 내 또래 아이들은 아무도 게리 쿠퍼를 모른다고 말하고 싶었지만, 꾹 참았다. 그건 세대 차이의 문제였다. 난 손가락으로 두 개의 작은 권총처럼 만들어 나를 향해 겨누었다.

"자, 죽을 준비를 해라, 빌." 그가 굵은 목소리를 흉내 내며 말했다.

"제발 살려주게." 내가 간청했다.

"안 돼, 빌. 이 세상엔 우리 둘이 함께 발붙이고 살 자리가 없어. 너 아니면 나, 둘 중 하나는 이 땅에서 사라져줘야 해. 그래서 난 내가 살아남기로 했지. 나는 정의의 편이니까!"

할아버지가 탕 하고 입으로 총소리를 냈고, 난 바닥에 쓰러졌다. 할아버지는 상상의 권총에서 나오는 화약 연기를 입으로 훅 부는 시늉을 했다.

"이게 바로 게리 쿠퍼란다, 코코. 그는 카우보이야. 진짜 카우보이. 오늘날의 물러터진 불알 같은 놈들이 아니란 말이지. 요즘 배우들은 사내자식인지 계집애인지 구별도 안 된다니까!"

그러곤 잠시 침묵했다. 트림을 연달아 하고 나서 숨이 찬 것 같았다.

"코코, 날 좀 도와다오." 할아버지가 말했다.

"어떻게 도와드릴까요?"

할아버지는 잠깐 망설이다가 대답했다.

"피곤하구나."

피곤? 피곤하다고? 할아버지 입에서 그 말을 듣는다는 게 너무나 이상하고 생소했다! 할아버지가 나를 바라보며 다시 기운을 차린 듯이 말했다.

"이상한 상상하지 마라. 잠시 기운이 떨어졌을 뿐이니까. 배가 좀 아팠을 뿐이야. 굴러다니던 정어리 통조림을 먹었더니… 그놈들이 뱃속에서 좀 날뛰는 모양이지. 그러고 보니 그 깡통에 좀 녹이 슬었던 것 같더라. 그러니 그 안에 든 생선들도 좀 상했겠지."

난 놀라서 쓰레기통을 뒤졌다. 통조림통을 살펴보니 유통기간이 지난 상태였다.

"혹시 게리 쿠퍼가 주고 간 통조림 아니에요?"

할아버지가 미소를 지었다.

"네 아비와 엄마에겐 말하지 마라. 자, 이제 좀 눕게 도와다오."

할아버지는 내 어깨에 의지해서 침대 위로 올라갔다. 할아버지의 몸이 나비처럼 가벼웠다. 나는 담요를 턱까지 끌어올려 덮어주었다. 연약한 아기 턱 같았다. 이상했다. 처음으로 내가 할아버지를 돌보고 있다는 기분이 들었다. 난 할아버지 얼굴에 내 얼굴을 갖다 댔다. 비단 같은 머리카락의 숱이 많이 빠져 있었다.

"폐하, 조제핀에게 알리면 어떨까요? 할머니 보고 싶지 않으세요?"

"할머니가 네게 편지 했더냐?"

난 잠시 망설이다 대답했다.

"아뇨."

"코코. 네게 말하지 않은 게 하나 있어."

"로키와의 시합에 관한 거예요?"

나폴레옹은 잠시 말이 없었다. 난 혹시 할아버지가 그새 잠들었나 하고 생각했다.

"아니. 조제핀에 관한 거. 조제핀이 처음 내 택시를 탔던 그 밤의 이야기를 해줬지?"

"네, 기억해요."

"조제핀이 이렇게 말했었지. '계속 직진하세요. 그럼 우리가 어디로 가고 있는지 알게 될 거예요.' 그날 우린 노르망디 해변에서 내렸어. 그 장소의 이름이… 아, 이젠 기억이 안 나는구나. 아마 조제핀은 틀림없이 기억하고 있을 거다. 네 할미는 뭐든 다 기억하고 있거든. 우리 둘을 위해 하나도 잊지 않고 다 기억하고 있지."

난 할아버지의 뺨에 입을 맞췄다. 피부가 정말 부드러웠다. 할아버지가 잠든 것을 보고 집을 나왔다. 공기가 매섭게 차가웠고 내 뺨 위로 흐르는 눈물은 순식간에 작은 성에로 변했다.

* * *

여전히 꿈속에선 침묵 가운데 아름드리나무들이 계속 차례로 쓰러졌다. 난 새벽에 종종 이마에 땀이 흥건한 채 놀라서 잠이 깨곤 했다.

그러던 어느 날 한밤중에 전화가 왔다. 아빠가 일어났다. 몇 시쯤 되었을까 짐작도 되지 않았고, 밤이 시작되는 시간인지 끝날 즈음인지도 구분되지 않았다. 대체 이 시간에 전

화할 수 있는 사람이 누구일까… 아빠가 아주 낮은 소리로
대답하고 있었기에 무슨 말을 하고 있는지 알 수가 없었다.
황제가 아빠에게 도와달라고 요청하고 있는 건 아닐까? 몇
분 후에 현관문이 딸깍 열리는 소리가 나더니 곧이어 자동
차 엔진 소리가 들렸다.

편안한 모터 소리가 아니라, 운명을 알리는 베토벤의
따.다.다. 단 소리 같았다. 날이 밝았을 때, 아침을 먹으며 엄
마에게 물었다.

"엄마, 어제 한밤중에 누가 전화를 한 것 같았는데, 아니에
요?"

"아, 네 아빠 회사의 직원인데, 자동차 사고가 났었나 보더
라."

"그래서 아빠가 나가셨죠?"

"그래. 그게… 그 직원이 갖고 갔던 중요한 서류를 찾으려
고."

엄마는 엄마의 거짓말만큼이나 창백한 미소를 지었다. 나
는 불안으로 어금니를 꽉 깨문 채 학교로 갔다. 최악의 그림
이 머릿속을 스쳐 갔다.

알렉상드르가 그런 내 기분을 금방 알아차렸다. 그 애의
머리에 쓰고 있는 모자가 햇빛을 받아서 모자에 달린 가죽

밴드가 반짝거렸다. 정말이지 난 그렇게 생긴 모자를 쓰고 다니는 사람은 이제껏 한 번도 보지 못했었다.

알렉상드르가 내게 말을 시키려고 했지만, 난 말이 나오지 않았다. 그 애가 일부러 주머니를 흔들어 잘그락잘그락 구슬 부딪치는 소리를 내봤지만, 그 소리도 내 입을 열게 하진 못했다. 알렉상드르가 미소를 짓더니 한숨을 섞어서 중얼거렸다.

"말할 수 없는 무슨 일이 있구나. 차마 말로 할 수 없는 것들은 성스럽고 소중한 거라서 그런 거야."

침묵이 어떤 말보다도 우리 사이를 더 가깝게 해준다는 느낌이 들었다.

노는 시간이 되었을 때, 남자애들이 옷걸이 앞으로 지나가면서 알렉상드르의 모자를 낚아챘다. 약탈물을 손에 넣은 아이들은 인디언 부족의 함성을 내면서 복도를 내달렸다. 알렉상드르는 갑자기 머리 가죽이 벗겨나가기라도 한 것처럼 잠깐 얼떨떨해하더니, 씁쓸한 표정으로 이렇게만 말했다.

"언젠가 한 번은 이런 일이 일어날 줄 알았어."

그 애의 기묘한 모자는 마치 럭비공처럼 다른 아이들의 손에서 손으로 넘어가다가 먼지투성이 바닥에 떨어져 구르고 말았다. 그러자 이번엔 발에서 발로 패스되는 축구공이 되고 말았다.

"그만해! 내 손에 걸리기만 해봐!" 내가 말했다.

"그냥 놔둬!" 알렉상드르가 나를 말리면서 말했다.

하지만 난 이미 이성을 잃은 상태였다. 내 안에서 눈에 보이지 않는 어떤 사람이 나와 나 대신 소리를 지르고 있었다. 내 핏속에도 나폴레옹의 기질이 흐르고 있는 듯했다. 내가 땅 위를 구르는 모자를 쫓다가 세 번이나 연거푸 쓰러지자 아이들은 이런 거지 같은 모자보다 다른 것에 관심을 두는 게 낫겠다고 판단했는지 또다시 우르르 몰려 다른 곳으로 가버렸다. 어쨌거나 모자는 다시 우리 손에 들어왔다!

모자를 손에 들고 바라보는 알렉상드르 라프스지이크의 눈에서 눈물이 흘렀다. 그는 밟혀서 찌그러진 모자를 이리저리 돌리며 살펴보더니, 본래의 형태를 만들려고 주물럭거렸다. 하지만 모자는 이제 천 조각에 불과했고 먼지에 싸여 본래의 색깔도 사라지고 없었다. 알렉상드르의 턱이 파르르 떨리는 듯했으나, 그 애는 이내 어깨를 으쓱하며 말했다.

"자, 이 구슬들 받아. 넌 이 구슬들을 다 가질 자격이 있어. 이제 다신 구슬치기 같은 거 하지 마."

"아냐, 네가 갖고 있어."

알렉상드르가 미소를 보이며 고개를 끄덕였다. 그러곤 불과 몇 분 전까지만 해도 주인에게 충실한 모자였으나 지금은 얼룩덜룩한 헝겊 조각이 되어버린 것을 보여주며 말했다.

"봤니? 쓰레기통에 들어가기 딱 알맞지 뭐야."

"아냐, 아냐… 크리스마스 방학 때 할머니 집에 갈 건데, 우리 할머니가 틀림없이 새것처럼 고쳐주실 테니, 이리 줘."

알렉상드르는 잠시 망설이다가 구겨진 모자를 건네줬다. 그때 그 애의 눈을 보며 내가 알게 된 건, 이 기묘하게 생긴 모자가 그 아이에겐 신성한 보물이라는 거였다. 나폴레옹의 구슬이 내게 그렇듯이.

"난 엄마가 나한테 거짓말한 거로 생각해." 그제야 내가 말했다. "나폴레옹에게 무슨 사고가 생긴 게 분명해."

* * *

학교에서 돌아오는 길에 알렉상드르와 나는 공중전화 박스 앞에서 걸음을 멈췄다. 나폴레옹에게 전화하기 위해서였다. 하지만 나폴레옹은 전화를 받지 않았다. 벨 소리만 공허하게 열두 번이나 울렸을 뿐이다.

그래서 우린 서로 아무 말도 하지 않고 헤어졌다.

그때였다. 아마도 내가 그 애의 가련한 모자에 대해 책임감을 느꼈기 때문일 것이다. 아니면 나를 고문하듯 괴롭히는 불안감을 쫓아내기 위해서였는지도 모른다. 아무튼, 난 그런저런 이유로 더 참을 수 없어서 알렉상드르의 뒤를 밟기로 했다. 그 애는 아주 천천히 걸었다. 주머니에 손을 넣고 앞으로 내민 목을 푹 숙인 채 생각에 빠져서 걷고 있었다. 허리띠에 매단 구슬 주머니가 걸음을 옮길 때마다 넓적다리 위에서 흔들렸다. 그 애는 일부러 그러는 건 아닐지 모르지만, 어쨌거나 빠른 길로 갈 생각은 없는 게 분명했다. 오히려 제일 멀리 돌아서 가는 길을 택한 것 같았다. 집으로 가는 길 같아 보이지 않는 길이었다. 게다가 같은 길을 몇 번이나 가기도 했다. 그래서 알렉상드르가 어쩌면 자기의 흔적을 뒤쫓지 못하게 일부러 빙빙 돌아가는 것 같다는 생각까지 잠깐 들기도 했다.

그 애는 가끔 갑자기 걸음을 멈추고 웅크리고 앉아서 뭔가를 유심히 들여다보기도 하고, 주머니에서 작은 나뭇조각을 꺼내서 그것을 땅에 놓고 뭔가를 주워 올리기도 했다. 그 애가 늘 하던 대로 우연히 본 벌레들을 안전한 곳으로 옮겨 주고 있는 게 틀림없었다. 벤치 아래나 벽 틈처럼 아무도 벌레들을 밟지 않을 수 있는 곳에 두려는 것이다. 난 그 친구를 미행할 생각을 했다는 게 갑자기 부끄러워졌다. 그래서 발

길을 돌렸다.

할아버지를 생각하며 다시 마음이 괴로워진 데다, 엄마에게 물어봐야겠다는 생각이 들자 걸음이 나도 모르게 빨라졌다. 하지만 엄마는 집에 없었다. 나는 숨듯이 내 방으로 들어갔다. 알렉상드르의 모자만큼이나 내 마음도 상태가 안 좋았다.

얼마 지나지 않아서 현관문 열리는 소리가 들렸다. 내 방문을 살짝 열고 내다보니, 부모님 뒤에 가냘픈 여자가 따라 들어오고 있었다. 짙은 밤색 머리카락을 틀어 올려서 중국식 젓가락 두 개를 엇갈리게 꽂은 여자였다. 전체적으로 마르고, 건조하고, 날카롭고, 단호한 인상을 풍겼다. 그녀에게서 유일하게 둥글고 부드러운 게 있다면 쪽 찐 머리였다.

난 그 여자가 양로원 원장이라는 걸 금방 알아차렸다. 그러자 그 순간 말할 수 없는 안도감이 밀려왔다. 적어도 나의 황제는 살아 있는 것이다. 난 미끄러지듯 복도로 나가서 차마 거실로 나가진 못하고 벽 뒤에 반쯤 몸을 숨긴 채 상황을 살펴보기로 했다.

"우리 양로원이라면 댁의 아버님도 아주 편하게 계실 수 있을 겁니다. 장담할 수 있어요. 우리 직원들은 모두 전문성이 높아서 어떤 상황에서도 침착하게 대처할 수 있는 준비가 되어 있거든요!"

"우리 아버지는 다른 어르신들하고는 전혀 다릅니다. 건강은 좋지 않은데도 포기나 체념 같은 건 전혀 모르시는 분이거든요. 보통 사람들보다 고집이 말할 수 없이 셉니다."

왠지 이 장면도 엄마의 그림 속에 들어 있는 것 같다는 이상한 기분이 들었다. 난 엄마를 보았다. 엄마는 대화에 귀를 기울이면서도 원장의 올린 머리에서 시선을 못 떼고 있었다. 그녀의 쪽 찐 머리는 머리 뒤에 붙어 있는 배꼽처럼 보였다.

"우리 양로원에 올 때는 모두 마지못해 내키지 않은 기분으로 오시는 건 사실이에요." 짙은 밤색 머리의 원장이 말했다. "하지만 몇 주만 지나면 모두 자기 집처럼 편안함을 느끼시더군요. 일단 우리 양로원에 들어오면 절대 떠날 생각을 않는답니다! 저희는 어르신들을 소중히 여기고 다정하게 보살펴드릴 뿐 아니라, 또 기분을 유쾌하게 해드리거든요. 그러면 모두 이곳에서 마지막 시간을 누리다 가겠다는 결심을 하시는 것 같아요. 인생의 마지막 구간을 아주 풍성하게 보내실 수 있는 곳이니까요. 실비오와 함께 수영장에도 다니시면서 말이에요."

"실비오요?" 아빠가 눈썹을 찌푸리며 물었다.

"네, 수영 코치예요. 그와 함께 있으면 양로원 식구들의 마음도 따뜻한 물속에서 완전히 녹고 말지요."

"원장님, 제 말 좀 들어보세요." 아빠가 말했다. "저는 지금 소독약을 푼 물속에서 저희 아버지 마음을 녹여달라고 부탁하는 게 아닙니다. 다만 그를 그 자신으로부터 보호해 달라는 거예요."

원장의 볼펜이 마찰음을 일으키며 종이 위를 달렸다. 아빠는 엄마에게 어두운 에너지와 사인을 함께 보냈다. 무표정한 엄마의 얼굴도 어두워졌다. 부인이 서류 가방을 딸깍하고 열었다. 단두대에서 나는 소리 같았다.

"자, 우리가 해야 할 가장 힘든 일은 우리 아버지를 설득하는 거예요." 아빠가 말했다. "지금 저도 이 일이 즐거워서 하는 게 아닙니다."

원장이 아빠 어깨에 한 손을 얹으며 아빠의 말을 중단시켰다. 예기치 못했던 다정한 미소가 원장의 얼굴에 나타나자, 꽤 부드러운 인상을 주었다.

"선생님, 익히 봐왔던 광경이에요. 아버님에 대해 죄책감을 느끼시는군요."

"틀린 말은 아니지요." 아빠가 코가 뭉툭한 구두로 발끝을 세우며 말했다. "약간 죄책감을 느끼죠. 네, 맞아요. 꽤 느낍니다."

"시간도 없고, 공간도 없고… 그게 현대인의 삶이죠. 선생님의 아버님도 우리 양로원에 계시는 게 훨씬 더 편하실 거예요."

아빠의 얼굴이 갑자기 부드러워졌다. 두 눈이 촉촉이 젖기까지 했다.

"누가 이걸 상상이나 할 수 있었겠어요?" 아빠가 나지막이 말했다. "원장님은 우리 아버지의 전성기 시절이 어땠는지 모르실 겁니다. 아버지는…"

아빠가 잠시 말을 멈췄다. 너무 감정적인 말이었다는 생각이 들었던지, 땅을 내려다보며 침을 삼키고 나서 다시 원장의 눈에 시선을 고정하고 말을 이었다.

"눈부신 시절이었지요. 그런 아버지가 양로원에! 이런 제기랄!"

"양로원이 아니라 자율공동체라고 불러주세요. 몇 주 후면 선생님도 절대 후회하지 않으실 거예요."

"그렇게 말씀하시니 다행이군요. 제게 별다른 해결책이 안 보여서 이러는 겁니다. 우리 아버지가 그만 정신을 놓았어요! 몇 주 전부터 더 머리 회전이 안 되는 것 같아요. 여든다섯에 이혼을 하시다니, 그것부터가 벌써 이상한 거죠. 안 그렇습니까? 그리고 얼마 전엔 자동차 트렁크 안에서 발견

되었단 말입니다. 아, 그 이야긴 자세히 하지 않겠습니다. 그런데 지난밤엔 정말 터무니없는 일이 일어났어요. 한밤중에 샤르트르 경찰청에서 전화가 왔는데, 트럭 운전사가 고속도로 주변에서 아버지를 발견했다는 거예요."

"거기까지 어떻게 가셨을까요?" 원장이 놀라서 물었다.

"그거야 모르죠. 아마 지나가는 차의 운전자에게 태워달라고 하셨겠죠. 그런데 오늘 아침엔 아무것도 기억 못 하시는 겁니다. 그냥 이러시는 거예요. '너 대체 여기서 뭐 하고 있는 거냐? 앞코 뭉툭한 구두를 신고서, 엉?'"

짧은 침묵이 있었다. 원장의 시선이 자신도 모르게 아빠의 구두코로 내려가는 것 같더니, 입가에 희미한 미소가 떠올랐다.

"제가 아버님과 이야기 좀 해도 될까요? 미래의 친구들을 소개해드리겠다는 말씀을 드리고 싶은데."

"앗! 절대 안 됩니다!! 참극이 일어나는 걸 보고 당장 떠나고 싶지 않으시다면 꿈도 꾸지 마세요. 정말 어리석은 생각이에요. 그건 안 됩니다! 대신 내게 좋은 계획이 있어요. 다음 주에 아버지 생신이 있으니, 그때 아버지를 초대하려고 해요. 그때 별일이 생기지 않으면, 아마도…"

난 거기까지 듣고 슬며시 내 방으로 돌아갔다. 그리고 작

은 책장 위에 놓인 지구본을 꺼내서 프랑스의 지도를 찾아
봤다.

샤르트르. 노르망디 쪽이었다.

* * *

밤늦게 다시 나폴레옹에게 전화했다. 이번엔 할아버지가
금방 전화를 받았다. 할아버지는 전화한 사람이 당연히 나
일 거라고 확신했는지, 수화기를 들자마자 말했다.

"코코! 네게 문제가 생긴 줄 알았단다."

거침없는 할아버지의 목소리에 곧 안심되었다.

"괜찮으세요?"

"이보다 더 좋을 수 없지. 내게 무슨 일이 일어났으면 좋
겠냐? 네 아비가 지금 뭔가 횡설수설하고 있을 테지. 오늘
아침에 네 아비를 봤는데, 완전히 풀이 죽어 있더구나."

"할아버지, 지금 앉아 계세요?"

"아니, 물구나무서기를 하는 중이다!"

"지금 당장 황제에게 전할 메시지가 있어요."

"조심해라. 분명히 우린 도청을 당하고 있을 거야. 그러니
아무것도, 아무도 믿어선 안 된다, 알겠니?"

"비 라차스, 일리 데지라스 데포르티 빈.(황제 말이 맞았어요, 그들이 황제를 납치해 가려고 해요.)"

이번엔 제법 긴 침묵이었다. 한참 후에 수화기에서 투덜거리는 소리가 들리더니, 드디어 할아버지가 물었다.

"자, 부관! 이쯤 해서 반격에 들어가도 되겠지?"

"넵! 지시만 내려주십시오, 폐하."

할머니의 편지

사랑하는 레오나르

솔직히 말하자면 난 지금 몹시 난처한 처지에 놓였단다, 게다가 난 예의를 너무 차려서 문제야, 내가 말했던 에두아르를 너도 알지? 젓가락으로 바게트를 먹는 그 사람 말이다, 그가 날 일본과 아시아 전역을 여행시켜줄 생각이라지 뭐니, 북쪽에서, 남쪽까지, 서쪽에서 동쪽까지 전부 말이야, 네가 듣기엔 굉장히 친절한 사람처럼 들리겠지만, 난 유럽이 더 좋은 사람이야, 특히 서유럽, 그것도 북서쪽! 네게 전에도 말했지만, 그 사람은 아시아 지역을 아주 잘 알고 있어, 젓가락과 성냥 장사를 하느라 평생 거길 왔다 갔다 했으니까, 아, 말이 나왔으니 말인데, 젓가락 장사를 하려면 그것만 하면 됐지, 왜 성냥 장사까지 손댔을까? 그리고 그쪽 사람들도 그래, 아니, 성냥은 만들면서 왜 매일 쓰는 젓가락은 안 만들고 사서 썼을까? 그게 궁금하긴 했는데, 감히 물어보지 못하겠더구나.

아무튼, 난 그가 나와 가까워지려고 애쓰고 있다는 걸 느꼈어, 그래서 그에게 지금 짜고 있는 타피스리를 다 짜기 전엔 여행할 수 없다고 말했지, 나도 자존심이 있거든, 결혼 50년 만에 새로운 삶을 살아보겠다는 이유로 날 쫓아낸 전남편을 위해 스웨터를 짜고 있다는 말을 어떻게 하겠니? 그래서 구혼자들의 성화를 막기 위해서 타피스리를 짠다는 이유로 시간을 벌었던 율리시스의 아내 페넬로페를 떠올렸던 거야, 지금 생각해 보면 페넬로페는 정숙한 아내로 첫손가락에 꼽히는 여자지만, 바보 같은 여자로도 세상에서 첫손가락에 꼽힐 거다!

일본과 아시아 여행에서 돌아오면, 이 할미는 완전히 변해 있을 것 같구나, 모두 그렇게 말하니까 말이야, 하지만 솔직히 나는 여행 후에 다른 사람이 되어서 돌아오는 게 뭐 그리 좋은 일일까 싶단다, 난 지금 그대로의 내가 좋으니까 말이야, 거울을 들여다볼 때마다 대체 네 할아비가 왜 날 문밖으로 내쫓았는지 이해가 안 되는구나, 사실 이해한다는 건 말로 표현하는 게 아니란다, 왜냐하면 난 복싱을 하느라 타박상을 많이 입은 그 고약한 늙은이의 머릿속에 뭐가 들었는지 잘 알고 있기 때문이지, 지금 그의 머릿속에는 정상적인 생각을 할 수 없게 만드는 혹들이 들어 있어, 한두 개가 아니라 아주 많이! 복서가 지녀야 할 자존심이라는 거지, 난 요즘 끊임없이 노르망디 해변을 생각하게 되는구나, 나폴레옹과 내가 거기 도착한 건 동이 트기 시작한 새벽이었어, 이제 그건 일본에 가는 것보다 더 멀고 아득하게 느껴지는 여행이구나, 난 나폴레옹이 그때를 잊었을 거라고 믿고 있어, 나폴레옹은 결코 감성적인 남자가 아니니까, 하지만 난 우리 둘을 위해서 아주 작고 소소한 것까지도 잊지 않고 기억하고 있지.

내가 이런 이야기들을 네게 모두 털어놓았다는 말은 절대로 할아버지에게 하지 마라, 나폴레옹은 내가 자기에게 귀찮게 매달린다고 생각할 테니 말이다. 난 이 미친 늙은이를 외로움 속에서 허우적거리게 내버려둘 참이야, 그에겐 안됐지만 할 수 없지 뭐니, 만일 날 다시 자기 곁으로 돌아가게 하려면 여기 와서 무릎 꿇고 싹싹 빌어야 할 거야, 에드(에두아르)는 타피스리가 언제쯤 완성되냐고 자꾸 묻고 있어, 비행기 표를 알아봐야 하기 때문이라나⋯ 그래서 난 이제 겨우 시작했다고 말했지, 사실은 내가 뜨개질하는 속도가 아주 빨라서 벌써 절반가량이나 완성했는데 말이야, 아무튼 지금 겨우 시작이라는 말을 듣고 에드는 약간 화가 난 표정이었지, 그러곤 왠지 내 말이 안 믿어진다는 표정이었어, 그런데 바로 그때 에드가 아직 스무 살도 채 안 된 소년처럼 내게 입 맞추려고 얼굴을 갖다 대다가 그만 한 손으로 식탁 위에 있는 석쇠를 짚고 말았지 뭐니, 우린 한국식 불고기를 먹고 있었거든, 문제는 그게 오른손이었다는 거지. 에드는 놀라서 몸을 일으키려다가 이번엔 뒤로 벌렁 나자빠지고 말았구나, 세상에! 손에 석쇠를 붙인 채 말이야. 손에서 지치지 재직 소리가 나더라니까. 그러니 내게 입 맞추려던 생각이 싹 날아가버렸을 수밖에!

그래서 우린 긴급 구조대를 불렀단다, 구조대가 오길 기다리는 동안에도 에드는 내게 좋은 인상을 주려고 턱을 꽉 깨물고 있었지만, 계속 그의 손을 굽고 있는 석쇠 때문에 낑낑거리는 강아지처럼 괴로워해야 했지, 손에서 돼지고기 굽는 냄새가 나더구나, 하지만 난 그 이야기는 안 했어, 그 남자는 하이쿠 두세 가지를 읊으면서 마음을 진정시키려고 애썼어, 하이쿠가 뭔지 아니? 한 문장으로 만들어진 아주 짤막한 일본식 시를 하이쿠라고 하는데, 그건 정말 멋진 예술이란다.

　그러던 중에 구급대가 왔고, 그는 손에 커다란 붕대를 감게 되었어, 그런데 그걸 보는 순간 내 눈에서 눈물이 흐르지 않겠니, 에드가 안타까워서 아니라 나폴레옹의 글러브가 생각나서 그랬어, 그 고약한 늙은이는 생각도 하고 싶지 않은데 말이야, 그것도 에드가 내 앞에서 나 때문에 저지른 실수로 고통을 겪고 있는 그 순간에! 구급대원들이 에드를 차에 태워 갔는데, 그가 떠나기 전에 내게 약속을 하더구나, 완쾌되고 나면 둘이서 일본으로 직행하자고 말이야, 그래서 나도 그러겠다고 약속했지, 그에겐 정신적인 위로가 필요했으니까, 그랬더니 그는 아픔을 참으려고 이를 꽉 깨물고 있는 중에도 입가에 미소를 지으면서 "사랑, 그것은 아픈 거요." 하고 말하며 구급차에 올라탔단다.

　구급차의 문이 닫힌 후, 난 혼자 돌아와야 했어, 고약한 늙은이인 네 할아비를 생각하고, 에드가 말한 문장을 떠올리면서 말이야, 그 문장은 정말 진실이란다, 진실 중의 진실이지, 복싱 팬츠 위에 하얀 가운을 걸치고 링 위에 올랐던 네 할아비는 정말 멋졌을 게 틀림없어, 애석하게도 난 나폴레옹이 싸우는 걸 한 번도 직접 보지 못했구나, 네가 웃을지도 모르겠다만, 언젠가 내가 나폴레옹에게 날 위해서 한 번만 복서의 복장을 해달라고 부탁한 적이 있었어, 물론 나폴레옹은 코웃음을 치고 말았지만 말이야, 그가 로키와의 시합 이후에 복싱을 그만둔 건 정말 애석한 일이야, 나폴레옹에게 다시 링 위로 올라가라고 수없이 이야기했지만 소용없었단다, 네 할아비는 그 말을 더 듣고 싶어 하지 않았어, 아마 나폴레옹은 그 시합에 판정이 잘못되었던 거라고 네게 이야기했을 거다, 어떤 면에선 사실이란다, 아무튼 난 에드를 구급차에 태워 보내고 나서, 호숫가의 벤치에 앉아서 나폴레옹 생각을 하고 있었어, 호수에서 신선하고 미세한 바람이 불어왔지, 그러자 마음이 무거워지는 동시에 또한 가벼워지더구나, 과거의 삶 덕분에 기쁜 건지, 현재의 삶 때문에 슬픈 건지는 알 수 없지만, 아무튼 난 나폴레옹을 위해서 옛날의 그 짧은 여행을 기억 속에 영원히 간직할 생각이다, 그때 일을 생각하면 아직도 발가락 사이에 모래알이 느껴지는 기분이야. 레오나르, 할아버지를 잘 돌봐드리렴, 나폴레옹은 혼자선 어떻게 살아가야 할지 전혀 모르는 사람이니 말이야, 심판이 마지막 공을 울릴 준비를 하고 있다는 것도 모른 채, 천둥벌거숭이처럼 좌충우돌하며 마지막 시간을 향해 가고 있으니…

네 엄마가 그러는데 너희 가족이 크리스마스 때 이곳으

로 온다고 하더구나, 혹시라도 못 오게 되면 편지 한 장 보내주겠니? 나폴레옹의 복싱 글러브와 볼링공 위에 씌어 있는 문장을 적어서 말이야, 철자에 자신이 없어서 그런단다, 영국말인지 미국말인지 모르겠는데, 아무튼 그대로 베껴서 보내주렴, 스웨터에 그 문장을 새겨 넣으려고 하는데, 혹시라도 잘못 새겼다가 나중에 스웨터를 다시 풀어야 하면 곤란하니까 말이다.

널 사랑하는 할머니가.

추신: 네가 오면, 하이쿠에 관해 이야기해주마. 마음을 안정시키는 데는 최고로 훌륭한 놀이라고 할 수 있단다.
추신: 난 아직 마침표 찍는 게 익숙하지가 않구나, 그래도 읽을 순 있으리라고 생각한다.

16

아빠는 무엇보다도 '깜짝 효과'를 노리는 것에 초점을 맞췄다.

"미리 알려선 안 돼. 마지막 순간에 짠! 하고 할아버지를 모시러 가는 거야. 그래서 거절할 수 없게 만드는 거지. 나폴레옹이 여기, 우리 집으로 올 거야. 바닷가재랑 소금에 절인 돼지고기 요리를 준비했으니까, 나폴레옹이 제일 좋아하는 요리잖아. 케이크랑 양초도 준비하고! 생일 양초 말이야. 유년 시절을 기억나게 하는 거지, 기타 등등으로. 오, 흥미로운 게임도 있어야겠군! 하여간 신경 써서 준비하자고!"

그러곤 발끝을 내려다보면서 덧붙였다

"오, 끝이 뭉툭한 이 구두도 벗어야겠군. 그러면 나로선 할 수 있는 건 모두 하는 거…"

그런데 나폴레옹을 모시러 가려고 막 나가려던 순간, 아빠에게 갑자기 한 가지 아이디어가 떠올랐다.

"아, 그래. 맞다! 레오나르, 네가 할아버지를 모시러 가면 어떻겠니?" 아빠가 물었다.

"내가요?"

"그래, 그게 좋겠구나! 네가 태평한 얼굴로 할아버지께 가는 거야. 그리고 아무 일 없는 듯한 표정으로 이렇게 말하는 거야. '할아버지, 우리 집에 가서 저녁 드시는 게 어때요?' 별일 아니라는 듯이 말이야. 네가 가면 조금도 의심하지 않으실 거다. 알겠니?"

"알겠어요, 아빠! 아빠는 정말 대단한 책략가예요."

"알겠지만, 우리 계획에 대해선 한마디도 꺼내면 안 된다, 알았지? 그냥 식구들이 할아버지를 보고 싶어 한다는 말만 하렴."

그러면서 아빠는 발끝으로 일어서서 내 어깨에 한 손을 얹고 말했다.

"넌 우리의 비밀요원이야."

* * *

문을 두드리기도 전에 할아버지가 안에서 외쳤다.

"들어와라, 코코!"

나는 문을 밀고 들어갔다.

유령 같았다. 나폴레옹이 거기 있었다. 거실 한가운데, 우아한 귀족처럼 차려입고서. 거기다 무엇보다도 믿을 수 없었던 건, 나폴레옹이 두 발로 서 있었다는 것이다. 일자로 똑바르게. 휠체어의 팔걸이를 짚고 다리를 꼰 자세이긴 했지만, 지극히 평온한 모습이었다. 백발에 새하얀 양복을 입은 모습은 마치 하얀 연기에 둘러싸여 있는 듯했다. 아, 나의 황제 나폴레옹은 눈이 부실 정도였다!

"할아버지! 서 계시네요! 섰어요!" 내가 외쳤다.

"보다시피! 코코, 내가 그랬잖니. 단순한 요통이었을 뿐이라고. 의사라는 양반이 당최 뭐 아는 게 있어야지! 복서가 이 정도는 되어야 하지 않겠니?"

나폴레옹은 백발에 포마드를 발라 정성스럽게 뒤로 넘긴 채, 편안하고 거리낌 없는 표정으로 미소를 지었다. 은은한 오데 코오롱 향기까지 났다.

나의 황제는 그 어느 때보다 몸 상태가 좋아 보였다.

216

하지만 곧 팔걸이를 짚고 있는 할아버지의 팔이 가늘게 떨고 있음을 알았다. 약간 찡그린 표정이 할아버지의 미소를 일그러뜨렸고 작은 땀방울들이 이마에 송골송골 맺혀 반짝이고 있는 것도 보였다.

내 눈앞에 있는 황제의 모습은 정말 멋있었다. 결코 망가지는 것을 보고 싶지 않은 당당하고 위엄 있는 황제의 이미지였다.

"할아버지, 잠깐 앉으세요. 드릴 말씀이 있어요."

할아버지는 순순히 내 말을 받아들였다.

"네 말이 맞다. 군대 총수의 회의는 앉아서 하는 거지."

할아버지가 이마의 땀을 닦아내고 말했다.

"자, 들어보자꾸나."

할아버지는 세상에서 제일 집중하는 자세로 내 말을 주의 깊게 듣고 나서 한바탕 웃음을 터뜨렸다.

"네 아비가 고심해서 짜낸 게 고작 그거라더냐? 좋다, 가자. 가서 좀 웃어주고 오자, 코코."

할아버지는 하얀 양복과 더없이 대조적인 검은 가죽점퍼에 팔을 꿰었다. 주머니가 찢어진 그 변함없는 검은 가죽점퍼였다. 그러고 나서 조금 망설이는 모습을 보이며 말했다.

"자, 오랫동안 내가 원해왔던 건데 드디어 오늘 그 기회가 왔구나. 코코, 넌 이제부턴 나의 보좌관이 아니다."

"네?"

"오늘 밤부터 넌 나의 참모총장이야. 최후의 전쟁을 나와
함께 이끌어갈 사람이지!"

난 할아버지가 푸조 404에 앉도록 도와드리고 휠체어를
접어서 트렁크에 실었다. 밤 날씨는 추웠지만 맑았다. 별이
총총한 하늘이 우리를 덮고 있었다.

"코코, 직진으로 계속 갈까? 멈추지 않고 계속 앞으로 달
려보는 거야. 고속도로 휴게실에서 샌드위치를 사서 먹고
오늘 밤은 주차장에서 자는 거다. 어때?"

"정말 멋져요, 할아버지. 어디로 갈까요?"

"무조건 직진해서 저쪽, 바다로 가는 거다. 모험과 자유를
향해서! 죽 앞으로 내달려서 어디까지 가는가 하면…"

할아버지가 빨간불 앞에서 멈췄다. 신호등은 금방 파란불
로 바뀌었지만, 할아버지는 금방 출발하지 않았다.

"이봐라, 코코. 참 이상하지. 어떤 때는 모든 게 다 기억나
는 것 같고, 또 어떤 때는 모든 게 금방 사라지는 안개처럼
느껴지거든. 로키조차도 어떤 때는 얼굴을 떠올리기 위해
적어도 10분 정도는 애를 써야 해. 내 생각에 그 친구는 꼭
누구를 떠올리게 하는데 그게 누군지…"

그 말을 듣자 심장이 죄어왔다. 할아버지와 내가 더 함께 하지 못할 그 모든 것들, 앞으로 내 인생에서 일어나게 될 할아버지는 결코 알 수 없을 그 모든 일에 대해 아쉬움과 슬픔이 목구멍까지 차올랐다.

그때 자동차 한 대가 뒤에서 클랙슨을 빵빵 울려댔다.

"사람들은 왜 저렇게 급한지 모르겠구나!" 나폴레옹이 말했다.

* * *

나폴레옹의 접시 위에 갑각류의 껍질들이 산처럼 쌓였다. 게, 바닷가재, 새우… 아빠가 위장을 즐겁게 만들어 할아버지의 환심을 사려고 애쓰는 중이었다. 할아버지는 왕년 복서의 손목으로 집게도 없이 모든 걸 손으로 터뜨렸다.

엄마가 소금에 절인 돼지고기를 내왔다. 간단하면서도 원기를 회복시켜주는 그 요리는 할아버지가 제일 좋아하는 것이었다.

"아버지, 음식이 마음에 드시죠, 그렇죠?" 아빠가 물었다.

"말 많은 인간보다는 소금에 절인 돼지가 훨씬 나은 법이지!"

아빠와 엄마가 당황한 눈빛을 주고받았고 나폴레옹은 콩 요리에 손을 대면서 요란한 소리로 웃었다. 그러곤 고개를 들고 말을 이었다.

"덕분에 방귀를 좀 많이 뀌겠다만, 어쨌거나 맛은 있구나…"

이 우아한 한마디가 오랫동안 대화를 좌절시켰다. 대화를 엉뚱한 곳으로 튀게 할까 봐 위험한 주제들을 요리조리 피하려다 보니 할 말이 없었던 것도 한 가지 이유이긴 했다.

"날씨가 왜 이리 쌀쌀한지 모르겠네!" 마침내 아빠가 말문을 열었다.

"그래." 나폴레옹이 대답했다. "우리 집에선 별로 쌀쌀한지 모르겠던데, 아마도 여긴 분위기가 썰렁해서 그런 걸 거다."

아빠는 못 들은 체하면서 다 쓴 접시들을 차곡차곡 쌓기 시작했다.

"왜? 접시를 바꾸려고?" 나폴레옹이 물었다.

"네, 치즈를 먹으려고요!"

"그럴 필요 없다. 이제 그만 내 접이칼을 꺼내련다." 할아버지가 접이칼이 들어 있는 주머니를 툭툭 치며 말했다.

할아버지는 항상 식사 중간에 늘 갖고 다니는 접이칼을 펴는 거로 식사가 끝났음을 알리곤 했다.

"아버지! 오늘은 특별히 진수성찬으로 극진히 차렸어요.

축하를 받으셔야죠. 생일은 날마다 있는 게 아니잖아요! 약간의 축하 예식 같은 게 있어야 한다고요!"

나폴레옹은 가슴에 팔짱을 낀 채 조용히 아빠의 말을 듣고 나서 말했다.

"결과적으로 말하자면, 넌 아들답게 아주 친절하구나." 무덤덤한 목소리였다.

아빠의 얼굴에 감사하는 뜻의 미소가 번졌다. 아빠는 그 기쁨을 엄마와 함께 나누지 않을 수 없다는 듯이 엄마의 시선을 찾았다.

"나쁠 것 없지, 없어. 정말 친절하구나." 나폴레옹이 되풀이했다. "조제핀의 말이 옳았어."

"여기서 왜 조제핀이 나오죠?" 아빠도 억양 없는 소리로 물었다. "무슨 말씀을 하시고 싶은 거예요?"

"뭐 특별한 건 없다."

"어쨌든 아버지도 오늘 저녁 온 가족이 다 모여 좋은 시간을 보내고 있다는 데는 동의하실 거예요. 이렇게 함께 있으니까 좋잖아요. 안 그래요?"

식탁을 떠났던 엄마가 치즈 쟁반을 갖고 와서 식탁 위에 올려놓았다. 나폴레옹이 치즈 위로 몸을 굽히며 말했다.

"이런 썩을 놈의 치즈 같으니라고! 내가 제일 좋아하는 치즈잖아! 정말 냄새가 근사한걸. 고맙다, 사미."

할아버지의 반응에 놀라서 어쩔 줄 모르는 아빠의 반응이 잠깐 나를 감동하게 했다.

"오! 아버지가 내 이름을 불러준 건 정말 오랜만이네요." 아빠가 말했다. "정말 기쁩니다, 난 아버지가 내 이름을 잊어버린 줄 알았어요."

"아, 그건 맞는 말이야. 그렇잖아도 마침 오늘 아침에 가족 증명서를 떼어봤었거든."

나폴레옹은 희미한 기쁨의 미소를 애써 감추었다. 그러곤 쟁반 가까이 코를 대고 킁킁 냄새를 맡아본 뒤 엄숙하게 말했다.

"그래, 냄새가 제대로구나. 난 네가 인조 치즈만 좋아하는 줄 알았는데."

주머니에서 나온 접이칼이 반짝이는 칼날을 드러냈다. 할아버지는 칼날이 무딘지 어떤지 확인하기 위해 엄지손가락에 칼날을 갖다 대보았다.

"아버지가 치즈를 얼마나 좋아하시는지 내가 잘 알죠! 특히 카망베르를 좋아하시잖아요. 그래서 어렸을 때 학교 점심시간에 내가 고른 건 언제나 카망베르였어요. 아빠처럼 하고 싶어서요."

"그만하렴. 네가 나를 울리려고 작정을 했구나."

"자, 아버지, 감동했다고 말씀하셔도 돼요. 놀라셨죠? 내가 이런 것까지 다 기억하고 있어서요, 그렇죠?"

아, 그런데 나폴레옹이 비웃으며 한마디 하고 말았다.

"오, 내가 놀란 건 이런 것 때문이 아니다."

그러자 아빠의 턱이 떨리기 시작했다. 그 몇 초 사이에 난 나폴레옹이 아빠를 울게 할 만한 말을 찾고 있다는 걸 느꼈고 엄마가 눈물이 나오려는 걸 꾹 참고 있다는 느낌을 받았다.

"에… 그럼 뭐 때문에 놀라셨어요… 아버지?" 잠시 후 물어볼 용기를 되찾은 아빠가 물었다.

"정말 알고 싶냐? 내가 놀란 건 이런 성대한 요리다. 이게 다 뭐하자는 거냐? 바닷가재에다, 소금에 절인 돼지고기에다… 어릴 때 추억이니 뭐니 해가면서… 이런! 앞코가 뭉툭한 구두까지 벗었구나! 뭔가 작정하고 일을 벌인 게 분명해!"

나폴레옹은 칼끝으로 카망베르 치즈 한 조각을 찔러서 눈높이까지 들어 올리고는 금덩어리를 살피듯이 세세히 살펴봤다. 그러곤 한 입 베어 물고 음울한 눈길로 아빠를 바라보며 쩝쩝 소리 나게 씹었다.

"아버지를 왜 초대했느냐고요?" 아빠가 중얼거렸다. "왜

긴요, 아버지 생신이잖아요! 온 가족이 함께 좋은 시간을 보내려고 그런 거죠. 그것뿐이에요. 다른 뜻이 뭐 있겠어요. 하지만 아버지랑은 그냥 쉽게 넘어가는 게 하나도 없네요. 더구나 크리스마스 때는 조제핀의 집에 갈 계획이라서… 어쨌거나 우린 한 가족이잖아요. 생일 케이크도 준비했다고요."

"눈물겹게 감동적이구나!" 나폴레옹은 두 뺨에 흐르는 눈물을 닦는 시늉을 하면서 말했다. "자, 자, 그런 입에 발린 말은 그만두고 솔직히 털어놔라. 대체 무슨 꿍꿍이냐?"

엄마가 할아버지 옆으로 슬그머니 다가가서 할아버지의 어깨를 어루만졌다. 그 동작이 어찌나 우아하고도 친밀하게 느껴지던지, 마치 시간이 멈춘 느낌이었다.

"나폴레옹." 엄마가 속삭였다. "외람된 말이지만, 너무 과장되게 말씀하시는 것 같아요. 아버님의 아들이 진짜 어떤 마음을 가졌는지 모르시는 건가요…"

할아버지가 어깨를 으쓱했다.

"저 애에게 마음이 있다고? 기쁜 소식이구나."

"물론이죠. 그것도 아주 넓고 따뜻한 마음이에요."

"네가 그렇게까지 이야기한다면… 어디 한번 확인해보게 가슴을 좀 파봐야겠구나."

그러면서 아빠의 눈을 똑바로 들여다보며 말했다.

"자, 어디 그 넓고도 따뜻한 마음으로 하고픈 말이 뭔지 좀 들어보자."

아빠가 숨을 들이마셨다.

"우린 아버지가 더는 혼자 지내실 수 없다는 말씀을 드리고 싶어요."

"아, 알았다. 드디어 그 말이 나오는구나. 언젠가는 그 이야기가 나오지 싶었다. 그 이야기를 하고 싶어서 지금까지 똥 마려운 강아지 새끼처럼 끙끙거렸군. 나폴레옹은 더 혼자 살 수 없다, 고작 그 말을 하려고 했던 거냐? 세기의 특종이로구나! 인터뷰하게 기자단들이라도 부르지 그랬냐?"

나폴레옹은 셔츠 주머니에서 끝을 뾰족하게 깎은 이쑤시개 하나를 꺼내서 이빨 사이에 꽂았다. 이쑤시개는 이빨 사이에 똑바로 꽂힌 채로 있었다.

"아버지, 상황을 직시하실 필요가 있어요. 이혼이며, 새로운 삶이며, 넘어져서 허리를 다치신 것도 그렇고, 이렌에게 하신 일도 한번 보세요. 그리고 지난주엔⋯ 대체 한밤중에 샤르트르까지 가서 뭘 하셨던 거예요? 어디 그 말씀 좀 해보실래요?"

"그렇게 말한 건 너였지. 난 거기에 간 기억이 전혀 없다. 새벽에 난데없이 네 낯짝과 그 뭉툭한 구두를 본 것 빼고는.

그건 내 평생 잊지 못할 거다. 그런 식으로 내 새벽잠을 깨우다니."

"그래서 더 걱정되는 거예요. 아버지, 아주 좋은 집이 있어요, 바로 학교 앞이에요. 거기선 아주 좋은 대접을 받으실 수 있을 거예요. 어떠세요?"

"내가 할 말은 네가 준비한 카망베르 치즈가 기가 막히게 훌륭하다는 거다. 1952년에 보스턴에 있던 때가 기억나는구나. 그때 정말 기가 막힌 카망베르를 먹어본 적이 있지. 1952년, 보스턴에서 말이야."

그러고는 이쑤시개 끝을 코에 대고 킁킁 냄새를 맡기 시작했다.

"하지 마세요, 아버지! 더럽다고요." 아빠가 소리쳤다.

"더럽다고? 네가 꺼낸 그 말이 더 더럽다!"

나폴레옹은 한 눈을 감고 쓰레기통을 겨냥하더니 이쑤시개를 쓰레기통을 향해 던졌다. 이쑤시개는 쓰레기통까지 이르지 못하고 화분 옆에 떨어졌다.

"실패!" 나폴레옹이 말했다.

그러고는 도발적인 미소를 보였다.

"아버지, 우리가 의논해 봤는데요." 아빠가 이야기를 계속했다. "아버지도 언젠가는 친구들이 필요할 거예요. 친구들과 함께 여러 가지 활동도 할 수 있다고요. 거기선 도자기 만드는 것도 하고…"

"허, 도자기는 무슨 얼어 죽을 놈의 도자기야…"

"아무튼, 아버지를 잘 돌봐드릴 거예요. 거기서 아버지 같은 사람들과 교제도 하고 그러면 좋지 않겠어요?"

"'아버지 같은 사람'이라는 건 무슨 뜻이냐?" 나폴레옹이 차가운 목소리로 물었다.

그 질문에 아빠의 발뒤꿈치가 다시 올라갔다. 아빠는 답답했던지 셔츠의 옷깃을 풀어 젖혔다. 나폴레옹이 다시 말했다.

"그래, 요약해보자. 그러니까 넌 나를 내쫓고 싶다 이거지?"

"아빠! 그게 무슨 말도 안 되는 소리예요. 난 지금 강제수용소를 말하고 있는 게 아니에요. 자율공동체 이야기를 하는 거라고요."

아빠가 아버지를 아빠라고 부르기 시작했다.

"키아 가스타메코, 피크, 추 네 부보!(자율공동체 좋아하시네, 안 그러니, 코코!)"

난 미소를 지었다. 그러자 아빠가 낮은 소리로 물었다.

"뭐라고 하셨니?"

"별말씀 아니에요. 아빠가 오늘 생일잔치를 준비하느라 수고하셨대요."

아빠는 의자에서 일어나 나폴레옹 쪽으로 가더니, 앉아 있는 할아버지와 키 높이를 맞추기 위해서 몸을 웅크렸다.

"아빠, 아빠를 돌봐주고 위험에 빠지지 않게 지켜줄 거예요. 그뿐만 아니라 거기는 재미있는 오락거리도 많은 곳이에요. 음악회 같은 것도 있대요. 아빠, 이제 현실을 똑바로 보셔야 해요. 아빠 친구들도 이젠 모두 사라지고 안 계시잖아요."

"그 녀석들은 너무 허약해서 그런 거야. 운동을 제대로 안한 거지."

"우리가 아버지 뵈러 자주 갈게요. 바로 옆이잖아요. 거긴 정말 깨끗하고 아늑하고 아름다운 곳이에요. 정원에 개나리도 많더라고요."

"개나리? 개나리는 오줌 냄새가 나." 나폴레옹이 말했다.

"매달 적지 않은 액수를 내야만 들어갈 수 있는 집이에요. 그러니까 강제수용소니 뭐니 하는 건 터무니없는 말이라고요."

"호화로운 곳이든 아니든 간에, 기쁜 마음으로 그곳에 들어가는 사람은 아무도 없다. 게다가 거기선 아무도 살아서 나오지 못해! 어쨌든 두 개의 공통점은 있구나!"

228

아빠는 실망이 되어 한숨을 푹 쉬었다. 그러곤 나폴레옹의 무릎을 살짝 두드리고 일어서며 말했다.

"아버지만큼 나이가 많은 그 집에서 불을 낼 때까지 혼자 살고 싶으시거나, 404 트렁크 안에서 개 사료로 배 채우는 게 더 좋으시다면, 아버지 마음대로 하세요."

"너 그 말 한번 잘 했다. 듣던 중 반가운 소리로구나. 이제부터 내 마음대로 한다, 알겠지? 자, 이제 협상은 깨진 거지?" 나폴레옹이 미소를 지으며 물었다.

아빠는 짐짓 명랑하게 보이려고 애쓰면서 말했다.

"자, 협상은 잠시 쉬기로 합니다. 이제 생일 케이크를 먹기로 해요. 아버지가 좋아하시는 크림을 듬뿍 넣어서 만들었어요. 케이크를 먹고 나면 우리 모두 다시 힘이 팍팍 솟구칠 거예요."

"도전!" 나폴레옹이 말했다.

엄마가 양초들이 꽂힌 케이크를 들고 촛불이 꺼질까 봐 조심스럽게 걸어왔다.

"아버지, 어서 촛불 끄세요. 다 꺼지지 않으면 우리가 도와드릴게요."

하나… 둘… 그런데…

나폴레옹이 일부러 휙 불어서 날아간 크림들이 아빠의 얼굴 위로 떨어졌다.

"너 지금 뭐라고 했냐? 나를 도와준다고 했냐? 그랬어?"

아빠는 오랫동안 엄마를 바라보더니 중얼거리듯 말했다.

"크림이 맛있네요!"

아빠의 목소리가 착 가라앉았다. 어이없음과 분노와 모욕
감으로 말이 없어진 아빠는 슬픈 표정을 하고 두 팔을 내려
뜨린 채 서커스 무대 한가운데 서 있는 어릿광대 모습처럼
보였다.

"아버지! 아버지의 문제가 어디 있는지 아세요?" 한동안
말이 없던 아빠가 갑자기 떨리는 목소리로 물었다. "뭐가 문
제인지 내가 보여드리죠!"

그러고는 순식간에 사라져버렸다.

"저 애가 지금 어디 가는 거냐?" 나폴레옹이 엄마를 바라
보며 물었다. "대체 쟤가 왜 저러는 거야? 포복절도할 일이
로군…"

엄마의 손이 가늘게 떨렸다.

"아뇨, 나폴레옹. 우습지 않아요. 아버님은 저도 힘들게 하
고 계세요."

"용서해라. 가족들에게 손해를 끼치고 있구나."

"아버님의 아들은 그런 대접을 받을 이유가 없어요."

"그 녀석이나 거기 가라고 해라. 거기가 그렇게도 좋으면 늙은 멍청이들이나 가는 그곳에 자기나 가라고 해. 난 절대 안 간다."

지하실 문이 열리는 소리가 나더니, 몇 초 후에 아빠가 나타났다.

"자, 이게 바로 아버지가 원하시는 거죠?" 아빠는 내가 한 번도 들어본 일이 없는 목소리로 외쳤다. "아버지가 내게서 보기 원하시는 건 바로 이거죠? 아빠! 아빠가 내게서 원하는 게 이거죠? 아버진 내가 아빠라고 부르는 소리가 듣기 싫죠? 귀찮게 여겨지죠? 아빠, 아빠, 아빠, 아빠!"

아빠가 커다란 권투 글러브를 흔들면서 울부짖듯이 말했다.

깜짝 놀라서 잠시 균형을 잃은 나폴레옹은 우리에게 아주 익숙한 평소의 습관대로 재빠르게 응수하려고 했지만, 뭐라고 해야 좋을지 모르는 것 같았다.

"그만해라." 할아버지는 그렇게만 중얼거릴 뿐이었다.

아빠는 할아버지 앞에서 주먹을 휘둘렀다. 그 동작이 어찌나 서투르고 뻣뻣하던지, 마치 나무 인형을 보는 것 같았다. 그러곤 드디어 자신이 한 점을 얻은 거라고 느꼈는지 이쪽저쪽으로 몸을 흔들며 권투선수의 자세를 잡았다.

"우라질! 그 광대 짓 좀 당장 멈추지 못하겠니!" 나폴레옹이 소리쳤다.

나폴레옹의 빈틈을 파고들던 아빠가 마침내 나폴레옹의 방어를 산산이 조각내고 만 것이다. 아빠는 팔을 앞으로 뻗으며 다리를 바꾸는 동작을 했는데, 그 모습이 조금도 우아하게 보이지 않았다. 아빠가 보여준 것은 애처로울 정도로 엉성한 가드 자세였다. 불쑥 나온 배가 약간 흔들렸다. 그것은 끔찍하고도 우스꽝스러운 복서의 풍자만화에나 나올 모습이었다. 동작이 불쌍하고 기괴해 보이면 보일수록 아빠는 더 통쾌해했다.

"내가 이렇게 되는 게 바로 아버지가 원했던 거죠, 아니에요? 난 이래야만 아버지의 아들이 되는 건가요? 내가 아버지의 사랑을 받을 유일한 기회는 바로 이거였어요, 이 망할놈의 권투 글러브요."

엄마는 이때도 어김없이 케이크 포장지 위에 이 장면을 그리고 있었다.

"그만해라. 그만해." 나폴레옹이 말했다.

그러고는 급기야 팔뚝으로 두 눈을 가리고 말았다. 마치 허공을 친 아빠의 주먹에 직접 맞기라도 한 것처럼… 난 나폴레옹이 그 정도로 수세에 몰려 있는 걸 이제껏 한 번도 본 적이 없었다.

"네! 링 위! 아마 내가 링 위에 있었다면, 아버지는 나를 조금이라도 진지하게 봐주셨을지도 모르죠. 그랬더라면 아버지 눈에 그토록 우스꽝스러운 어릿광대로 보이진 않았을지도 모르죠. 하지만 난 그 길을 선택하지 않았어요. 난 아버지가 아니에요. 타박상을 잔뜩 입은 그 머릿속에 제발 현실을 좀 집어넣으시란 말이에요!"

"제기랄, 우라질! 난 가겠다. 그 빌어먹을 너절한 내 집으로 갈 테다."

"어디 가시는 거예요?" 아빠가 소리쳤다.

"도망치는 거지. 우리 집 어딘가에 수류탄 하나를 보관해 둔 게 있을 거야. 그걸로 그놈들에게 근사한 불꽃놀이를 선사해야겠다. 네가 말하는 그 늙은이들 말이다. 자, 비켜라."

나폴레옹은 후퇴하기 위해 의자에서 일어났다. 하지만 아빠는 할아버지가 지나가지 못하게 앞을 막았다.

그런데 바로 그 순간, 아주 잠깐, 1초, 눈 깜짝할 새에 우리는 모두 진짜 복서 같은 멋진 자세를 취한 아빠를 보았다. 가드를 올린 글러브 뒤에서 기회를 노리며 앞으로 내민 한쪽다리에 체중을 충분히 싣고서 어깨를 둥글게 웅크리고 있는강인하면서도 유연한 자세, 위대한 복서가 본능적으로 보여주는 자세였다.

잠깐 가슴을 뛰게 만든 그 장면에 할아버지와 나는 벼락을 맞은 것처럼 놀라고 말았다. 난 그때 흥분으로 불타오른 나폴레옹이 울음을 터뜨리기 일보 직전이라는 느낌을 받았다.

하지만 끝났다. 자신의 대담한 태도에 스스로 놀라 멍해진 아빠는 갑자기 정신이 돌아온 사람처럼 '왜 이런 게 내 손에 있었지?' 하고 놀라는 듯한 눈으로 권투 글러브를 바라보았다.

"아버지는 내가 새 글러브를 가질 자격조차 없다고 여기셨어요. 그거 아세요? 이 글러브는 내게 너무 컸다고요. 지독한 냄새까지 났죠. 아버지는 대체 이런 글러브를 어디서 구했던 거죠? 네? 바로 이 글러브 말이에요! 네?"

엄마가 아빠에게 진정하라는 신호를 살짝 보냈다. 나폴레옹의 패배였다. 나폴레옹은 적에게 반격할 어떤 반응도 보이지 않았다. 다만 우리에게 등을 돌린 채 거실과 베란다 사이의 유리문을 바라볼 뿐이었다. 길을 잃은 채 어두운 하늘에서 떨어지는 차가운 이슬비를 응시하고 있는 사람처럼 보였다.

그렇게 하염없이 어두운 창밖만 바라보던 나폴레옹이 갑자기 돌아서며 말했다.

"이제 너희의 얼간이 짓은 끝났다. 너희가 정말 나를 즐겁게 해줄 수 있는 게 뭔지 아니?"

17

토요일 저녁. 플룅의 볼링장. 여기저기 젊은이들이 삼삼
오오 앉아 있고 맥주가 흘러넘쳤다. 어떤 젊은이들은 월요
일에 일할 직장이 없다는 걸 잊기 위해 그곳에 있었고, 또 어
떤 젊은이들은 월요일에 출근해야 한다는 걸 잊기 위해서
그곳에 있었다. 그곳에 와 있는 모든 사람의 눈 속에는 하나
의 공과 10개의 볼링 핀들이 있었다.

나폴레옹은 낯익은 청년들과 손뼉을 마주치고 주먹을 부
딪쳤다. 나폴레옹이 늘 쓰는 레인이 그를 위해 남겨져 있었
다. 할아버지가 볼링화를 빌려주는 곳으로 아빠와 엄마를
인도했다.

"치수 37과 42요?" 직원이 물었다. "아, 부인 것은 있는데…
그런데 선생님 것은… 남자용은 39치수밖에 없네요…"

"그거면 됐소!" 나폴레옹이 말했다. "딱 좋아. 원래 약간 작은 걸 신는 게 좋거든…"

아빠와 엄마가 신을 신는 동안 나는 할아버지가 신을 신는 것을 도와주었다.

"매듭을 단단하게 두 번 매야 한다, 코코."

신을 신은 나폴레옹은 두 팔을 휘두르며 몸을 풀었다.

"그리 어렵진 않겠는데요." 볼링 치는 사람들을 바라보며 아빠가 말했다. "그런데 신발이… 내 생각엔 신발이 너무…"

아빠는 볼링화가 너무 작은지 엄마의 어깨를 잡고 불편하게 걸었다.

"아버님, 이렇게 작은 신을 신어도 정말 괜찮은 거예요?" 엄마가 할아버지에게 물었다. "아무래도 이 사람의 발이 아픈 것 같아서요."

"원래 약간 작은 걸 신는 거다." 나폴레옹이 대답했다. "항상 끝이 뭉툭한 신발만 신다 보니까… 자, 한번 해보자. 너를 도와줄 선생을 한 명 붙여주련?"

"말도 안 돼요. 혼자서도 충분히 할 수 있어요. 공만 잘 조준해서 던지면 되잖아요."

그리고 우린 아빠의 활약을 보고야 말았다.

아빠는 두 시간 후에도 여전히 핀 하나를 쓰러뜨리지 못

했고, 다섯 번은 발가락 위로 공을 떨어뜨렸고, 세 번은 뒤로 던져버렸다. 작은 신 때문에 발을 약간 절면서 레인을 달려 가다가 공을 살짝 내려놓는다고 놓았건만, 공은 애처롭게도 미끄러지질 못하고 바닥에서 텅텅 튀어 오르다 도랑으로 빠지기 일쑤였다.

그동안 나폴레옹은 내가 밀고 있는 휠체어 위에서 자신의 까만 공을 우아한 자세로 경쾌하게 던지고는 공이 핀에 닿기도 전에 휠체어를 돌려 제자리로 돌아왔다. 그러곤 핀들이 부딪치는 소리를 들으면서 뒤도 돌아보지 않은 채 '스트라이크!'라고 외쳤다. 핀들이 부딪치는 소리만으로도 스트라이크를 구별할 수 있는 황제였다. 간혹 스트라이크를 내지 못할 때도 있었는데, 그때도 뒤도 돌아보지 않은 채 이렇게 중얼거렸다.

"이런, 하나가 꿋꿋하게 남았구먼. 가운데 녀석이."

핀 쓰러뜨리기를 재빨리 포기한 엄마는 볼링장 안의 작은 세계를 관찰하는 것에서 큰 즐거움을 느낀 것 같았다.

"자, 이번엔 네가 해보렴." 마침내 나폴레옹이 아빠에게 말했다. "실력자의 한 방으로 끝내버리는 거야! 얘야, 긴장 좀 풀어라. 너무 경직되어 있잖니."

"아버지, 지금 날 놀리는 재미로 기분이 좋으시군요." 아빠가 투덜댔다. "이런 구두를 신고 어떻게…"

"원래 그렇게 약간 작은 치수를 신는 거라는 데도 자꾸 그러는구나. 자, 방귀 한번 뀌렴. 그럼 추진력을 받아서 훨씬 나아질 거다."

그 우아한 말에 주변에서 웃음이 터져 나왔다.

"잘될 거다."

할아버지가 내게 한 눈을 찡긋하며 말했다.

"그란다즌 바탈로즌 오니벤카스 라스트미누데, 메모루 티온, 부보.(위대한 전투는 마지막 순간에 승리하는 거다. 잘 기억해 둬라, 코코.)"

훗날 나는 할아버지의 이 말을 떠올릴 때마다 마음이 따뜻해지면서 한편으론 슬픔을 느껴야 했다.

"뭐라고 하셨니?" 아빠가 스텝을 밟을 준비를 하면서 물었다.

"별말씀 아니에요. 아빠의 자세가 좋다고요."

아빠가 하나 둘 셋 스텝을 밟고 공을 던졌다. 하지만 공은 아빠의 손을 떠나기 싫었던지, 손에서 떨어지지 않고 계속 아빠를 끌고 가버렸다. 그 바람에 아빠는 레인의 바닥에 미끄러져서 배를 깐 채로 핀들이 있는 곳까지 미끄러지고 말았다.

"호오, 굉장한 스트라이크로구나!" 나폴레옹이 중얼거렸다. "스타일은 좀 별로지만, 아이디어가 좋았다는 건 인정해야겠지."

아빠는 열 개의 핀에 머리를 박고 턱에 찰과상을 입은 데다, 손가락엔 여전히 공을 끼운 채 비틀거리면서 돌아왔다. 감탄과 조소를 동시에 표현하는 경기자들이 우르르 몰려 이중으로 울타리를 친 그 한가운데로! 아빠는 엄마 옆으로 숨듯이 피했고 엄마는 아빠의 손가락들을 공에서 빼주려고 열심이었다.

"안 돼요." 엄마가 말했다. "완전히 끼어버렸네요. 손가락들이 부어서 그럴 거예요."

"여보, 솔직히 말해서 난 더는 못 하겠어. 내년엔 아버지 생일 파티 같은 건 절대로 하지 않을 테니 혹시라도 내가 잊지 않도록 상기시켜줘."

그 순간 흠칫 놀란 엄마의 눈길이 아주 잠깐 얼어붙은 듯이 보였다. 엄마는 뒤로 한 발 물러나더니 생각에 잠긴 표정으로 아빠를 가만히 바라보았다.

"왜 그래?" 아빠가 물었다. "왜 날 그런 눈으로 쳐다보는 거요?"

"아무것도 아니에요. 당신이 너무 아름다워 보여서요."

"손가락은 공에 끼어 빠지지 않고 얼굴엔 상처가 생긴데다, 신이 작아서 발가락도 제대로 못 펴고 있는데?"

"오, 당신은 정말 아름다워요. 연약한 모습을 숨김없이 드러내고 있잖아요. 연약한 건 모두 아름다운 법이죠. 그렇게 생각 안 해요?"

아빠가 어깨를 한 번 으쓱하고는 공을 흔들었다.

"글쎄, 그건 나중에 다시 생각해보기로 하고, 지금은 좀 심각한 문제를 걱정할 때야. 손에 공을 매달고 어떻게 운전해서 집에 가느냔 말이야."

그러면서 아빠는 나폴레옹 쪽으로 몸을 돌려서 말했다.

"이렇게 되리라는 걸 이미 예상하셨던 거죠, 그렇죠? 이게 다 아버지의 계략인 거 맞죠?"

나폴레옹은 그저 어깨를 으쓱하곤 손에서 까만 공을 내려놓았다.

"굳이 대답하고 싶지 않구나. 자, 이번엔 내 차례다!"

황제의 눈길 한 번으로 그리고 조심스러운 검지의 움직임 한 번으로, 난 황제가 하고 싶어 하는 대로 내버려 둬야 한다는 걸 알았다. 혼자서 움직이도록.

그런데 그때 정말 강력한 용수철에 떠밀린 듯이 갑자기 할아버지가 벌떡 일어났다. 아빠의 입에서 헉 소리가 나면

서 턱이 벌어지더니, 아빠가 엄마 옆의 의자에 털썩 주저앉
아버렸다.

완벽한 침묵이었다. 그 어떤 레인에서도 공 구르는 소리
도, 핀 쓰러지는 소리도 들리지 않았다. 다만 그 볼링장에 있
던 사람들이 모두 한목소리로 나지막이 합창하는 소리만 있
었다.

"오오오오오오오오오오오오오!"

약간 불확실하고, 짧고, 기계적인 걸음이긴 했지만, 나폴
레옹은 레인을 향해 황제처럼 나아갔고 당당한 군주의 눈길
로 청중들을 훑어보았다.

나폴레옹은 영원한 황제였다.

3m, 2m, 1m… 드디어 황제가 어프로치에 이르렀다.

그리고 이어진 네 번의 스텝 후에… 오른쪽 다리를 뒤로
한 채 왼쪽 다리를 앞으로 뻗으며 무릎을 직각으로 굽혔다.
확신에 찬 완벽한 자세였다. 예술가의 완벽한 기하학. 나폴레
옹의 공이 자유를 되찾은 검은 새처럼 우아하게 날아갔다.

모두가 눈을 비볐다. 갑자기 한 사람이 손뼉을 쳤고, 이어
서 두 사람, 열 사람, 곧 우레와 같은 박수 소리가 홀 안을 가
득 채웠다. 나폴레옹이 우아하게 인사를 했다.

할아버지의 굳어버린 미소와 긴장으로 꽉 다물린 턱을 본

사람은 나뿐이었다. 할아버지가 살짝 비틀거렸다. 나 말고는 아무도 눈치채지 못할 정도로 작은 비틀거림이었다. 여러 번의 악몽 속에서 보았던 나무들의 미세한 떨림처럼. 나는 조용히 휠체어를 할아버지 옆으로 가져갔다.

할아버지는 여전히 입술에 미소를 머금은 모습으로 우아하게 휠체어 위에 앉았다.

완벽한 타이밍이었다. 할아버지의 에너지가 한계에 이르러 기진맥진한 상태에 이르기 직전이었기 때문이었다.

"단콘 부보, 포스트 데크 플루아즌 세쿤도즌 미 쩨두스! 카즈 리 포비스 데포르티 민 키엘 플루키타 플로로.(고맙다, 코코. 10초만 더 서 있었어도 힘이 빠져 쓰러졌을 거다! 그랬다면 그 녀석이 나를 한 송이 꽃처럼 납치해 갈 뻔했지 뭐냐.)"

"뭐라고 하셨니?" 아빠가 물었다.

"아, 아무것도 아니에요. 그냥 지금 춤추러 가고 싶으시대요."

한 시간 후에 난 할아버지 집에서 작별 인사를 했다. 밖엔 눈이 오고 있었다.

우린 며칠 동안 서로 보지 못할 터였다. 크리스마스 휴가에 우리 가족은 조제핀을 보러 가기로 했기 때문이다.

"할머니에게 대신 전해드릴 말씀 있어요?"

"만사형통, 잘 지내고 있다고 전해다오, 코코."

눈송이가 창문에 하나둘 내려앉았다.

"그리고 내가 할머니를 생각하고 있다는 말도." 할아버지가 덧붙였다. "조금. 매일 생각하는 건 아니고, 가끔."

할아버지는 몇 초 더 생각하더니 이렇게 덧붙였다.

"이런, 젠장. 자주 생각한다고 말해다오."

난 할아버지가 자리에 눕는 걸 도와드렸다. 할아버지가 이불에 들어가고 나니, 이불이 아주 조금 봉긋해졌다. 할아버지가 손짓으로 나를 부르더니 내 귀에 속삭였다.

"코코, 지금 아주 많은 것들이 기억 속에서 빠져나가고 있구나. 대부분의 생각은 없어져도 상관없지만, 그 해변의 이름은… 그 해변의 이름을 생각해 내려고 몇 밤이나 애썼는데, 도무지 기억이 나지 않는구나. 조제핀의 해변. 그러니 네가 좀 수고해주겠니? 할머니에게 그냥 별일 아니라는 듯이 슬그머니… 조금씩…"

"약속할게요. 그러니 안심하고 푹 주무세요."

18

이틀 후에 우리 가족은 쉬지 않고 쏟아지는 장대비를 뚫고 조제핀이 있는 남쪽으로 향했다. 생일잔치 후에 볼링장에서 시간을 보낸 이후로 아빠는 그날 나폴레옹이 보여준 승리에 대해선 다시 말을 꺼내지 않았다. 물론 양로원에 대해서도 더 말이 없었다. 자동차 안에서 나눴던 우리 가족의 대화는 그저 아빠의 은행 일과 은행에서 있었던 일들, 혹은 아빠가 흠잡을 데 없다고 여기는 내 학교 성적에 관한 것뿐이었다.

꽤 많이 왔다고 생각될 즈음에 기름을 넣기 위해 한 주유소에서 멈췄다. 아빠는 무슨 생각을 골똘히 하는 중이었는지, 그만 기름이 넘쳐흐르고 말았다. 거기서 더 가서 요금소에서는 무인 정산기를 지나쳐 정차하는 바람에 카드를 넣지 못했다. 다시 기계에 다가가기 위해서 아빠는 하는 수 없이 차에서 내려 자동차 문과 콘크리트 난간 사이를 어렵사리 빠져나가서야 요금을 낼 수 있었다. 그리고 차단기가 올라가 있는데도 곧 출발하지 않고 오랫동안 멍하니 앞만 보았다. 그러더니 마치 꾹 참고 있던 말을 도저히 참을 수 없어서 하는 것처럼 진지한 목소리로 말했다.

"생각한 게 한 가지 있는데… 당신과 코코는 이상하게 생각하겠지만… 어쨌거나… 혹시 아버지가… 음…"

"혹시 뭐요?" 엄마가 물었다.

"모르겠어, 당신도 봤잖소, 그날 아버지가 일어나서 두 발로 걸으셨어. 그 점은 의심의 여지가 없잖아. 우리가 모두 봤으니까 내가 꿈꾼 건 아니지?"

"꿈 아니에요."

"하지만 당신도 기억할 거야. 의사 말이 아버지는 절대로 일어날 수 없을 거라고 했었잖아. 다리를 조금 움직일 순 있어도 일어설 순 없다고 분명히 말했다고. 그 의사가 얼마나 확신 있게 이야기했던지 기억해봐요. 혹시 말이야, 잘은 모르겠지만, 어쩌면 아버지가 신경재생을 가능케 해주는 것, 예를 들면 무슨 혈청 같은 걸 드신 게 아닐까? 언젠가 도서관에서 그런 이야기를 읽은 적이 있거든. 어떤 벌레들이 있는데, 그 벌레 안에 재생물질이 있어서 100년, 150년까지도 살 수 있게 해준다는 거야."

"하지만 사뮈엘, 아버님은 벌레가 아니잖아요." 엄마가 말했다.

그러곤 아빠가 그런 식의 대답을 좋아하지 않는다는 걸 떠올렸던지 곧 덧붙여서 말했다.

"당신 말이 맞긴 해요. 이상한 건 이상하다고 인정해야죠. 아버님은 과학의 결론을 거짓말이 되게 하셨으니까."

"그러고 보니 또 기억난 게 있는데 말이야. 어렸을 때 우리 가족이 원자력 발전소에서 그리 멀지 않은 곳에서 휴가를 보낸 적이 있었어. 아주 따뜻하고 약간 초록빛이 도는 물에서 수영했었지. 아버지는 그게 지하층에서 나오는 물이라고 했지만, 아무래도 원자력 발전소 근처였다는 걸 생각하면… 게다가 곳곳에 해초들이 있었는데, 나폴레옹은 해초 샐러드가 건강에도 좋고 맛도 있다면서 잘 드셨거든. 만에 하나, 그 해초에 방사선이 쬐어졌다면, 혹시…"

아빠가 운전 중에 나를 돌아보며 말했다.

"레오나르, 어쩌면 나폴레옹은 돌연변이가 된 건지도 몰라!"

＊　＊　＊

그날 저녁, 조제핀이 자신의 타피스리를 보여주었다. 양쪽 팔이 완성되고 몸통은 가슴까지 만들어진 상태였다. 이제 가장 어려운 게 남았는데, 하얀 털실로 Born to Win이라는 글자를 새겨 넣는 일이었다.

"몇 주 후면 끝날 거야." 조제핀이 한숨을 쉬며 말했다. "여기 있는 내 구혼자, 너도 알지? 에두아르 말이야. 에드는 나를 아시아로 데리고 가려고 어서 타피스리가 완성되기만을 기다리고 있단다."

할머니가 장난꾸러기 같은 미소를 지으며 말했다.

"내가 아직도 누군가에게 납치될 수 있을 거라곤 생각하진 않아. 하기야 납치된다면 그처럼 유쾌한 이야기가 또 어디 있겠니! 자, 여기 이 털실 끝 좀 잡아당겨보지 않을래?"

"네에? 그러면 스웨터가 다 풀어지잖아요." 내가 주저하며 말했다.

"바로 그거야. 두세 줄만 풀어보렴. 그게 다 조금이라도 시간을 더 벌어보려는 전략이지. 여자들이 오래전부터 써왔던 앙큼한 꾀란다. 고전적인 방법!"

난 할머니 말대로 스웨터 끝을 잡아당겨 풀기 시작했다.

손에 든 양털 뭉치가 점점 커지고 있을 때, 할머니가 내 손을 잡아 중단시키면서 약간 애수 어린 어조로 말했다.

"그래도 너무 많이 풀진 마라. 나폴레옹이 조금이라도 그 스웨터를 입을 시간이 있길 바라니까 말이야. 그게 문제로구나. 시간 말이다. 시간이 더 흘러가게 내버려둬야 하는 건지, 반대로 1분 1초를 아껴야 하는 건지, 그걸 모르겠어!"

다음 날 아침, 난 할머니에게 알렉상드르의 모자를 보여주었다. 할머니는 모자를 이리저리 뒤집고 살펴보더니, 감쪽같이 수선해주겠다고 약속했다. 난 모자 가장자리에 붙어 있는 작은 꼬리표를 보여주며 부탁했다.

"이 이니셜은 반드시 남겨주셔야 해요. R.R. 첫 번째 R은 라프스지이크의 R인데 두 번째 R은 모르겠어요. 난 이 두 글자가 그 애에게 아주 중요한 거라는 생각이 들어요."

* * *

조제핀은 잘 지내고 있었다. 심지어 약간 살도 쪘는데, 통통해진 얼굴이 예전보다 더 젊어 보였다. 다만 늘 목에 걸고 다니는 목걸이처럼 떠나지 않는 은밀한 슬픔을 달고 있었다. 내 눈엔 조제핀이 나폴레옹보다 훨씬 젊어 보였다. 그래서인지 두 사람이 함께 있는 모습이 잘 상상이 되지 않았다. 할아버지는 지금쯤 뭘 하고 계실까? 주먹을 불끈 쥔 두 팔을 가지런히 하고 혼자 침대에 누워 있을 작고 여윈 몸의 할아버지를 상상해보지 않을 수 없었다. 알렉상드르 라프스지이크가 어떤 크리스마스를 보내고 있을지도 상상해보고 싶었지만, 그것 역시 그려지지 않았다.

엄마는 할머니 집에 도착한 지 얼마 되지 않아 벌써 그림 도구들을 풀었다. 그러곤 하루하루 대부분을 정원에 있는 돌 벤치에 앉아 무릎 위에 놓인 스케치북과 파스텔의 세계 속에 빠져서 보냈다. 아빠는 낡은 헛간을 말끔하게 정리할 계획을 세웠다. 난 조제핀과 함께 장을 보러 갔는데, 할머니는 마치 지금까지 그곳에서 죽 살아온 사람처럼 아는 사람을 만날 때마다 다정하게 인사를 하고 새로운 소식을 묻곤 했다. 카페에 들러서는 할머니가 밀크 커피를 앞에 놓고 마권에 우승마를 예측해서 표시하는 모습을 바라보기도 했다.

"내가 경마에 대해 뭘 알겠니? 아는 게 하나도 없으니까 아무 말에나 되는대로 걸어보는 거지."

다음 날 우리는 그 결과를 확인했고 할머니가 표시한 말들은 이번에도 꼴찌였다.

난 할머니와 함께 몇 킬로나 되는 흰 콩의 껍질을 까기도 했다. 우리 집에선 한 번도 요리한 일이 없는 콩이었다.

"내가 이 흰 콩을 좋아하는 이유가 뭔지 아니? 바로 이렇게 껍질을 까는 게 좋아서란다! 콩 껍질을 까고 있으면 마음이 평온해지거든. 콩을 까고 있는 동안은 아무 생각도 나지 않아. 내겐 이게 볼링인 셈이지!"

할머니와 함께 수사물 시리즈를 보기도 했다. 약간 멍청한 수사물이어서 우린 시작한 지 5분 만에 범인을 추측해내곤 했고, 그 5분 동안 할머니는 알렉상드르의 모자를 손보았다.

사실 우리 가족은 모두 나폴레옹에 관해서 이야기하고 싶었다. 그만큼 나폴레옹의 부재는 소리 없는 외침으로 우리를 압박했다. 정원의 잡초들 위로 나폴레옹의 얼굴과 숱 많은 백발이 겹쳐졌고 서리 덮인 타일 바닥 위로는 금방이라도 그의 주먹이 내리쳐질 것 같았다.

"있잖니, 얘야." 며칠이 지났을 때 조제핀이 말했다. "난 말이다, 아시아를 여행하는 것보다는 양로원에 가는 편이 더좋을 것 같다는 생각이 든단다. 마음 깊은 곳에서 자꾸 그런생각이 들어. 거기 있으면 아무것도 신경 쓸 일이 없잖니. 양로원은… 뭐랄까, 난 예전부터 그곳을 마음에 두었었단다."

할머니는 내게 가까이 오라고 손짓을 하고 내 귀에 속삭였다.

"아무에게도 말하지 마라. 실은 몇 달 전 이야기인데, 이혼하기 얼마 전, 방 두 개짜리 양로원을 알아봤었어. 그 고약한 영감에겐 감히 이야기도 못 꺼냈지만 말이야."

난 이처럼 작고 소박한 여인이 어떻게 나폴레옹이라는 거대한 태풍과 함께 살 수 있었는지 의문이 들었다. 한 사람의 영원한 반항이 또 한 사람의 부드러운 포기와 균형을 맞춰주었기에 가능했을 것이다. 싸우는 자들만이 살아갈 수 있는 게 아니다. 살아 있는 자들은 어떤 식으로든 다 살아가기 마련이다.

어느 날 저녁 할머니와 내가 렌즈콩을 골라내고 있을 때, 문득 로키의 초상화가 생각나서 할머니에게 물었다.

"할머니, 로키 기억하세요?"

잠시 할머니의 두 손이 멈칫하는 것을 보았다.

"로키? 로키, 잠깐⋯"

"나폴레옹의 마지막 시합 상대요."

"아, 그래. 알지. 이탈리아 사람! 판정에 속임수가 있었던 시합의 상대였지."

속임수가 있었던 시합. 똑같은 후렴이다.

"새삼스럽게 그 사람 이야기는 왜?" 조제핀이 물었다. "아주 먼 옛날이야기지. 이젠 중요하지도 않은 사건이고 말이

252

야. 세상 모든 사람이 나폴레옹과 로키를 잊었잖니. 로키는 수십 년 전에 죽었고, 나폴레옹은…"

할머니는 잠시 침묵하다가 말을 이었다.

"한 복서가 왕좌를 차지하고 군림하는 시간은 아주 짧고 허망하기 짝이 없는 거야."

나는 숨을 들이마셨다.

"이해가 잘 안 되는 게 있어서요. 로키는 마지막 시합을 치르고 나서 몇 주 후에 죽었잖아요. 그렇다면 그는 시합 때 이미 몸이 약한 상태였을 거고, 더구나 나폴레옹을 상대로 했을 때는…"

조제핀이 앞을 바라보았다. 난 할머니가 과연 내 말을 듣고 있는지 의심스러웠지만, 계속 말을 이어갔다.

"그런데 어째서 나폴레옹이 그런 로키를 KO 패시키지 못했을까요? 나폴레옹은 당시에 최고의 주먹을 갖고 있었어요. 처음 5회전까지는 할 수 있는 모든 공격을 다 했잖아요. 그런데 갑자기 휴식 시간이 끝나고 6회전 공이 울렸을 땐 나폴레옹의 두 팔과 두 다리에 기운이 쭉 빠져 있었어요. 정말 꼭두각시의 몸놀림 같았죠. 반면에 로키는 기력을 되찾아 펄펄 뛰어다녔어요. 누가 봐도 로키가 점수를 딸 수밖에 없겠던걸요."

조제핀이 내 눈을 똑바로 바라보았다. 두 눈에 깃들인 날카로운 금속성의 생기가 나를 강타했다. 왠지 두려움마저 느껴질 정도였다.

"얘야, 네게 가르쳐줄 게 있단다." 할머니가 갑자기 진지해진 목소리로 말했다.

심장이 뛰기 시작했다.

"로… 로키에 대해서요?" 내가 말을 더듬었다.

조제핀이 어깨를 으쓱했다.

"아니. 에두아르에게서 배운 것. 날 아시아에 데려가려는 그 사람 말이다. 그런데 이건 정말 놀라운 거야."

그러곤 할머니는 눈을 반쯤 감은 채 검지를 코끝에 갖다대고는 위대한 현자의 목소리로 천천히 말했다.

"바스락 풀잎 소리, 획 바람 소리, 종달새가 지나가누나."

짧은 침묵이 있고 나서, 다시 할머니의 목소리가 이어졌다.

"흐르는 시간 속에서 침묵을 바라보는데, 누군가의 시선이 마음을 흔드는구나."

할머니는 시구에 맞추어 가볍게 고개를 흔들었다. 마치 부드러운 미풍에 흔들리는 요람처럼, 시간과 침묵과 바람 속에 서 있는 것처럼.

"그게 뭐예요, 할머니? 풀이니, 바람이니, 침묵을 바라본

254

다느니…"

"그게 바로 하이쿠라는 거야."

"하이쾌?"

"쿠! 하이쿠. 일본 고유의 짧은 시를 말하지. 짧지만 아름답고 묘한 시란다. 투명한 느낌이 마치 네 엄마의 그림들을 닮았다고 할 수 있지." 조제핀은 에두아르 덕분에 일본 시에 대해 꽤 많이 알고 있는 것 같았다.

"하이쿠는 점진적 소멸 중인 사물을 순간적으로 포착하려는 시도란다. 알겠니?"

"네? 점진적 소멸이요? 순간적인 포착이요? 무슨 뜻인지 이해가 안 가요."

"점진적 소멸이란 모든 사물이 서서히 사라져간다는 뜻인데, 그것들이 완전히 날아가버리기 전에 찰칵하고 사진을 찍듯이 한순간을 짧은 문장으로 표현한다, 뭐 대충 그런 뜻이지. 하이쿠를 사용하면 사물의 마지막 순간을 붙잡을 수 있단다."

점진적 소멸이라는 철학은 할머니 나이가 되어야 이해할 수 있을 거로 생각했다.

"또 다른 하이쿠를 들어볼래? 음… 잠깐 기다려봐라… 음… 좋아, 움직이는 그림자 하나, 하늘 위엔 구름, 바다 위엔 돛단배. 자, 너도 한번 해보렴."

"나도 할 수 있을까요?"

"물론이지. 우선 뭐든 살아 있는 생명이나 자연 풍경에 정
신을 집중하는 거야. 그런 다음 한 가지 장면을 떠올려보는
거지. 거기까지 되었으면, 그 장면이 사라지기 직전의 몇 초
를 상상해보면 돼."

시도는 해볼 수 있으니까… 난 엄마와 엄마의 그림들을
생각하기 시작했다. 그러자 꿈속에서 본 커다란 나무들이
불쑥 떠올랐다. 난 내 피부가 나무껍질로 뒤덮이는 장면을
상상했다.

"사람처럼 누워버린 커다란 나무. 공중으로 쳐든 뿌리. 하
늘 향해 들린 머리."

"브라보! 넌 하이쿠에 소질이 있구나. 아주 근사해."

19

성탄절 축하 파티를 했다. 우리가 할 수 있는 만큼 서두르지 않고 계획 없이 되는대로.

우린 크리스털처럼 깨지기 쉬운 추억들 사이를 요리조리 피해 조심스럽게 단어들을 골라 대화를 했다. 다행히 선물들이 옛 추억들을 잠시나마 잊게 해주었다. 난 조제핀이 선물해준 원격조종 오토바이 장난감이 어찌나 맘에 들었던지 좋아서 미친 듯이 펄쩍펄쩍 뛰었다.

아빠는 할머니에게 줄 선물로 커다란 텔레비전을 준비해왔다. 자동차 트렁크 안에서 그걸 낑낑대고 들고 오는 아빠에게 할머니가 말했다.

"참 고맙구나. 하지만 이미 TV 한 대가 있는걸."

"상관없어요." 아빠가 대답했다. "내가 갖고 온 게 더 좋은 거예요. 완전 평면 화면에 고선명 화질이거든요. 게다가 리모컨으로 작동할 수 있다니까요!"

할머니는 쓰고 있던 옛날 TV를 더 좋아했지만, 그래도 아빠에게 진심으로 고마워했다. 그러면서 리모컨은 절대로 안 쓸 거라고 선언하듯이 말했다.

"왜요?" 아빠가 물었다.

"그냥. 일종의 금욕이랄까, 권리 포기 같은 거지. 전철을 타면 나폴레옹은 에스컬레이터 타는 걸 단호하게 거부한단다. 그는 그런 게 종말의 시작일 거라고 늘 말하곤 했지. 나도 마찬가지야. 어느 날 내가 리모컨을 사용한다면, 그건 내가 늙었다는 증거일 거다!"

난 평면 TV를 설치하는 아빠를 옆에서 도왔다. 아빠는 TV 설치를 쉽게 생각했다가 뜻대로 잘 안 되어 쩔쩔맸다. 드디어 TV가 켜졌다. 우린 모두 마음속으로 스크린에 나폴레옹이 나타나주길 바랐지만, 그건 말도 안 되는 바람일 뿐이었다. 하지만 우연일까… 조제핀은 평소에 나폴레옹을 '낙타처럼 심술궂은 고약한 늙은이'라고 표현하곤 했는데, TV를 켜자 나온 첫 화면은 낙타들에 대한 다큐멘터리 프로였다.

우리가 준비한 케이크는 무려 4단으로 만들어진 것이었

다. 사실 한 단만으로도 충분해서 나머지는 없어도 되는 거였다. 우린 1층에서 더는 올라갈 자신이 없었다.

"자, 이제 샴페인을 따야지. 어쨌든 크리스마스잖아!" 아빠가 말했다.

나폴레옹이 없는 쓸쓸한 크리스마스 파티의 분위기를 어떻게든 살려보려고 애쓰는 아빠는 거의 텅 빈 관객석을 앞에 두고 무대 한가운데서 움직이는 어릿광대를 떠올리게 했다. 조제핀은 샴페인 잔에서 입술을 떼지 않았다. 처음엔 머뭇거리는 태도로 마셨으나, 그다음엔 솔직한 태도로 마셨다. 좀 약간 오랫동안… 할머니가 한 잔을 더 달라고 하자 아빠는 감히 거절할 수 없어서 한 잔을 더 따랐고 할머니는 단숨에 비워버렸다. 그러더니 수선을 끝낸 알렉상드르의 모자를 머리에 썼다. 그러곤 소매로 입술을 닦고 트림이 나오자 깜짝 놀라는 표정을 지었다. 마치 세상에서 처음 트림을 해 본 사람처럼.

모든 게 엉망이 되기 시작한 게 바로 그때부터였다.

우선 할머니의 얼굴이 아주 발개졌다. 그런 다음 두 눈에 물기가 차올랐다. 턱이 어찌나 꽉 다물어졌던지, 피부밑에 근육이 뭉친 게 다 보였다. 그리고 드디어 소리를 치기 시작했다.

"빌어먹을! 제기랄! 우라질! 빌어먹을! 젠장!"

아빠와 엄마 나, 우리는 소스라치게 놀랐다. 조제핀이 내 쪽으로 몸을 확 돌리더니 쏘아대듯 내게 물었다.

"맞아, 코코! 넌 새로운 삶을 시작한다는 게 무슨 뜻인지 알 거야. 그렇지? 말해보렴. 도대체 새로운 삶이란 게 뭐지? 뭐냔 말이야!"

할머니는 저녁 내내, 아니 이혼 후로 지금까지 너무나 많은 것들을 가슴속에 꾹꾹 눌러두고 있었던 게 분명했다. 이제 그 모든 게 샴페인의 거품과 함께 보글보글 올라오는 것이있다. 할머니가 비틀거렸다. 아빠가 급히 다가가서 부축하며 말했다.

"엄마, 좀 취하셨어요, 그만 잠자리에 드…"

"내게 손대지 마라. 내 아들 사뮈엘 보뇌르. 안 잡아줘도 된다. 난 혼자 서 있을 수 있어. 난 새로운 삶을 살 거야… 나도 새로운 삶을 살 수 있다고! 난 그 낙타같이 심술궂은 고약한 영감탱이가 뭘 두려워하고 있는지 잘 알아. 황제라는 그가 두려워하고 있는 거 말이야. 그는 대체 무슨 생각을 하는 거야? 내가 그렇게 바보인 줄 아나? 자기가 뭘 두려워하고 있는지 내가 모를 줄 아는 거야? 그 늙은이는 자기가 인생의 마지막 라운드를 헉헉대며 뛰는 모습을 내게 보이고 싶지 않은 거야. 그 불쌍한 바보 멍청이가."

"엄마, 엄마는 지금 정상 상태가 아니에요."

"아니, 그 반대야. 난 그 어느 때보다 정신이 말짱해. 이건 언젠가 한 번은 나와야 할 말들이 나오고 있는 것뿐이야."

할머니는 반쯤 비어 있는 샴페인 잔을 잡았다. 그리고 아빠가 빼앗기도 전에 얼른 입으로 가져가서 단숨에 비워버렸다. 그러곤 손을 놔버렸고 잔은 바닥에 떨어져 산산이 깨져버렸다.

"오, 딸꾹! 내 잔. 딸꾹! 내 잔! 딸꾹!" 할머니는 연신 딸꾹질을 하면서 말했다.

그러곤 갑자기 웃음을 터뜨리고 나서 말했다.

"아, 기분 좋구나! 갑자기 기분이 좋아졌어. 아주 좋아. 그 생각만 하면… 그 영감이 자기가 마지막 라운드에 서 있는 모습을 내게 보이지 않으려고 이렇게 야멸차게 날 떼어낸다는 생각을 하면… 아, 하지만 내가 원하는 게 바로 그거라고! 우리가 마지막 전투를 함께하는 거! 오, 그 영감탱이는 고집이 너무 세, 고약한 늙은이! 그래서 자기변명 한마디 하지 않고 그렇게 떠날 수 있는 거지. 그 무거운 짐을 혼자 다 짊어지고 말이야."

"변명이라니, 무슨 변명이요?" 아빠가 어리둥절해서 물었다. "무거운 짐이란 게 대체 뭐예요?"

조제핀은 가슴에 팔짱을 낀 채 뾰로통한 표정을 지었다.

"아무것도 아니다. 나만 이해할 수 있는 거지. 게다가 이제 나도 새로운 삶을 살 거야. 그게 현대적이라는 거겠지. 요즘 한창 유행하잖아. 오늘 저녁부터 당장!"

"오늘 저녁부터요?" 아빠가 갸우뚱하며 말했다. "그보다 엄마, 오늘은 그냥 다 함께 TV를 보는 게 어때요?"

"오늘 저녁엔 TV를 안 볼 거다. 대신 오늘 내가 리모컨을 갖고 뭘 하는지 잘 보렴!"

그러곤 할머니가 잠깐 부엌으로 사라졌는데, 거기서 외치는 할머니의 목소리가 우리 있는 곳까지 들렸다.

"쓰레기통!"

다시 소파로 와서 앉은 할머니는 알렉상드르의 모자를 벗어서 내게 내밀었다. 이번엔 내가 그 모자를 머리에 썼다.

"레오나르, 넌 아니? 새로운 삶을 살기 위해선 뭘 해야 하는 건지? 응?"

내가 곁눈으로 흘깃 본 엄마는 이 장면을 세밀한 부분까지 기록하고 있었다. 다시 조제핀이 말했다.

"레오나르, 만일 나폴레옹이 여기 있다면, 그는 새로운 삶을 살기 위해 뭘 할 것 같니? 난 지금 기다리는 중이란다."

조제핀이 미소를 지었다. 그때 내 시선이 머문 곳은 조제핀이 우편물과 함께 받았던 광고지였다. 내가 손가락으로 그것을 가리켰다.

"뭐? 그게 뭔데? 슬링샷?" 조제핀이 물었다. "좋아! 가자! 문제없어."

나는 할머니가 튼튼한 고무줄로 묶인 유리 캡슐을 타고 환상적인 속도로 하늘로 던져지는 모습을 상상해보았다.

"하지만… 엄…엄…엄마…" 아빠가 애걸했다. "엄만 그게 뭔지 잘 모르셔서 그래요."

"아니, 나도 알아. 나도 다 안다고! 그리고 난 네게 허락받을 나이가 지났다는 걸 알아야지. 넌 그냥 네가 갖고 온 TV나 보고 있으렴…"

그때 전화벨이 울렸다. 우리 모두에게 똑같은 생각이 스치고 지나갔다. 나폴레옹이 타이밍을 제대로 못 맞추고 나타나서 슬링샷에 자기도 태워달라고 요구하는 거라고.

"마침 잘됐군, 이 고약한 늙은이." 조제핀이 말했다. "내가 무슨 생각을 하고 있는지 이참에 다 말해야겠다!"

할머니가 전화를 받았다. 그러나 수화기를 든 할머니의 눈이 금방 황소 눈알만 해지고 놀라서 입까지 벌어졌다. 그리고 무엇보다도… 무척 실망한 목소리였다.

"아, 당신이군요. 네? 내 목소리가 이상해요? 아뇨, 아뇨, 아니에요. 아무 일 없어요. 네, 네, 그래요. 당신도 즐겁게 지내세요! 네, 네. 부활절 축하해요. 네? 아뇨, 난 이상하지 않아요."

할머니가 한 손으로 수화기를 가린 채 속삭였다.

"에두아르로구나."

할머니는 몇 분 동안 계속 에두아르가 하는 말만 듣고 있었다. 두 눈에 초점이 없는 것 같았다. 그러다 무슨 소리를 들었는지, 별안간 온몸이 얼어붙은 듯한 표정이었다.

"네? 결혼이요? 내가? 당신과? 아, 실은… 그게… 네, 좋아요! 안 될 게 뭐 있겠이요? 마침 전화 잘 했네요. 방금 새로운 삶을 살기로 작정한 참이었거든요! 좀 취했느냐고요? 천만의 말씀! 말짱해요. 아무튼, 생각해 볼게요. 네, 네, 빨리 답해 드릴게요."

조제핀이 냉소하는 표정으로 전화를 끊었다.

"타이밍 한번 제대로 잡았군. Born to Win, 두고 보라지. 내가 영원히 자기만 기다릴 거라고 믿었나 보지? 흥, 이제 슬링샷이 어디로 갈지 방향은 정해졌어."

조제핀이 자기 방으로 가서 뭔가 걸칠 것을 찾는 동안, 아빠는 충격으로 약간 비틀거리며 엄마에게 속삭였다.

"내가 잘못 들은 건가? 엄마가 지금…"

"네?"

"방금 엄마가 청혼을 받아들이신 거야?"

엄마가 입술을 오므리며 말했다.

"그런 것 같네요."

* * *

유원지 놀이터에는 사람들이 넘쳐났다. 반짝이는 불빛처럼 보이는 캡슐이 하늘을 향해 던져지고 있는 곳으로 향했다. 조제핀이 약간 비틀거려서 가끔 부축해야 했다. 슬링샷이 도발하듯 중앙에 군림하고 있었고 하늘로 솟아오르는 캡슐을 바라보는 수많은 시선 속에서 공포가 느껴졌다.

"자, 드디어!" 조제핀이 말했다. "이제 저걸 타고 내려오면, 난 전혀 다른 사람이 되어 있을 거야! 내게도 새로운 삶이 시작되는 거지."

"엄마, 정말 괜찮겠어요?" 아빠가 걱정스러운 얼굴로 조제핀을 바라보며 말했다. "엄마, 다른 사람들도 괜찮을 줄 알고 탔다가 다음날… 엄마, 그러지 말고 차라리 범퍼카 같은 걸 타는 게 어때요? 그것도 만만치 않아요."

"구시렁구시렁 구시렁구시렁! 제발 무슨 중환자 걱정하

듯 그러지 마라. 네 철학은 너나 지키렴. 왕년에 복싱 선수가 아니었다고 해서 새로운 삶을 살 권리가 없는 건 아니잖니."

할머니는 잠시 말이 없다가 혼잣말하듯이 덧붙였다.

"영원, 그건 함께 나눠야 하는 건데!

우린 표를 사기 전에 나이를 속여서 말해야 했다. 왜냐하면 난 아직 슬링샷을 탈 만한 나이가 되지 않았고 할머니는 그걸 타기엔 좀 너무 나이가 들었기 때문이었다.

3분 후에 할머니와 난 캡슐 안에 있었고 네 개의 발이 공중에서 흔들리고 있었다. 나는 무서워서 온몸이 떨려왔다. 그러나 조제핀은 계속 비웃음을 흘리고 있었다. 몇 초 지나자 고무줄이 늘어질 시간이 왔다. 아빠와 엄마가 공포에 질린 눈으로 우리를 바라보았다. 한 사람이 조제핀에 관해 이야기했다.

"어이쿠, 저 할머니 강심장이시네!"

"우리 엄마예요!" 아빠가 자랑스럽게 말하는 게 들렸다.

초읽기가 시작되었다. 마지막 의지의 순간.

"할머니?"

"왜?"

"해변 있잖아요…"

"해변? 무슨 해변?"

"잘 아시잖아요. 나폴레옹의 해변…"

"아, 그래 나폴레옹의 해변. 그럼, 알고말고."

"우리 여기서 나가면 그 해변이 어디 있는지 가르쳐주실 래요?"

"그래, 어디 있는지 보여주마."

* * *

돌아오는 길에 조제핀은 세 번이나 구토했다. 할머니가 손짓할 때마다 아빠가 곧 도로변에 주차했고, 그러면 할머니는 황급히 밖으로 뛰어나갔다.

"아, 지긋지긋해지기 시작하는군." 아빠가 투덜댔다. "하여간 우리 부모님은 참 유별나셔. 도대체 그 나이에 좀 조용히 있지를 않으신다니까! 아버지야 훨씬 더 심하지만, 그래도 거기엔 어느 정도 익숙해졌잖아. 난 아버지가 언제 뇌관이 터질지 모르는 포탄 같은 분이라는 걸 진작부터 알고 있었어. 아버지가 제일 좋아하는 취미 생활은 나를 괴롭히는 거라는 것도. 하지만 조제핀은! 아니, 그 유순하고 부드러운 조제핀이 대체… 지금 이 나이에 결혼 이야기라니! 아, 내겐 휴가가 필요해, 정말 마음 놓고 푹 쉴 수 있는 진짜 휴가!

내 인생에 초를 치는 일이 생기지 않는 그런 휴가, 다른 사람들 뒤치다꺼리하지 않고 나 자신을 좀 돌볼 수 있는 휴가 말이야. 모두가 내 생각을 좀 해주는 그런 휴가가 필요하다니까!"

"양로원 말고 그런 데가 어디 있겠어요!" 엄마가 말했다.

"지금 무슨 말 하는 거냐, 이 못된 놈들?" 조제핀이 자동차로 올라타면서 물었다.

그러더니 금방 기관차 지나가는 소리로 코를 골며 잠이 들었다. 집에 도착하자 아빠가 잠든 할머니를 업어서 소파 위에 눕혔다. 그리고 우리 셋은 할머니 맞은편에 앉아 깊은 잠에 빠진 할머니를 바라보았다.

"재미있군." 아빠의 말이었다. "두 분이 잠들어 있는 모습을 보면 위험하기는커녕 희한할 정도로 순한 양 같아 보이는데 말이야. 그런데 눈만 뜨면, 그 순간부터 난장판도 그런 난장판이 없다니까!"

그 말을 듣기라도 한 것처럼 갑자기 조제핀의 눈꺼풀이 올라갔다. 두 눈에 생기가 돌았고 시선은 날카로웠다.

"엄마, 괜찮아요?"

"그래." 할머니가 무뚝뚝하게 말했다.

"그럼 이제 모두 잠자리에 들기로 할까요? 저녁 파티는 끝난 것 같은데요."

"아직 다 끝난 건 아니다. 전화기 좀 다오. 생각을 많이 해 봤다."

"잘됐네요. 다행이에요." 아빠가 안심된 목소리로 말했다. "엄마가 다시 이성을 찾은 것 같아서 기뻐요. 밤엔 생각이 차분해지는 법이지요. 술기운이 들어가면…"

할머니는 아빠로부터 전화기를 받자마자 전화번호를 눌렀다.

"여보세요, 에두아르? 네, 조제핀이에요. 결혼 말이에요, 할게요. 네, 타피스리도 다 끝냈어요. 네? 좋아요, 어디든 당신이 원하는 곳으로 가요! 아시아요? 당신이 좋다면! 메콩강 위에서? 멋지군요! 파타고니아? 당신 뜻대로 하세요! 네? 거긴 아시아가 아니라고요? 아, 좋아요! 파타고니아를 향해 전진해요! 아무튼, 난 이제 새로운 삶을 살 준비가 되었어요."

할머니가 전화를 끊고 중얼거렸다.

"나폴레옹이 안됐지만, 하는 수 없지! 이래라저래라, 그것만 안 했어도!"

할머니가 아빠의 얼굴을 보고 한마디 던졌다.

"넌 왜 그런 표정이니? 뭐 할 말이라도 있니?"

아빠가 천천히 머리를 저었다. 당황한 아빠의 눈에서는

낙담과 체념밖에 보이지 않았다.

"아뇨, 아뇨. 내가 무슨 할 말이 있겠어요."

"네 표정을 보니 뭔가 다른 생각이 있는 거 같아서 말이다."

아빠가 일어섰다.

"그래서가 아니에요. 그냥 피곤해서요. 눈 좀 붙여야 할 것 같아요."

조제핀과 나만 남았다. 할머니는 아빠와 엄마 방에서 아무 소리도 나지 않을 때까지 기다렸다가 나더러 따라오라는 신호를 보냈다. 그러고는 할머니 방의 침대 옆 탁자 서랍에서 작은 향수병을 꺼냈다. 할머니는 병뚜껑을 열고 내 코밑에 향수병을 갖다 대고 흔들면서 물었다.

"어떠니?"

"향이 참 좋아요. 특이한 향이네요."

뭐라고 정의할 수 없는 향이었다. 약간 옛날 느낌이 난다고 할까, 굉장히 근사한 향이면서도 향이 많이 날아간 듯한 느낌이었다.

"행복한 순간들의 향이란다. 손바닥을 내밀어보렴."

할머니가 내 손바닥에 작은 병을 기울였다. 향수병에서 나온 건 모래였다. 붉은 모래, 여전히 반짝임을 잃지 않은 운모 알갱이들이 섞여 있었다.

"이크, 너무 많이 쏟으면 안 되는데! 더 늙었을 때를 위해 간직하고 있어야 하거든."

"그 해변이로군요." 내가 속삭였다. "나폴레옹과 함께했던 자유의 해변. 행복의 해변."

"나폴레옹에겐 말하지 마라. 그 고약한 늙은이에겐 이런 게 약해빠진 바보들이나 하는 웃기는 짓거리로 보일 테니까."

"네, 알겠어요."

밤은 두 사람이 속삭이기에 정말 완벽한 순간이다.

"있잖아요, 할머니. 나폴레옹은 조제핀을 자주 생각해요. 아주 자주요. 거의 온종일, 매시간이요."

"그 바보는 그 말을 직접 내게 해줄 순 없다더냐? 이번엔 전화기를 팔아치웠대?"

"할머니도 아시지만, 할아버진 쇠고집이잖아요. 그래도 속마음은 아주 부드러워요."

"그가 나더러 돌아오라고 말하면 난 당장 짐을 싸서 돌아갈 거야. 그동안 우린…"

할머니가 침대 위에다 오래된 도로 지도를 펼쳤다.

"여기, 바로 여기란다."

작고 노란 파라솔 모양의 점 주위에 연필로 동그라미가 그려져 있었다. 낡은 지도가 접힌 자국이 있는 곳에 해변이 감춰져 있었다. 모든 게 바로 이 해변의 작은 끄트머리에서 시작되었다니 얼마나 신기한지! 지도의 모든 도로가 이 작은 곳으로 인도되고 있는 듯한 기분이 들었다.

"이 해변에 관해 알고 있는 게 있니?" 할머니가 물었다.

"아뇨."

"난 아직도 발가락 사이에 모래알이 끼어 있는 느낌이 들 때가 종종 있단다."

20

엄마의 말에 따르면 다음 날은 정말 조용한 날이었다.

"긍정적으로 생각하기로 해요." 엄마가 아침 식사 때 말했다. "어제 떠들썩한 파티가 있어서 그런지 어머니는 이제 댄스파티에 갈 마음이 없어졌나 봐요. 그러니 우리도 숨 좀 돌릴 수 있게 되었네요."

아침 시간이 지나갔지만, 조제핀은 여전히 일어나지 못했다.

"나야 급할 게 없지." 아빠가 말했다. "어제 엄마의 서커스를 봤으니 오늘은 좀 쉬시게 그냥 놔드립시다!"

난 선물 받은 장난감 오토바이를 갖고 정원에 나가서 원격조종을 해보았다. 하지만 곧 싫증이 나서 엄마 옆에서 그림 그리는 걸 지켜보았다. 엄마의 손놀림엔 불필요한 움직임이 전혀 없었을뿐더러 아주 재빨랐다. 겨울이라 헐벗은 정원의 나무들이 금방이라도 엄마의 붓끝에서 빠져나갈 것처럼 보였다.

엄마는 내가 스케치북을 들춰보는 걸 허락해주었다. 최근 지나온 몇 달이 내 눈앞에 펼쳐졌다. 단 몇 초 만에 마법이 나를 할머니가 이곳으로 떠나오던 그날의 리용 역으로 옮겨놓은 듯했다. 엄마는 심지어 배경에 시계까지 그려놓았다. 이별이 이뤄졌던 시간을 정확하게 알려주고 있는 시계였다.

그다음 페이지는 우리 가족 넷이 카페에 모여 있는 장면이었다. 조제핀이 빠진 자리가 선명하게 나타나고 있었다.

"나폴레옹의 표정이 아주 묘하네요." 내가 말했다. "엄마, 정말 그날 할아버지의 표정이 이랬던 게 분명해요?"

"할아버지의 내면이 그랬어."

그날 나는 할아버지의 시선에 그런 애잔한 빛이 있었다는 걸 전혀 알아채지 못했었다. 그런데 엄마는 할아버지가 아무도 보지 못하게 꽁꽁 싸둔 슬픔을 살며시 끄집어내서 표현해 놓았다.

"아, 엄마! 이건 나폴레옹이 클로클로의 춤을 흉내 내다가 넘어졌던 장면이네요! 엄만 그때 보지 못했는데, 어떻게 눈으로 본 것처럼 이렇게 그릴 수 있었어요?"

"못 봤지. 상상해서 그린 건데, 정말 이 장면 같았니?"

"정확해요, 엄마! 마치 엄마가 어딘가에 숨어서 보고 있었던 것 같아요!"

별안간 난 내가 특별히 한 장면을 찾고 있었다는 걸 알았다. 과연 그 장면이 내 시선을 끌었다.

"그래, 네가 특히 이 순간을 인상 깊게 여겼다는 걸 나도 알지." 엄마가 말했다. "정말이지 이 순간의 네 아빠는 참 멋있었어, 안 그러니?"

아빠가 취했던 그 완벽한 자세가 다시 한 번 내 숨을 멎게 했다. 난 아빠의 가슴과 머리 그리고 턱 앞까지 쳐든 글러브 낀 주먹만 보이도록 아빠의 얼굴을 한 손으로 가려보았다. 그러자 뭐라 딱히 표현할 수 없는 혼란스러운 감정에 사로잡혔다.

엄마가 내 손에서 스케치북을 건네 들고 몇 페이지를 넘기더니, 그중 한 장을 찢어 내게 주면서 말했다.

"자, 이건 네 친구에게 갖다주렴."

알렉상드르 라프스지이크의 모자였다. 엄마는 R.R.이라는 두 개의 글자가 분명하게 보이도록 세심하게 신경을 쓴 것 같았고, 그 사소한 배려에 알렉상드르가 매우 민감하게 반응할 거라는 확신이 들었다. 그림 속의 모자는 시간을, 만물의 소멸을 비껴간 것 같았다.

그때 아빠가 창문을 열고 우리에게 손짓하면서 손님이 오셨다는 걸 알려주었다.

"저쪽, 반대쪽이야." 아빠가 속삭였다. "구. 혼. 자."

에두아르는 산타 할아버지를 닮은 사람이었다. 턱밑까지 모피가 달린 귀덮개를 쓰고 있는 할머니의 구혼자는 둥근 얼굴에 몹시 창백한 피부와 불그스레하고 두드러진 광대뼈를 갖고 있었다. 발에는 커다란 털부츠를 신었는데, 그 부츠의 긴 털이 땅을 쓸고 있었고 코밑에도 부츠의 털처럼 생긴 두꺼운 콧수염이 나 있었다. 나는 그 부츠에서 눈을 뗄 수 없었다. 그런 나를 보고 에두아르가 먼저 입을 열었다.

"야크 털이란다. 외몽골에 갔을 때 산 거지."

그러면서 상체를 약간 앞으로 숙이며 자신을 소개했다.

"에두아르라고 하오. 나에 관한 이야기를 아마 들으셨을 거로 생각하오만…?"

난 첫눈에 그가 동양적인 지혜를 가진 사람이라는 걸 알았다. 물론 나폴레옹의 지혜에 비교하면 플라이급에 속하는 것이긴 했다. 하지만 그는 약간 바보처럼 보일 만큼 부드럽고 넉넉한 미소를 지니고 있었다. 그가 아직도 붕대에 감겨 있는 오른손을 내밀며 말했다.

"자동차 모터를 손보다가 좀 데었소."

난 그 말이 거짓말이라는 걸 알고 있는 유일한 사람일 터였다. 그 거짓말 덕분에 나는 곧 그에게 호감을 느끼게 되었다. 말할 필요도 없이 그가 집에까지 찾아온 것은 조제핀에게 할 말이 있어서였다.

"어머님은 아직 안 일어나셨어요." 아빠가 낮은 목소리로 말했다. "어젯밤에 좀… 소란스러운 파티가 있었거든요."

아빠와 엄마는 에두아르를 소파에 앉게 했고 우리 사이엔 꽤 오랜 침묵이 있었다. 서로 나눌 말이 없었기 때문이다. 조제핀이 없는 상황에서 결국 에두아르가 먼저 입을 열지 않을 수 없었다.

"나랑 한 게임 하련?" 그가 황금빛의 긴 나무 상자를 턱으로 가리키며 내게 물었다. 장방형의 필통같이 생긴 상자였다. 바둑이었다.

그는 바둑돌들을 나지막한 테이블 위에 놓았다.

"지, 내가 실닝하마. 바둑의 문학적인 이름은 '난카'라고 하는데, 그건 썩은 도낏자루라는 뜻이란다."

"중국어인가요?"

그가 미소를 지으며 대답했다.

"일본어지. 중국어로는 '웨이키'라고 하고. 적을 포위해서 땅을 빼앗는 게임이라고 생각하면 돼. 자, 썩은 도낏자루라는 이름이 붙은 이유를 설명하마. 전설에 의하면 어느 날 한 나무꾼이 나무를 하러 깊은 산에 들어갔다가 두 노인이 바둑 두는 것을 보게 되었단다. 나무꾼은 호기심에 가까이 갔다가 어찌나 재미있던지 나무하러 온 사실을 잠깐 잊고 바둑 두는 걸 구경하게 되었지. 한참 정신없이 구경하다가 문득 정신을 차리고 다시 일하려고 일어섰는데, 보니까 도끼의 나무자루가 썩어 있었다는 거야. 바둑 두는 걸 지켜보는 사이에 몇 천 년이 흘러가버린 거지."

난 고개를 끄덕여서 무슨 말인지 알겠다는 표시를 했다. 다시 몇 초간 침묵이 흘렀다.

"난 설명하는 걸 좋아한단다." 에두아르가 마치 사과를 하듯이 말했다. "그래서 늘 뭐든 설명하려고 하는 게 탈이야."

그렇게 말하는 에두아르의 얼굴에 걸린 미소가 보기 좋았다. 아빠와 엄마는 카드로 만든 성 앞에서 그 성이 무너질까봐 숨마저 참고 있는 사람들처럼 긴장한 표정이었다.

"좋아, 자 보렴. 이게 바둑판이야. 고반이라고 해" 에두아르가 말했다.

"고… 뭐라고요?"

"내가 설명해도 되겠니?"

"네."

내 대답이 그를 무척 기쁘게 한 것 같았다.

"자, 이게 고반이란다. 게임을 하는 판이야. 바둑판. 여기 이렇게 가로줄과 세로줄이 만나는 교차점 위에다 두 사람이 번갈아 가면서 돌을 놓는 건데, 같은 색의 돌들이 둘러싸고 있는 빈 곳의 교차점 개수를 집이라고 해. 그 집을 더 많이 만든 사람이 이기는 게임이란다. 원리는 간단하지만 아주 심오한 게임이지."

"아, 알겠어요."

"자, 이제 아주 중요한 걸 설명하마. 검은 돌을 가진 사람이 먼저 시작하는데, 아무래도 먼저 시작하는 사람이 유리하니까 대신 흰 돌을 가진 사람에겐 보너스를 주는 거야. 그리고 상대의 돌을 둘러싸면 그 돌을 따낼 수가 있어. 그러면 상대의 돌들이 있던 자리가 집이 되는 거란다. 우선 용어를 좀 알아둬야 하는데, 한 번만 더 두면 상대편의 돌을 따낼 수 있게 되었을 때, 그 마지막 한 돌을 '아타리'라고 해. 그리고 상대편이 포위하여 먹을 수 없는 상태에 있는 돌을 '산 돌'이라고 하고, 상대편에게 완전히 포위되어 있지만 2집이 나지 않은 상태를 '죽은 돌'이라고 하지.

또 '세키'라는 게 있는데, 이건 어느 편이든 알을 먼저 놓으면 죽기 때문에 아무도 먼저 놓지 않는 경우를 말해. 서로 비긴 상태라고 보는 거지. 그런가 하면 양쪽 모두가 서로 상대의 돌을 따내는 일이 계속 반복되는 경우를 '코'라고 한단다."

스트라이크와 스패어, 두 가지 용어를 아는 것만으로 충분한 볼링에 비해 바둑은 말할 수 없이 복잡한 게임이었다. 볼링에서는 스크린에 나오는 비키니의 소녀가 좌우로 몸을 흔들면서 설명을 다 해주기 때문에 아무것도 몰라도 별로 상관이 없는데…

아빠와 엄마는 당황해하는 나를 보면서 터져 나오려는 웃음을 꾹 참고 있었다.

"게임 도중에 한쪽이 일방적으로 이기고 있어서 도저히 따라갈 수 없다고 판단될 때 기권하는 것을 '불계승'이라고 하고…"

에두아르는 계속 설명을 하고 있었지만, 난 이해해 보려고 애쓰기를 포기해 버렸다. 이젠 내 눈 밑에서 움직이고 있는 그의 콧수염 외엔 아무것도 보이지 않았다. 그의 목소리는 무겁고 기다란 붕대처럼 끝없이 이어지고 있었고 그의 입에서 나오는 어떤 단어도 알아들을 수가 없었다.

"알았니? 설명을 모두 이해했니?"

내가 고개를 끄덕여서 그렇다는 표현을 하자 그는 아주

만족스러운 것 같았다.

조제핀이 여전히 일어나지 않은 상태에다, 엄마도 차 대접까지 이미 마친 상태였기에 그다음엔 어떻게 해야 좋을지 아무도 모르고 있었다. 에두아르가 찻잔을 입으로 가져가면서 말했다.

"여기까진 대충만 설명한 거란다. 차를 마시고 나서 더 세부적인 것까지 설명해주마. 설명 듣기를 좋아하는 사람을 만나는 건 참으로 즐거운 일이지. 매우 드문 일이기도 하고."

차를 한 모금 마시고 난 에두아르가 갑자기 아빠에게 몸을 돌리면서 진지한 목소리로 말했다.

"조제핀이 아직 일어나지 않고 있으니, 아무래도 당신에게 말해야 할 것 같소. 그러니까 그게…"

"네, 제게 말씀하세요." 아빠가 미소를 지으며 말했다.

"당신에게 이런 말씀을 드리게 되어서 기쁘군요… 난 당신 어머니와 결혼하고 싶소."

꽤 긴 침묵이 내려앉았다. 난 아빠의 시선이 반짝이고 이마의 근육이 긴장하는 것을 보면서 아빠가 방금 들은 말을 이해하기 위해 몹시 노력하고 있다는 걸 느낄 수 있었다.

"설명하자면 이렇소. 조제핀은 이미 나의 청혼을 받아들였소. 하지만 난 모든 게 질서 속에서 이뤄져야 한다고 생각

281

하는 사람이오. 질서는 행복의 서곡이니까 말이오."

"그럴 수도 있겠군요." 아빠가 말했다.

아빠가 머리를 긁적이며 엄마와 당황한 눈빛을 주고받았다. 구혼자는 대답을 강요하지도, 독촉하지도 않은 채 조용히 기다렸다. 드디어 아빠가 입을 열었다.

"보통은 아내를 주십사고 부탁하는 건 신부가 될 여자의 아버지에게 하는 거지, 아들에게 하는 게 아니잖습니까."

에두아르가 손을 들어 아빠의 말에 이의를 제기했다.

"그 점에 대해선 내가 좀 설명을 해드리겠소. 일본 신도교의 철학에서 아버지와 아들은…"

"아뇨, 아뇨. 좋습니다. 원하시는 대로 하세요. 설명은 더 안 하셔도 됩니다. 결혼하든 안 하든 저로서는 상관…"

그리고 말을 채 끝내지도 않고 엄마에게로 시선을 돌리며 나지막하게 중얼거렸다.

"젠장, 노년기도 이만저만 골치 아픈 게 아니구먼!"

그러면서 크로스워드 퍼즐 잡지를 들여다보았다. 그러자 엄마가 입을 열었다.

"저는 선생님의 성향을 잘 모르지만, TV에서 성탄절 특집으로 재미있는 오락 프로들이 많을 텐데, 함께 볼까요? 복잡하지 않고 웃음을 주는 프로가 있을 거예요. 골치 아픈 일들을 잊게 해주는 영화 같은 거요!"

그러자 에두아르가 자기 가방에서 DVD 케이스 하나를 꺼내며 기쁘다는 듯이 말했다.

"아, 그런 거라면 내가 가져왔소. 조제핀하고 보려고 가져온 건데, 다 같이 봐도 상관없소. 나야 하도 많이 봐서 외우다시피했지만 몇 번을 봐도 좋다오. 당신들도 아주 재미있어할 거요. 전혀 지루하지 않을 테니까. 어떻소? 함께 보겠소? 더군다나 저렇게 커다란 스크린에서 보면 더할 나위 없이 멋질 텐데! 게다가 원판이요!"

"코미디인가요?" 엄마가 물었다.

"그보다 더 훌륭한 거요. 연극이지, '노'라고 하는 거."

"노?" 아빠가 코를 파묻고 있던 크로스워드에서 얼굴을 들고 물었다.

"내가 설명하리다. '노' 혹은 '가부키'라고도 하는 거요. 정확한 용어를 따지는 사람이라면 '부가쿠'라는 말을 써도 돼요. 혹시 시아버지께서 전문직에 있던 사람이었는지? 설명 같은 걸 잘하시는 분이었소?"

"아뇨." 아빠가 대답했다. "그냥 대충 정보만 알려주시는 정도였지요. 사실 난 오늘 하루가 조용히 끝나기만을 바라는 중입니다."

밖에는 곧 얼어버릴 것 같은 비가 내리기 시작했다. 꽤 오래 내리는 비였다.

"당신들도 아주 재미있어할 거요!" 에두아르가 DVD를 재생장치 안에 넣으면서 말했다. "배꼽을 잡게 될 거요. 이해가 잘 안 되는 부분이 있으면…"

"선생님이 우리에게 설명해주실 테죠." 엄마가 대신 말했다.

"맞소."

곧 스크린 위에 한 남자가 나타났다. 광택이 나는 검은 기모노를 입고 넓고 붉은 벨트로 허리를 묶은 남자였다. 아주 거대하고 텅 빈 무대 위에 그 남자 혼자뿐이었는데, 뭔가를 찾는 듯이 오른쪽을 쳐다보고 왼쪽을 쳐다보길 반복했다. 검게 화장한 두 눈 위에 굵고 진한 타원형의 눈썹이 그려져 있어서 몹시 분노하거나 두려워하고 있다는 인상을 주었다. 그런데 계속 두리번거리던 그가 갑자기 동작을 멈추고 꼼짝 않더니, 깜짝 놀랄 만큼 날카로운 소리를 짧게 외쳤다. 히이. 그러고는 별안간 머리부터 발끝까지 온몸을 사시나무 떨리듯이 떨기 시작했다. 태풍 한가운데 서 있는 갈대처럼.

"저 사람, 몹시 화가 났나 봐요, 그렇죠?" 내가 에두아르에게 물었다.

"아니, 저 사람은 지금 매우 만족해하고 있단다. 저건 웃고 있는 거야. 인생을 긍정적으로 보는 방식이지."

스크린 속의 남자는 성큼성큼 무대 앞으로 걸어가더니, 거친 동작으로 땅을 쿵쿵 짓밟으며 천둥 같은 소리를 냈다. 그러곤 두 눈알을 굴리고, 귀를 움직이고, 턱을 탁탁탁 움직이고, 엉덩이를 비틀고, 배를 있는 힘껏 부풀려서 배꼽이 하늘로 튀어나가게 하고, 이상한 소리를 지르면서 혀로 코끝을 핥았다. 그 모든 동작이 우리를 소스라치게 했다.

"쯧쯧, 불쌍하기도 하지!" 에두아르가 말했다.

"네? 불쌍하다고요?" 아빠가 놀라서 물었다.

"그렇소. 저 사내의 불행이 눈에 보이지 않소, 아니오?"

"아, 네, 네, 그렇군요. 그렇게 말씀하시니 그렇게 보이네요."

"봐요, 봐요, 저것, 저 장면!" 에두아르가 손가락으로 스크린을 가리키며 말했다. "여기 이 장면을 집중해서 봐야 하오, 아이코, 저런! 가장 멋진 부분을 놓쳐버렸군!"

여전히 무대 위에 홀로 있는 남자가 공중을 바라보기 시작했다. 하늘과 마주하고 있는 그의 얼굴은 눈에 보이지 않는 구름을 따라가고 있는 것 같다. 그러더니 바람의 방향을 알아내려는 듯 검지를 공중으로 쳐들었다.

여기서 에두아르가 웃음을 터뜨렸다. 우하하하하!

"자, 여기, 정말 멋진 장면이야, 안 그러니? 이 장면은 볼 때마다 웃음을 터뜨리게 된단 말이야! 아, 꼬마야, 어떠냐?"

"몹시 별나네요!" 아빠가 중얼거렸다.

"안 그렇소? 오, 좋은 생각이 떠올랐소. 언제 한번 다 같이 일본에 저 연극을 보러 가면 어떻겠소? 가서 실컷 웃고 오는 거요!"

"아뇨, 아뇨." 아빠가 대답했다. "그러면 생활 리듬이 깨질 겁니다."

"아, 당신 말이 맞소. 자, 이제부터 더 집중해서 보시오. 다른 장면들이 나올 테니까!"

아닌 게 아니라 복도 쪽에서 가냘픈 실루엣이 나타났다. 수증기로 찬 구름이 그 실루엣을 둘러싸고 있어서 날개 역할을 하는 것처럼 보였다. 여자의 실루엣이 발소리조차 내지 않고 검은 가운의 남자에게로 다가갔다. 그런데 그 남자에겐 그녀가 보이지 않는 듯했다. 여자가 남자의 주변을 빙빙 돌았다, 거의 20분 동안이나!

드디어 여자가 사라졌다. 남자는 그 자리에 풀썩 주저앉더니, 다시 빈대떡처럼 납작하게 땅에 엎드렸다.

"하아! 난 매번 이 장면에서 속는다니까!" 에두아르가 외쳤다. "자, 안 끝났으면 할 정도로 재미있지 않소? 그렇다고 솔직히 고백하시게!"

"제가 고백할 건… 흠흠… 그러니까… 정말 놀랍군요. 이런 건 줄은 정말 예상도 못했어요! 자, 이제 끝난 건가요? 끝이에요? 그래요?"

"1막이 끝났소. 모두 15막이지. 대성공인 무대 아니오? 연기며, 웃음을 터뜨리게 하는 포인트며, 물 흐르듯 부드러운 동작 등등! 마음에 든다면 내일 다시 와서 함께…"

밖엔 여전히 비가 내리고 있었다. 난 나폴레옹을 생각했다. 보고 싶었다. 알렉상드르도 생각났다. 물론 모자를 쓰지 않은 알렉상드르.

엄마는 깜빡 졸았던지, 손이 소파 팔걸이 위로 툭 떨어지면서 스케치북이 양탄자 위로 떨어졌다.

바로 그 순간이었다. 시간이 우리 위로 흘러가고 있다는 걸 느낀 것이.

* * *

에두아르가 돌아갔다. 머리에 귀덮개를 하고 발에 야크털 부츠를 신은 그가 떠나고 나서 꽤 오랜 시간이 지났을 때였다. 저녁이 다 되어서야 비로소 조제핀이 나타났다. 주름이 짝 펴진 피부에 통통한 볼살을 하고서 갓 피어난 한 송이 꽃처럼 맑은 정신을 되찾은 모습이었다. 아빠가 할머니에게 에두아르 씨가 다녀갔다고 알리자 할머니는 기지개를 쭉 켜며 하품을 하고 나서 물었다.

"왜 왔대?"

"청혼하러 왔어요."

"청혼?" 조제핀이 놀라서 외쳤다.

"청혼이라니, 무슨 청혼?"

"결혼하고 싶다고요."

"그래? 그가 결혼한대?"

"네."

"그랬구나! 그 사람도 참, 진작 말하지 않고! 그래, 누구랑 결혼한대?"

"엄마랑요!"

조제핀은 부엌으로 가다 말고 화들짝 놀라며 급히 몸을 돌리고 물었다.

"뭐? 나랑?"

"네, 엄마가 승낙했잖아요. 어제 엄마가 직접 전화를 해서 결혼하겠다고 했다고요."

조제핀이 소파에 털썩 주저앉아서 눈을 감았다. 아마도

기억을 더듬어 보는 것 같았다.

"아주 친절하고 좋은 분 같더군요." 아빠가 말했다. "약간 꽉 막힌 데가 없진 않은 것 같지만, 그래도 좋은 분이에요."

"잠깐 입 좀 다물고 있으렴." 조제핀이 말했다. "지금 기억을 더듬으려 애쓰는 중이니까. 그래, 뭔가 안개가 걷히는 기분이 드는구나… 그래, 어렴풋이 생각이 나는 것 같아. 그때 그 사람이 아주 괴상한 표정을 지었었지. 확실해."

"언제요?"

"네가 그에게 '우리 엄마는 지금 좀 취했어요.' 하고 말했을 때. 그리고 네가 그랬잖아. 우리 엄마는 이미 결혼을 했다고, 보뇌르 씨하고 결혼했다고 말이야."

아빠는 어이없다는 듯이 입술을 깨물었고 엄마는 웃음을 터뜨렸다.

그러자 조제핀이 벌떡 일어나며 말했다.

"잠깐… 그럼 네 말은…"

"엄마, 잘 생각해 보세요. 엄마는 '난 새로운 삶을 살 준비가 되어 있어요!'라고 말했어요. 파타고니아까지 가겠다고 했던 거 기억 안 나세요?"

조제핀이 두 손으로 머리를 감싸고 앞뒤로 몸을 흔들면서 중얼거렸다.

"말도 안 돼. 말도 안 돼. 그건 그냥 하는 말이었는데! 아, 모르겠어, 어렴풋이 생각날 것도 같은데, 크리스마스 파티를 하고… 뭐가 뭔지 아무것도 모르겠으니, 이런 바보 천치가 있나!"

아빠는 어디에 시선을 둬야 할지 몰라서 이리저리 두리번거리더니, 짚으로 만든 갓을 얹어 등으로 쓰는 재활용 레모네이드 병에 시선을 고정했다. 아빠는 할머니에게 할 말이 아주 많아 보였다.

"실은 말이에요." 아빠가 나지막이 말했다. "두 분의 이야기가 무슨 소리인지 난 전혀 이해를 못 하고 있어요. 엄마가 새로운 삶을 살고 싶다고 하시더군요. 그리고 타피스트리를 끝냈다는 말씀도요. 파타고니아를 향해 전진하자고도 하시고. 그런가 하면 또 한 사람은 귀덮개에다 발끝부터 머리까지 야크 털로 중무장을 하고 느닷없이 나타나서 미소 띤 얼굴로 '고'라는 연극과 '노'라는 게임에 대해 따다다다다다 끝도 없이 설명을 늘어놓고… 그래서 난…"

"아빠, 반대로 말씀하신 거예요." 내가 말했다. "연극이 '노'고, 게임이 '고'예요. 다시 설명해드릴까요?"

"됐다, 제발! 아무렴 어떠냐!" 아빠가 외쳤다. "난 그런 건 하나도 관심 없어! 게임도 연극도 무슨 말인지 도통 알 수가 있어야지. 하도 순식간에 일어난 거라 무슨 일이 일어났던 건지도 전혀 모르겠고."

아빠는 혼잣말처럼 잠시 더 투덜거리다가 다시 큰 소리로 말했다.

"결혼, 이혼, 새로운 삶, 소풍에 갖고 가는 소시지를 나눠 먹듯이 영원한 삶을 함께 나누자는 등, 난 하나도 이해 못 하겠어! 전혀! 더욱이 이제 더는 어떤 설명도 듣기 싫어!"

그동안 조제핀은 한쪽 구석에서 두 손으로 얼굴을 감싼 채 한탄하고 있었다.

"아, 이제 난 어떡하면 좋아? 어떡하지? 아, 난 보뇌르를 보고 싶은 마음밖엔 없는데! 아시아에 가고 싶은 생각은 눈곱만큼도 없는데!"

21

여느 밤들과 마찬가지로 그다음 날 밤에도 꿈속의 나무
들은 계속해서 쓰러졌다. 나무들은 하나같이 키가 컸고, 아
름드리였으며, 마디가 많은 몸체를 갖고 있었다. 아직도 얼
마든지 더 오래 살 수 있는 나무들이었다. 하지만 이상하게
도 둥치의 높이와 넓이는 힘 있게 보이기보다는 연약하다
는 인상을 풍겼다. 마치 가지들에 불과한 것처럼. 거대한 나
무일수록 실제로는 더 약한 것 같았다. 알렉상드르 라프스
지이크와 마침표 찍고와 나는 마른 낙엽들이 덮여 있는 낙
엽층 위를 걷고 있었다. 그런데 마치 허공을 밟고 다니는 것
처럼 우리 발밑에선 바스락거리는 소리조차 들리지 않았다.
우리는 대체 무엇 때문에 나무들이 자꾸 쓰러지는지 알아보
기 위해 이 나무에서 저 나무로 뛰어다니며 살펴봤다. 그리

고 나무에 손이 닿는 순간, 나무들의 생명이 몹시 위험하다는 걸 금방 알 수 있었다. 그런 와중에 알렉상드르의 모자는 거대했다. 거의 나무 높이만큼이나.

알 수 없는 적은 어슬렁거리며 배회하고 있는 한 짐승 같았다. 끈기만큼이나 사나움도 대단한 짐승. 난 뒤로 몇 발자국 물러났다. 하늘을 쳐다보았지만, 보이는 거라곤 하늘을 가리고 있는 빽빽한 나뭇잎들뿐이었다. 갑자기 나무 꼭대기가 떨리기 시작하더니, 이어서 나무 몸통 전체가 좌우로 흔들리고, 땅속에 있던 뿌리들이 소리도 없이 뽑히면서 나무가 쓰러졌다. 그러나 나무가 쓰러지는 소리는 전혀 들리지 않고 오히려 주위에서 들려오는 웅성거리는 소리와 짐승들이 으르렁거리는 소리만 들려왔다.

나는 한 그루씩 나무가 쓰러질 때마다 드디어 나무 뒤에 무엇이 있는지 알 수 있게 되었다고 생각했고, 그것이 위로가 되었다. 하지만 내 앞에 나타난 건 여전히 다른 나무였다. 나무 뒤에 또 나무, 그 나무 뒤에 또 나무. 새로운 숲의 황제가 된 새로운 나무들은 모습을 드러내자마자 옆으로 쓰러지며 다른 나무에게 황제 자리를 내줘야 했다. 이번엔 또 어떤 나무가 쓰러질 것인가?

그래서 나는 울기 시작했다.

한밤중에 전화벨이 울릴 때까지. 전화벨 소리에 엄마와 아빠가 황급히 일어나는 소리가 들렸다. 나도 아빠와 엄마가 있는 거실로 나갔다. 조제핀은 다행히 깨지 않고 있었다.

나폴레옹이었다. 이 밤에 전화할 사람이라곤 당연히 나폴레옹밖에 없었다.

"구급대원이야." 아빠가 수화기를 한 손으로 가리고 말했다.

엄마가 나더러 다시 방에 들어가서 자라고 말했지만, 난 층계의 제일 밑 계단에 앉았다. 아빠는 엄마가 대화 내용을 알 수 있도록 구급대원이 한 말을 그대로 옮겨주었다.

"화재요?"

침묵.

"오, 다행이군요! 얼마나 겁이 났는지 모릅니다! 하도 놀라서… 네? 다행이긴 하지만, 네, 지금은 좀…"

침묵.

"아, 그랬군요. 우리 아버지가 다림질하던 중이었군요. 아, 네, 셔츠 위에 다리미를 올려놓은 걸 깜빡하고 팬티 차림으로 볼링장으로 가셨다고요. 네, 우리 아버지가 확실하군요."

침묵.

"뭐라고요? 우리 아버지와 문제가 생겼다고요? 허허, 저랑 같은 처지가 되셨군요. 농담할 일이 아니라고요? 맞아요, 당신 말이 맞습니다. 제가 그런 경우를 워낙 여러 번 겪다 보니…"

침묵.

"우리 아버지가 아무것도 기억 못 하신다고요? 당신이 우리 아버지를 납치하려고 일부러 불을 지른 거라고 우기신다고요? 나와 공모한 거라고요? 그건 우리 아버지가 늘 하는 레퍼토리예요… 아, 네. 그럼 우리 아버진 지금 어디 계시죠? 거기 계신가요?"

침묵.

"알겠습니다, 안 봐도 훤합니다. 분명히 작은방에 틀어박혀서 '난 바라쿠다보다 더 많이 먹을 수 있다.'고 고래고래 소리 지르고 계시겠죠. 늘 하시는 거예요! 로키라는 사람 이야기도 하고 계시죠? 로키의 유산이 뭔지 아는 사람은 아무도 없다는 말도 하죠? 네, 아마 '성격이상자인 왕년의 복서'로부터 특별 교육을 좀 받으시겠군요. 그냥 그러려니 하세요. 안 그러면 정말 소란한 밤을 보내시게 될 거예요. 압니다, 알죠. 골치 아프시겠어요. 네, 알겠습니다. 자, 이제 우리 아버지 좀 바꿔주세요."

침묵.

"네? 나랑 말하고 싶지 않으시대요? 알아요, 저를 물러터진 불…이라고 하시죠? 그게 그렇게 재미있으신가요? 그렇게 웃기세요? 아뇨, 난 하나도 안 웃깁니다."

침묵.

"왕국이 위험하게 되었으니 총사령관하고만 통화하겠대요? 아, 네. 누구를 말하는지 압니다. 참모진의 긴급회의라고요?"

우린 한밤중에 조제핀을 깨워야 했다. 아빠는 아빠가 다니는 은행에 강도가 들어서 당장 올라가봐야 한다고 말했다. 할머니가 우리를 따라 밖으로 나와서 현관 계단에 걸터앉았다. 자동차 헤드라이트 불빛 속에서 보이는 할머니는 구식 잠옷 차림에 머리카락이 공중에 휘날리고 있어서 신화에 등장하는 이상한 피조물 같은 모습이었다.

"암머, 전화할게요." 아빠는 엄마라는 단어의 모음을 뒤집어서 암머라고 발음하며 외쳤다. 정신이 없어서 말까지 헛나오는 듯했다.

아빠는 전속력으로 달렸다. 자동차가 밤을 관통하며 나아가는 동안 나는 잠이 들었다. 그러다 소스라치게 놀라서 깨어났는데, 이상하게도 기분이 편안했고 이 여행이 영원히 끝나지 않았으면 좋겠다는 생각이 들었다.

아빠가 잠깐 운전을 쉬거나 잠을 깨기 위해 커피 한 잔을 마시려고 주유소에 정차하곤 했는데, 그때마다 나도 아빠를 따라나섰다. 100킬로미터 정도를 남겨놓은 곳에서 들어간 주유소에서 아빠는 커피 기계를 고장 내고 말았다. 기계가 동전을 삼켜버린 것이다. 커피 기계 앞에서 우물쭈물하고 있는 사이에 건장한 남자 두 명이 팔뚝 위에 '안전'이라고 쓴 완장을 차고 나타났다. 그러나 안전이라는 단어가 이상하게 오히려 불안감을 조성하는 듯했다. 그중 한 명이 아빠에게 말했다.

"아, 선생님, 말썽 좀 부리셨나 봅니다?"

비아냥거리는 그 어조에서 그들이 시비를 걸어오고 있다는 생각이 들었다. 아빠는 곧 한 발을 앞으로 내밀고 두 주먹을 턱 밑에서 세운 자세로 몸을 좌우로 흔들기 시작했다. 다른 두 사람이 아빠의 그런 모습을 보며 피식하고 비웃었다. 내가 아빠의 팔을 잡고 말했다.

"아빠, 빨리 가요. 저 사람들은 권투가 뭔지 몰라요."

"네 말이 맞아. 전혀 모르는구나!"

자동문이 우리 앞에서 열린 바로 그 순간, 아빠가 경비원 두 사람을 향해 몸을 돌리고 외쳤다.

"물러터진 불알 같은 놈들 주제에!"

그리고 우린 걸음아 날 살려라 하면서 죽을 힘을 다해 자동차에 이르러서는 총알처럼 출발했다.

얼마 가지 않아서 우린 고속도로를 벗어날 수 있었는데, 그 직전에 하얀 암사슴 한 마리 앞에서 급브레이크를 밟아야 했다. 사슴은 도로 한가운데 꼼짝 않고 서서 아주 부드럽고 커다란 눈망울로 우리를 쳐다보았다. 우아하고 연약해 보이는 사슴이었다. 그 녀석은 잠시 그렇게 가만히 서 있다가 드디어 우아한 걸음걸이로 몸을 약간 흔들면서 도로를 건너가주었다. 엄마가 볼링장에서 했던 말, '연약해 보이는 것은 모두 아름답다.'고 했던 말이 떠올랐다.

"자, 이번엔 네 차례다!" 아빠가 나폴레옹의 집 앞에 자동차를 세우면서 내게 말했다.

구급대원은 아직 집 안에 있었다. 다 식은 커피 한 잔을 앞에 놓은 채, 체크무늬의 커다란 담요를 둘둘 말고서 잠이 들어 있었다. 탄내가 집 안을 가득 채우고 있었고 부엌 쪽은 아예 숯덩이처럼 시커멓게 되어 있었다. 마침표 찍고가 느린 걸음으로 몸을 흔들면서 다가왔다. 녀석의 당황한 시선이 나의 시선과 마주쳤다. 녀석은 무슨 일이 일어났는지 자세히 알고 있다는 표정이었다. 그러고는 옆으로 풀썩 쓰러졌다.

"제가 총사령관이에요." 내가 구급대원에게 말했다.

"거참, 희한한 군대로구나." 그가 대답했다.

* * *

나폴레옹을 본 순간, 난 영원히 느끼고 싶지 않고 보고 싶지 않던 것을 느끼고 보고야 말았다. 나폴레옹이 무척 나이가 들어 보인 것이다. 내 눈앞엔 몹시도 늙은 할아버지가 있었고 꿈에서 느꼈던 그 불안감이 내 배를 죄어왔다. 불길한 기운이 감돌았다.

난 몇 분 동안 나 자신이 투명한 존재 같은 기분이 들었다. 나폴레옹이 나를 전혀 알아보지 못한다는 걸 알았기 때문이다. 내 얼굴을 어디서 본 것 같긴 한데 도무지 기억이 나지 않아서 옛 추억을 더듬느라 몹시 애쓴다는 게 할아버지의 시선에서 느껴졌다.

욕실의 수도꼭지에서 물 새는 소리가 들렸다. 신경 거슬리는 소리를 내면서 1초에 한 방울씩 메트로놈처럼 정확하게 도자기 세면대 위로 떨어지고 있었다.

똑 – 똑 – 똑

떨어지는 물방울이 스톱워치처럼 시간을 재고 있다는 기분이 들었다. 그때 갑자기 할아버지가 내게 다가오라는 손짓을 했다. 그리고 내 귀에 대고 속삭였다.

"내가 카망베르 치즈를 감춰뒀어. 아무에게도 말하지 마."

무슨 소린지 몰라서 머뭇거리고 있자 나폴레옹이 설명했다.

"구급대원 말이다… 그 작자가 카망베르를 훔치러 왔단다. 다행히도 내가 금방 알아챘기에 망정이지. 그가 냉장고 문을 열었을 때의 그 표정을 너도 봤어야 했어. 어찌나 탐욕스럽던지 자기가 쓰고 있는 모자라도 먹어치울 기세였다니까! 가서 보렴, 가봐."

나폴레옹은 즐거워서 어쩔 줄 모르는 눈빛을 하고서 나를 따라 부엌으로 왔다. 그을음으로 덮인 부엌은 몹시 음산했다. 내열 플라스틱이 탄 메케한 냄새가 목으로 들어왔다. 냉장고 문을 열어본 나는 너무 황당해서 웃을 수밖에 없었다. 할아버지에게로 몸을 돌리고 물었다.

"팬티를 왜 이렇게 냉장고 안에 정리해두셨어요? 팬티가 어쩜 이렇게 많은 거죠?"

적어도 100개는 되는 것 같았고 모두 착착 접혀서 잘 정리되어 있었다.

할아버지는 내 질문을 들은 걸까? 눈썹을 찌푸린 채 천장을 바라보면서 중얼거렸다.

"페인트칠해야겠군…"

"할아버지, 이 팬티들 말이에요. 왜 여기 두셨어요?" 내가 다시 물었다.

"왜냐고? 골탕 좀 먹이려고 그랬다!"

"누구를요? 그게 무슨 말이에요, 할아버지?"

할아버지가 웃음을 터뜨리며 말했다.

"누구냐고? 농담하는 거지? 너 좀 비정상적인 거 아니니? 잘 알잖니! 타이앙데크 부인 말이다."

알고 있는 이름이었다. 할아버지가 초등학교 다닐 때의 담임선생님 이름인데, 항상 애증이 뒤섞인 어투로 자주 이야기하곤 했기 때문이다.

"타이앙데크 부인을 골탕 먹이려고 팬티를 저렇게 많이 냉장고 안에 넣어두셨다는 거예요?"

"맞았어. 그 여자와 구급대원. 어쨌든 아무에게도 말하지 마라. 너도 알겠지만, 구급대원이 바로 그 여자 아들이잖니. 숨겨둔 아들. 그 여잔 순전히 사기꾼이야. 모자가 한통속이라니까. 아, 글쎄 두 사람이 내 카망베르를 훔치러 왔잖니. 하지만 난 그렇게 바보가 아니거든. 그래서 미리 감춰뒀던 거야! 히히. 냉장고를 열었는데 카망베르는 없고 팬티뿐이라면 얼마나 놀랐겠어! 열 받는 거지."

나폴레옹이 자신의 관자놀이를 가리키며 말했다.

똑 – 똑 – 똑

그러다 갑자기 몇 초 만에 다시 정신이 돌아온 것 같았다.

"아, 코코. 너 왔구나! 얼마나 기다렸는지 모른다. 그런데 아주 멋진 모자를 썼구나."

"고마워요, 할아버지."

"그렇게 부르지 말라고 했지! 너도 봤니? 집 안 꼴이 이게 다 뭐냐? 무슨 일이 일어난 건지 도통 모르겠구나. 넌 아니?"

"아뇨."

"누전 사고가 있었는가 보지, 아마?"

"아마도요."

"이상하네. 오늘 밤엔 정말 많은 것들이 기억나는구나. 뇌가 완전가동을 하고 있어. 모든 것들이 이 안에 다 저장되어 있다니까."

나폴레옹이 주먹으로 자신의 머리를 톡톡 두드리며 이야기하다가, 퍼뜩 무슨 생각이 들었는지 내게 물었다.

"그런데 네 생일은 언제지?"

"잊어버리셨어요?"

"잊어버린 건 아니고 내가 알고 있는 날짜가 맞나 틀리나 해서."

"5월이에요. 18일이요."

"5월. 18일. 맞아. 맞아."

할아버지는 뭔가 생각을 하는 것 같았고 복잡한 계산을 하는 중인 듯했다. 그러다 별안간 활기를 띠고 말했다.

"아, 택시에 대해서 말인데, 네게 임무를 맡기마. 너도 알지, 그 해변…"

"넵, 황제 폐하! 그 해변이 어디 있는지 제가 정확하게 알아냈어요. 울가트라고 불리는 작은 마을이에요."

"그래, 맞아! 바로 그 이름이야. 해변에 관한 것만 빼고 전부 다 기억나는구나. 울가트. 마치 입속에 뜨거운 캐러멜을 넣고 있는 그런 느낌이지. 사실 거기가 그렇게 작은 해변은 아니야."

할아버지는 몹시 안심되는 것 같았다. 난 절대로 그 해변의 이름을 잊지 않기 위해 할 수 있는 모든 걸 하겠다고 다짐했다.

"코코, 고백할 게 하나 있구나. 지하실에 가보렴. 선반 위에 글러브랑 가방이랑 나머지 것들이 다 있을 거다."

"네, 알아요."

"거기 보면, 탄산마그네슘이 든 유리병이 있단다. 권투 글러브를 꼈을 때 다치지 말라고 손에 바르는 하얀 가루지."

"알겠어요."

할아버지가 웃음을 터뜨렸다.

"그 병에 든 게 실은 탄산마그네슘 가루가 아니라는 건 조제핀도 몰랐을 거다. 하하하! 내가 속였지… 그 병에 넣어두면 적어도 조제핀이 그 병을 열어볼 생각 같은 건 절대로 안 할 거라고 확신했거든."

몇 분 후에 내가 그 유리병을 들고 돌아오자 나폴레옹이 곧 병뚜껑을 열었다.

"냄새 맡아보렴. 조금만 맡아봐."

해변의 냄새. 조제핀의 모래와 같은 모래였다. 똑같이 부드럽고도 희미한 과거의 냄새. 그 냄새가 해변을 걷는 나폴레옹과 조제핀의 모습을 떠올리게 해주었다. 모래 위에 찍힌 스무 개의 발가락 자국이 머리에 떠올랐다.

"아무에게도 말하지 마라, 알았지? 이건 꼭 지켜야 할 비밀이야. 내 자존심이 있잖니. 나중엔 너도 참모총장으로서 제국의 이 성스러운 기념물을 안전하게 지켜야 할 책임을 갖게 될 거다."

할아버지는 있는 힘껏 뚜껑을 돌려서 닫았다.

할머니의 편지

사랑하는 손자야,

　너희가 그렇게 황급히 떠난 뒤로 몹시 후회했단다, 작별 인사도 제대로 못 했으니 말이다, 무엇보다도 크리스마스 저녁의 나는 전혀 나답지 않았었지, 그날 난 조금… 뭐랄까… 젊은이들이 그런 걸 뭐라고 하더라…? 완전히 맛이 갔다고 하는 것 같던데… 아무튼 다음 날 비가 내렸단다, 이번이 내겐 나폴레옹 없이 지내는 첫 번째 크리스마스였지, 에두아르가 다시 전화했더구나, 미래에 관해 이야기하고 싶어 하더라만, 타이밍을 잘못 잡았지, 왜냐하면 난 과거만 돌아보고 싶었으니까 말이야.

　아무튼, 우리는 찻집에서 다시 만났지, 그는 결혼 이야기를 어떻게 시작해야 좋을지 몰라 쩔쩔매더구나, 이 덩치 큰 얼간이는, 내겐 얼간이처럼 보였거든, 이쪽 엉덩이를 들었다 놨다, 저쪽 엉덩이를 들었다 놨다 하면서 안절부절못하더구나, 마치 오줌이 마려워서 어쩔 줄 모르는 사람처럼 말이야, 하지만 좀 애처로워 보였다고 할까, 그런 게 오히려 내 마음을 정리할 수 있게 도와줬지, 왜냐하면 나 역시 이 상황을 어떻게 풀어가야 할지 몰라서 고민하던 참이었으니까 말이야, 그냥 간단하게 'No.'라고 하는 건 너무 잔인할 것 같더구나, 한마디로 난 그가 하는 질문들에 대답하고 싶지도 않았고, 이야기도 하고 싶지 않았던 거지, 그래서 그에게 한 가지 제안을 했단다, 두 사람 사이에 흥미로운 대화거리가 없을 때 대개들 생각해내는 것, 영화 구경 말이야, 영화라는 게 없었다면 이 세상은 어떻게 되었을까 싶구나.

난 코미디 영화를 보고 싶었는데, 에드는 쿠로사와라는 감독이 만들었다는 영화를 보러 가자고 했어, 뛰어난 수작에다 몹시 유쾌한 영화라는 거야, 제목이 7인의 사무라이라는데, 난 정말이지 하나도 이해가 안 되더구나, 우선 영화가 흑백영화여서, 온통 검은색과 흰색뿐이었지, 그뿐이 아니야, 아주 옛날 시대에 벌어지는 이야기였는데, 등장인물들이 한 사람도 웃지 않는 거야, 그런데도 상영 시간이 정확하게 무려 207분이나 되었으니 말 다했지 뭐니, 에두아르의 말에 따르면 우린 운이 좋아서 하나도 삭제하지 않은 긴 버전을 볼 수 있었다는 거야, 자기는 짧은 버전을 6번이나 보았다나 어쨌다나, 사무라이가 7명이어서 그나마 다행이었지, 20명쯤 되었더라면 아마 영화관에서 족히 이틀은 지내야 했을 거야, 더욱이 내 눈엔 배우들이 모두 비슷비슷하게 보이는 거야, 모두 똑같은 모자에, 똑같은 콧수염을 달고 있는 데다, 그중에는 약간 에두아르를 닮은 사람도 한 명 있었지, 게다가 영화가 끝나고 마지막 자막이 올라갈 때 에두아르가 나더러 영화를 어떻게 생각하느냐고 물었는데, 분위기를 부드럽게 하느라 그랬던 거지만, 아무튼 아주 일본 같은 영화고, 그리 나쁘지는 않은데, 웃는 장면이 하나도 없었다고 말했더니, 에드가 나를 심각한 표정으로 바라보면서 내가 선조들의 문화를 전혀 존중하지 않는 걸 보면, 정신적인 면에서 해적이나 다름없고, 바로 그 점이 우리 둘 사이의 심각한 차이점이라고 말하지 않겠니, 일본식 주먹질을 207분 동안 보고 난 후인데, 나로선 좀 바보 같긴 해도 말장난 정도는 할 수 있는 것 아니니? 나도 그럴 권리가 있는데 말이야, 그게 에두아르와 함께 있을 때의 문제점이란다, 그 남자는 너무나 심각해, 그게 몇 가지 문제점 중 하나야, 두 번째 문제점은 그가 나폴레옹이 아니라는 거지, 그래서 난 뾰로통해지기 시작했단다, 어린 소녀처럼 말이지, 그렇게 15분쯤 지나고 나니까 그가 우린 개와 고양이처럼 다투고 있다는 걸 인정해야 한다면서, 이러더구나. '사랑스러운 조제핀, 우리가 지금 싸우고 있구려. 얼마나 유쾌한지 모르겠소.'

어떤 의미에선 결혼 이야기를 피할 수 있어서 다행이었지만, 며칠 내로 내 상황을 어떻게 알려줘야 할지 모르겠고, 내가 열다섯 살 소녀처럼 나폴레옹만 생각하고 있다는 사실을 어떻게 설명해야 할지도 모르겠더구나, 더욱이 너랑

307

모래 냄새를 맡은 이후론 나폴레옹을 보고 싶은 마음이 더 커졌으니 말이야, 너도 알지만, 나폴레옹은 절대로 사무라이들이 하는 일을 감상하는 자가 아니야, 그보다는 사무라이들처럼 온갖 짓궂은 장난들을 다 하고 다니는 사람이지.

아무튼, 그러고 나서 에드가 조용해지더니, 주제를 바꾸더구나, 그 역시 마음을 결정하지 못한 거 같았어, 그의 말이 자긴 이제 더는 요리를 하거나 집안일을 하는 데 시간을 빼앗기고 싶지 않다는 거야, 그러면서 매일 옆에서 자기를 도와줄 비서를 한 명 찾을 생각이래, 그러곤 후회가 가득 담긴 눈으로 나를 바라보고 나서 글쎄, 날 거기 혼자 남겨두고 떠나는 거 아니겠니? 예고도 없이 말이야, 비서 구하는 문제 때문에 몇 군데 전화해봐야 할 데가 있다면서, 그래서 난 갑자기 혼자 집으로 돌아가야 하는 처지가 되고 말았어, 호수를 따라 걸어서 집으로 가는데 약간 슬픈 마음이 들더구나.

참 어려워, 왜냐하면 사무라이와 귀 덮개와 야크 털이 조금 거슬리긴 해도 그래도 에두아르는 워낙 부드럽고 친절한 사람이기 때문에, 혹시 내가 소중한 것을 놓친 건 아닌가 하는 생각이 들었거든, 나폴레옹일까 에두아르일까? 두 사람을 합해서 반으로 나누면 딱 균형이 잡힐 텐데 말이야. 그 상상을 하면 나도 모르게 웃게 된단다, 아무튼 내 나이에 이런 고민을 하는 건 웃기는 일이지, 호수에선 백조 가족이 삼각형을 이룬 채 잔잔한 물결을 일으키면서 유유히 앞으로 나아가는 모습을 보고 있는 데다, 날이 어둑어둑해지자 우울한 감정이 공격해 들어오더구나, 아무튼 이 모든 게 나폴레옹의 잘못인 건 분명해, 이런 말을 고백하는 건 너무 괴롭지만, 그래도 난 나폴레옹이 어떻게 지내고 있는지, 그의 새로운 삶은 어디까지 나아갔는지, 자신이 내린 결정에 대해 자랑스러운 마음을 품고 있는지, 아니면 오히려 고통스러운 나날을 보내고 있진 않은지 너무 궁금하단다, 나폴레옹은 설령 아무리 힘든 날을 보내고 있다고 해도 절대로 내게 말을 안 할 사람이지만, 그래도 하고 싶은 말이 있으면 얼마든지 할 수 있을 텐데 말이야, 나폴레옹은 내 삶의 유일한 태양이었어, 비록 지금은 지는 태양이긴 하지만 그래도 그는 여전히 나를 따뜻하게 해주는 열기를 갖고 있지, 그런 생각을 하고 있으면 나는 여전히 발바닥에 모래알이 느껴지고 파도 소리가 들리는 것 같아, 옛날이랑 똑같이 말이야, 있잖니, 시간은 흘러가는 게 아니란다, 사람이 늙으면 이해할 수 있는 건 겨우 그것뿐인가 봐, 솔직히 말해서 내 사랑하는 손자야, 마음의 문제들은 너무나 복잡하구나, 너무 복잡해, 최악이 뭔지 아니? 사람은 늙으면 늙을수록 마음의 문제들을 점점 더 이해하지 못한다는 거야, 만일 선택할 수 있는 거라면, 물론 너무 가까이 가지 않는 게 낫다고 생각하지만, 다시 타피스리를 시작하려고 해, 페넬로페처럼.

네게 뽀뽀를.

22

....

이렇게 해서 내가 사랑하는 황제의 마지막 전투가 시작되었다. 불공평한 전투! 우리는 적군이 언제 어디서 나타날지 지각할 수도 파악할 수도 없었다. 반면에 적은 어디를 어떻게 겨냥하고 공격해야 할지를 정확하게 알고 있었다. 황제의 몸에, 머리에, 마음에 고통을 주고, 모욕을 느끼게 하고, 낙담하게 만드는 급소가 어디인지 너무나 잘 알고 있었다. 그 적은 게임의 모든 영역을 완벽하게 지배하고 있었고, 상대를 슬며시 속이는 법뿐 아니라 공격을 살짝 피하는 법까지 알고 있어서 나폴레옹에게 잠깐의 휴식 시간도 허용하지 않았다. 밤이건 낮이건 적에게 무차별로 괴롭힘을 당하는 황제는 치욕에 치욕을 경험하고 있었다. 그래도 그는 바닥에 무릎을 꿇었다가도 다시 일어났다. 한 번, 두 번, 열 번! 적이 사용하는 방식은 그가 태고 이래로 오랜 경험을 쌓아오며 숙련해온 것이었다. 그 방식은 나폴레옹의 근육들을 흐물흐물하게 만들어 육체를 공격했고 그의 기억들을 깨뜨려서 정신을 공격했다.

적은 교활한 괴물이었다. 불쌍한 먹이를 이리저리 끌고 다닐 줄 알고 먹이에게 헛된 희망을 던져주었다가 얼마 후엔 더 처참하게 소멸시키는 법을 알고 있었다. 그놈은 번득이는 눈을 가진 야수였다. 때로는 우리를 더 잘 관찰하기 위해 숲속으로 돌아가 몸을 숨기기도 하는 하이에나였다. 아주 가끔이지만, 그럴 때면 내가 항상 알아왔던 그 나폴레옹을 되찾았다는 기분이 들기도 했다. 나폴레옹은 그런 날엔 편안한 얼굴을 하고 날카로운 주제를 던지기도 했다.

"놈들이 내일은 날 납치하러 오지 못할 거야! 그러니 코코, 우리 볼링장에 갈까?"

"와, 신난다! 성은이 망극하옵니다, 폐하!" 나는 눈에 고인 눈물이 흘러내리지 않게 눈을 부릅뜨고서 대답했다.

"왜 질질 짜는 거니? 신난다면서? 아, 그러니까… 혹시 너 금족령을 받았냐? 코코, 그런 거야?"

눈엔 미소와 부드러움이 가득 담겼지만, 얼굴엔 분노가 역력했다.

"이런, 내 참모까지 나를 버리다니!" 나폴레옹이 작은 목소리로 중얼거렸다.

나는 고개를 숙였다. 아빠가 부탁하기를, 만일 나폴레옹의 집이 빈 것을 발견하거나 나폴레옹이 자동차를 몰려고 한다면 꼭 알려달라고 했기 때문이다. 아빠는 하루에 몇 시간씩 와서 일해주는 아주머니 한 명을 고용했다. 매우 따뜻하고 상냥한 부인이어서 나폴레옹은 가끔 조제핀이나 어렸을 적에 갔던 여름 캠프의 오락 강사나 우편배달 아줌마, 심지어 자신의 어머니로 착각하곤 했다. 아주머니는 또 워낙 조용하고 말이 없는 사람이어서 희미한 색깔의 복도 벽지와 혼동되기도 했다.

"아, 그래. 사실이야." 어느 날 할아버지가 말했다. "때로 내가 정신이 나간다는 건 인정하마, 그렇다고 너무 엄살을 피울 것까지야 없지 않겠니? 요트를 타고 세계 일주를 하고 싶긴 하지만, 그건 좀 심했지? 하지만 다른 건… 예를 들면 오토바이 같은 거 말이다. 250CC를 살까 한단다. 아직 그 정도 살 돈은 있거든. 우리 앞엔 아직도 생이 펼쳐져 있단 말이야."

"가장 작은 제국이 되겠네요, 폐하."

"맞아, 코코. 바로 그거야! 크기 따윈 상관없어, 중요한 건

통치한다는 거지. 자, 이리 좀 와보렴."

팔씨름. 예전엔 우리를 공범으로 만들어줬던 그 게임이 지금은 두려움을 주는 것이 되어버렸다. 나는 이를 앙다문 채 젖먹던 힘까지 다해 저항하는 척하다가, 어쩔 수 없다는 듯이 한쪽으로 무너진다. 할아버지는 이런 나를 믿고 있을까? 아니면 믿어주는 척하는 걸까? 이런 식의 승리가 어째서 할아버지로부터 그 가련한 미소를 벗겨내지 못하는 걸까?

이런 소소한 사건들 뒤엔 어김없이 의기소침해지는 순간이 따라왔고, 난 다시 나폴레옹의 눈에 투명한 존재가 되어버렸다. 나는 에스페란토어의 숨결이 할아버지의 기억 불씨를 되살릴 수 있길 간절히 바랐다.

"세드 임베리이스토 미아, 젠 미, 피아 체르게네랄! 부보 비아. 잎레리온 니 레프레 데펜두. 라 란들리모즈 에스타스 아타키타유!(황제 폐하, 나예요, 폐하의 참모총장이요! 할아버지의 코코. 우리에겐 지켜야 할 제국이 있잖아요. 적이 국경선을 침범했다고요!)"

소용없었다. 할아버지는 입을 헤 벌리고 바보 같은 표정으로 미소를 지었다.

"당신의 참모총장, 당신의 코코예요!" 나는 믿고 싶지 않아서 끈질기게 외쳤다.

"젊은이, 무슨 착각을 하고 있군, 그래. 난 황제가 아닐세. 그리고 내겐 참모총장이 없네. 난 한 번도 참모총장을 내 밑에 둔 적이 없어. 난 지금 로키의 사진을 찾으러 가야 하네."

"그래요, 할아버지! 로키! 당신에게 모든 걸 다 준 그 복서요."

모든 기억이 산산이 부서져 흩어지는 순간에도 로키의 사진만은 할아버지가 발버둥 치며 빠져나오려는 망각의 거미줄 속에서 그를 빼내오는 것 같았다. 할아버지가 땀에 젖은 로키의 얼굴을 손가락 끝으로 쓰다듬으면서 어찌나 다정한 미소를 지었던지, 내 눈에 다시 눈물이 차올랐다. 할아버지는 로키를 전혀 알아보지 못했지만, 사진 속의 남자가 자기 삶의 어느 부분에 속해 있었는지 찾아보려고 애쓰는 것 같았다. 그러다 한숨을 푹 쉬면서 포기했다.

"젊은이, 갈 때는 당신이 데려온 개를 데리고 가는 거 잊지 말게. 난 개털에 알레르기가 있어서 말이오."

나는 황제가 없는 장군이었다. 어느 날, 슬픔과 낙담 속에 빠져 있다가 모래가 담긴 작은 유리병을 열어봐야겠다는 생각이 들었다. 나폴레옹은 호기심을 갖고 나를 바라봤다.

"자넨 자꾸 내 수하의 장군이라고 주장하는데, 그 말도 이상하지만, 지금 하는 행동은 더 이상하군, 그래. 어쨌거나 내가 꼭 그 모래 냄새를 맡아봐야 한다는 건가?"

"네, 폐하."

"똥 냄새만 아니길 바라겠소."

나폴레옹이 눈을 감고 냄새를 맡았다. 옛날의 향기가 뿌연 안개 같은 그의 기억 속을 뚫고 들어가는 것 같았다.

"아, 그래. 뭔가 기억나는 것 같아. 그게 뭔지 모르겠지만… 한 번 더 맡아봐도 되겠소?"

내가 고개를 끄덕였다.

"오, 그래. 아주 달콤한 향기로군!"

"조제핀 해변의 모래예요. 기억나지 않아요? 작은 해변… 황제 폐하…"

"그 이상한 호칭은 제발 그만두게. 어딜 봐서 내가 황제 같은가? 그냥 할아버지라고 부르게. 솔직히 말해서 난 자네가 여기 와서 뭘 하는지 모르겠군. 하지만 어디서 만난 적이 있는 것 같긴 해… 아니면 내가 잘 아는 누군가와 좀 닮았거나…"

* * *

다음 날 밤, 한밤중에 전화벨이 울렸다. 에브뢰로 가는 길목에 자리한 주유소의 주인이었다. 나폴레옹이 디젤유를 가득 넣었는데, 푸조 404가 그것을 받아들이지 않았기 때문이었다. 아빠가 신경을 써서 404의 장갑 넣는 칸 안에 우리 집 전화번호를 넣어두었던 게 다행이었다.

"에브뢰요?" 옷을 입던 아빠가 깜짝 놀라면서 말했다. "제기랄, 제기랄, 왜 노르망디인 거지? 레오나르, 넌 아니?"

"아뇨, 아빠. 나도 몰라요."

"에브뢰에 권투 도장이 있나?"

이런 참담함 속에서도 다행히 퀴즈게임 프로가 있었다. 난 학교에서 점심을 먹지 않고 그 시간에 잠깐 할아버지 집에 다녀올 수 있도록 아빠와 엄마에게 허락을 받았다. 그 축복받은 15분 동안 난 할아버지가 다시 적을 물어뜯을 준비가 되어 있는 불굴의 영웅, 투지에 불타는 나폴레옹이 되어 있음을 보았다. 손상되지 않고 칼날처럼 날카로운 기억력을 지니고서.

"파란색 문제입니다." 아나운서가 알렸다. "자, 집중하세요. 빅토르 위고의 딸 중 한 명이 정신병에 걸렸었지요. 그녀의 이름은 무엇이었을까요?"

서로 의논하느라고 도전자들이 소곤거리는 소리가 몇 초 동안 들렸다.

"위고!" 그들 중 한 명이 외쳤다.

"천만의 말씀입니다. 저는 성이 아니라 이름을 물었는데요."

"아, 너무 어려워요!"

다시 낮은 목소리로 주고받는 소리가 들렸다. 음⋯ 음⋯ 음⋯ 아냐, 아, 그래, 아마도⋯ 그래, 그게 분명해!

"자, 여기요! 빅토린느!"

"아닙니다." 아무개가 말했다.

"그래요? 그럼, 위게트?"

"아뇨."

"마르셀린?"

"참, 아무거나 말하는군!" 나폴레옹이 끼어들었다. "아델."

"확실해요?" 내가 물었다.

"확실하게 확실하지. 저 도전자들은 환호나 응원을 받을 자격이 없어, 엉덩이를 발로 한 대 차버려야 한다고! 아내 이름도 아델이었잖아."

할아버지는 빅토르 위고의 딸 이름을 어디서 들었을까? 난 할아버지가 책을 펼치는 모습을 단 한 번도 본 적이 없었다. 할아버지는 절대로 망설이는 법이 없고 절대로 생각을 깊이 하는 법도 없었다. 늘 즉각적으로 대답을 하곤 했다.

"몽골의 수도? 아니, 무슨 문제가 이렇게 쉬운 거야! 울란바토르."

"게리 쿠퍼가 링크 존스로 나온 영화? 그야 물론 〈서부의 사나이〉지. 1958년에 나온 영화. 우릴 정말 바보로 보는군. 이런 걸 문제라고 내다니!"

"바다의 별이라고 불리는 바다 동물? 당연히 불가사리지. 바보 같은 놈! 그걸 모르는 사람이 어디 있다고!"

내가 라디오를 껐을 때, 황제의 의식도 꺼져버린 느낌이었다. 얼굴 없는 아나운서의 목소리와 관객들의 외침만이 나폴레옹을 우리 세계 안에 붙잡아둘 수 있는 것 같았다.

"게임은 끝났고." 그가 말했다. "이제부턴 심각한 상황들의 시작이겠군."

할아버지는 무슨 말을 하려는 거였을까?

나는 마침표 찍고와 탐욕스러운 적들 사이에 할아버지를 홀로 남겨둔 채, 학교로 되돌아가야 했다.

난 나폴레옹의 집을 나와서 닫힌 문을 확인하고 학교로 향했다.

* * *

조제핀의 집에서 돌아오자마자 알렉상드르에게 모자와 엄마의 그림을 건네주었다. 그 애는 완전히 새것이 된 모자를 보고 깜짝 놀라더니 곧 아무 말 없이 머리에 올려놓고 오랫동안 그림을 바라보았다. 그리고 한참 후에 그 그림을 정성스럽게 접어서 가방 안에 넣었다.

"이 그림을 평생 간직할 거야." 그가 꾸밈없는 목소리로 그렇게 말했다. "네 엄마는 진짜 예술가야. 넌 정말 운이 좋구나. 사물을 영원한 것으로 만들 수 있는 사람은 예술가들밖에 없으니까."

그 후로 걸어가는 동안 아무 말이 없었지만, 가슴이 벅차서 터질 것 같은 그 애의 기분을 고스란히 느낄 수 있었다.

그 뒤 몇 주일 동안 그 애는 계속 나를 우리 집까지 데려다주고 갔다. 우리 집 앞에서 헤어질 때마다, 난 모자 안쪽에 새겨져 있는 머리글자 RR에 관해 물어보고 싶은 마음이 굴뚝같았다. 하지만 조심성 없고 입이 가벼운 자로 보일 것 같아 두려웠고, 그 애가 대답을 거부할 것 같아 두려웠다.

어느 날 내가 그 애에게 우리 집에 같이 들어가자고 했다.

"집에서 식구들이 기다려." 그 애는 천천히 뒷걸음을 하면서 그렇게만 말했다.

난 그 애가 감옥 안에 갇힌 사람처럼 비밀 속에 갇혀서 살아간다는 느낌이 들었다. 그리고 자신의 이야기를 털어놓을 수 있는 때를 결정하는 건 오직 그 애 자신뿐이라고 생각했다. 어쩌면 그 순간은 영원히 오지 않을 수도 있었다.

엄마는 누가 봐도 말이 없는 사람이지만, 정리하는 능력은 더 없었다. 그래서 스케치북이 여기저기 굴러다니는 건 보통이었다. 그런데 어느 날 밤, 무심코 발에 채는 스케치북한 권을 집어 들었다가, 그때까지 한 번도 본 적이 없는 그림을 보게 되었다. 온갖 종류의 벌레들을 그린 그림이었다. 그냥 빠른 터치로 대충 그린 크로키에 지나지 않았지만, 매번한 주제에 열광하는 엄마답게 이번에도 벌레들 크로키가 수십 장 계속되고 있었다.

난 엄마에게 물어보았다. 그랬더니 어느 날 저녁 우연히 알렉상드르와 마주쳤었다는 이야기를 해주었다. 그 희한한 모자 때문에 그 애를 금방 알아봤다고 했다. 평소 사람들이 생각 없이 밟을 수도 있는 작은 벌레들을 그처럼 보호하려고 애쓰는 알렉상드르의 태도가 이상하게 보이기도 했지만, 엄마는 그 끈질긴 태도에 곧 감동했고 매료되었다. 당연히 그 순간에 엄마가 할 수 있는 건 얼른 크레용을 꺼내서 그 장면을 그리는 것이었다.

엄마는 그림을 그리면서 계속 그 애의 말에 귀를 기울였다. 알렉상드르는 지치지도 않고 콩 바구미와 미끈이하늘소와 구릿빛 도는 딱정벌레 등에 대해 줄줄 이야기했다고 한다.

"그 애는 자기가 보호해주려는 곤충들만큼이나 연약한 아이더구나." 엄마가 말했다. "아름다운 시(詩)는 어디에나 있는 법이지. 심지어 흙먼지 속에도 말이야."

* * *

엄마의 말이 옳았다. 그리고 그 시는 나폴레옹의 밤 가출 속에도 있는 것 같았다. 할아버지의 밤 외출은 언제 일어날지 도무지 예측할 수가 없었고 그 모험의 내용 또한 짐작도 할 수 없는 깃들이었다. 아빠와 나는 한밤중에 전화를 받자마자 쏜살같이 달려가곤 했는데, 그 추격전이 하도 기상천외해서 때로 난 그것이 꿈이었는지 실제였는지 의심까지 들기도 했다. 알렉상드르가 아니면 어느 한 사람 그 이야기들을 믿지 않았을 것이다. 대부분 말도 안 되는 이야기라며 비웃거나 별 관심을 안 보이거나 둘 중 하나일 게 분명했다. 그러나 알렉상드르는 달랐다. 그 애는 너무나 간절한 마음으로 그 이야기들을 기다렸고 열정적으로 귀 기울였다. 그 열정이 얼마나 대단했던지 그 애는 할아버지를 대서사시에서 등장하는 절세의 영웅으로 승격시킬 정도였다.

"넌 정말 이야기를 재미있게 하더라. 자, 여기 구슬 하나.

아니, 오늘은 두 개 줄게."

* * *

봄이 되자 한밤중에 전화벨이 울리는 날이 더 잦아졌다.
난 그 전화들을 기다리고 예감하는 것을 배워갔다. 아예 옷
을 다 입고 잠자리에 드는 습관도 생겨났다. 전화벨이 울리
고 나면 얼마 지나지 않아서 아빠의 급한 발소리가 들렸고,
이어서 다급하고 근심 가득한 아빠의 얼굴이 곧 내 방에 나
타났다.

"가자. 가야 할 데가 생겼다."

권투 도장들, 20번 고속도로변의 여관들, 사람들이 거의
다니지 않는 주유소, 24시간 패스트푸드점… 나폴레옹은 우
리가 별별 곳을 다 다니게 했다. 어떤 때는 택시 기사들이 전
화를 해주었고, 또 어떤 때는 나폴레옹이 잠들어 있는 주유
소의 지배인이나 징거리 트럭 기사들이 연락해주었는가 하
면, 요금소 직원, 농장의 암소들 사이에서 잠든 그를 발견한
농부, 혹은 파리 외곽에 있는 권투 도장의 코치도 있었고, 대
기실에서 그를 발견한 역장도 있었다. 또 언젠가는 할아버
지가 열차 안에서 비상벨 손잡이를 잡아당기는 바람에 열차

운전기사가 전화한 적도 있었다. 도대체 나폴레옹은 어떻게 휠체어를 탄 채로 그 많은 곳을 돌아다닐 수 있었을까? 미스 터리가 아닐 수 없었다. 우리를 만난 나폴레옹은 늘 우리를 알아보지 못했다. 어느 날 밤엔가는 아빠를 옛날 코치인 조조 라그랑쥬인 줄 알고, 뼈만 앙상한 자신의 두 주먹을 바라보며 한탄하기도 했다.

"조조, 내가 글러브를 잃어버렸지 뭔가!"

더 어려운 상황을 만난 적도 꽤 있었다. 우리가 자기를 납치하려고 한다면서 나폴레옹이 고래고래 소리를 지르는 통에 많은 사람이 몰려와 일을 크게 만든 적도 종종 있었다. 그때마다 아빠는 장거리 트럭 운전사, 폭주족, 다른 지방으로 이동 중인 농구팀 등 밤을 지키는 수많은 정의의 사자들 앞에서 일일이 설명을 해야 했다. 사람들은 생각지 못했던 흥미로운 구경거리 덕에 몰려오는 졸음과 권태를 쫓아낼 수 있었을 것이다.

"제 아버지라고 몇 번이나 말했습니까!" 아빠가 이상한 눈초리로 보는 사람들에게 자기변호를 했다.

"절대 아니오." 나폴레옹이 울부짖었다. "이 사람은 내 아들이 아닙니다. 여러분, 속지 마시오, 이 사람이 거짓말을 하는 거요."

이 절망적인 문장이 수많은 주차장 안에서, 수많은 밤의 어둠 속에서 울려 퍼졌다.

"이 사람은 내 아들이 아니라니까요!"

나폴레옹 편을 드는 많은 사람으로부터 일단 벗어나면, 그때부터는 나폴레옹을 안정시키고 자동차에 태우는 일에 온 힘을 기울여야 했다. 차에 탄 나폴레옹은 처음 몇 킬로미터를 가는 동안 한참을 불편하다고 투덜거리고 나서야 겨우 잠이 들었다. 자동차 좌석에 몸을 웅크리고 앉은 할아버지의 몸집은 너무나도 작았다.

때때로 차 안에서 나폴레옹이 갑자기 현실로 돌아오는 일도 있었고, 그럴 때면 아주 깊은 꿈에서 깨어난 사람처럼 보였다. 나폴레옹이 물었다.

"코코, 내가 여기서 뭘 하는 거냐?"

"폐하, 밤 외출을 하셨어요… 할아버진 정말 위대한 바라쿠다예요."

"바라쿠다!" 할아버지는 클로드 프랑수아의 노래 곡조에 맞춰 그렇게 말했다.

그러곤 아빠를 턱으로 가리키면서 말했다.

"니 벤코스 페르 에고지오! 츄?(저 녀석을 녹초가 되게 했으니, 우리가 이긴 거야! 그렇지?)"

"미 투트케르사스, 임페리이스토 미아!(확실합니다, 폐하!)"

"뭐라고 하셨니?"

"별말씀 아니에요. 아빠가 계셔서 안심이라고요."

최근 들어서는 나폴레옹이 귀찮은 일을 벌이지 않고 일주일을 보내는 경우가 거의 없어졌다. 밤의 어둠을 찢는 벨 소리가 두렵기도 했지만, 한편으로는 모험으로 초대하는 그 소리를 기다리기도 했다.

아빠와 나는 때로 국도변에서 멈추기도 하고, 밤늦게까지 열려 있는 건물에서 멈춰 서곤 했다. 조금 지저분하긴 해도 커피를 마시거나 아니면 길을 묻기 위해서였다. 이런 비현실적인 장소에 들어설 때마다 말이 많아진 아빠가 한번은 자신의 두려움에 대해 슬쩍 털어놓은 적이 있었다.

"몇 번 생각해봤는데… 나폴레옹이 정말 복서였는지… 의구심이 생길 때가 있구나."

그랬다, 나 역시 그런 생각이 스칠 때가 있었다. 하지만 난 그럴 때마다 마치 신성모독적인 생각이라도 한 듯이 허겁지겁 그 생각을 밀어내곤 했다. 물론 나폴레옹이 시합하고 있는 사진들도 있었지만, 그러나 싸우고 있는 건 젊은이였다. 내가 알고 있는 노인과는 조금도 닮은 데가 없는 청년. 그는 로키처럼 가명을 내세워서 싸웠기에, 우리 집안의 성(姓)인 보뇌르는 어떤 자료에서도 본 적이 없었다.

나폴레옹의 제국이 실은 종이로 만든 거대한 피라미드와 거짓에 불과한 건지 아닌지 어떻게 알 수 있을까?

지금 이런 상황에서 누구에게 물어볼 수 있을까? 조제핀? 할머니 역시 나폴레옹이 싸우는 것은 한 번도 보지 못했을 뿐 아니라, 실은 우리보다 더 많이 알고 있는 게 없었다.

23

　　어느 토요일 아침, 난 아주 예쁘게 묶여 있는 노트 한 권이 내 책상 위에 놓여 있는 것을 보았다. 엄마의 그림들. 털실로 묶어 만든 작은 앨범이었다. 첫 번째 페이지에 제목이 있었다.

〈나폴레옹의 책〉

　　나는 즉시 한 장 한 장 들춰보고 싶었지만, 먼저 엄마의 화실로 올라갔다. 엄마는 없었다. 부엌에도 가봤지만, 엄마는 없고 대신 종이쪽지 한 장이 있었다. 아빠와 엄마가 볼일이 있어서 외출하니까 걱정하지 말라는 내용이었다.

　　나는 재빨리 옷을 입고 자전거에 몸을 실었다. 다리에 미끄러지는 부드러운 공기 사이를 뚫고 있는 힘을 다해 페달을 밟았다. 막 시작된 봄의 부드러움이 밝은 희망으로 설렘을 주었다.

나폴레옹의 집에 도착했다. 할아버지가 나를 기다리고 있었다는 걸 한눈에 알 수 있었다. 산뜻하게 면도를 하고 백발을 잘 빗어서 뒤로 넘긴 할아버지는 아빠, 엄마와 함께 볼링장에 간 그날 밤에 입었던 바로 그 하얀 양복을 입고 있었다. 정신도 말짱하고 기분도 좋아 보였다. 적이 패배하여 후퇴한 것 같았다. 거실 한가운데 작은 가방과 검은 공이 놓여 있었다.

"왔구나. 기다렸단다. 날씨가 너무 좋다, 그렇지?"

할아버지의 목소리는 맑고 힘이 있었다. 할아버지는 내 시선이 가방 쪽에 가 있는 것을 보고 말했다.

"오, 가방을 보고 걱정하는 거냐? 걱정 안 해도 된다. 그냥 짧은 여행을 좀 다녀올까 했었는데… 생각이 바뀌었단다. 거실 창문 좀 열려무나, 코코."

방치되어 황폐해진 정원 앞에서 우리는 심호흡을 해서 맑은 공기로 허파를 채웠다.

"아, 봄이로구나! 코코, 봄이다. 봄처럼 좋은 건 절대로 없지. 생명의 봄."

내가 미소를 지었다. 할아버지도 미소를 지었다.

"코코, 우리 앞에 시간이 얼마나 남았는지 난 모른다. 전혀. 그러니 시간을 낭비하지 말자꾸나!"

그러면서 내가 옆구리에 끼고 온 앨범을 가리켰다.

"그건 뭐냐? 좀 볼까? 글자가 너무 많은 건 아니지?"

"아뇨. 그림뿐이에요." 내가 앨범을 내밀면서 말했다.

"알겠지만, 난 골치 아픈 건 딱 질색이거든. 특히 오늘은 안 돼. 머릿속에 이미 구멍이 많이 뚫려 있어서 말이야!"

할아버지가 웃음을 터뜨렸다.

"자, 보자… 아름다운 앨범이로구나… 이건 그러니까, 선물인 거냐?"

"네, 맞아요. 일종의 선물이에요. 〈나폴레옹의 책〉. 할아버지 생일선물이요."

"생일이 오려면 한참 멀었는데. 하지만 네 말이 옳구나, 사람 일은 모르는 거니까 미리 받아두는 것도 좋겠지. 적에겐 언제나 선제공격을 할 필요가 있거든."

우리의 눈이 서로 잠깐 마주쳤다. 할아버지의 표정은 진지했다. 긴 손가락이 앨범을 한 장씩 넘기기 시작했다.

시간의 흐름에 따라 정리된 엄마의 그림들이 눈앞에 펼쳐졌다. 그림들 하나하나가 나폴레옹의 얼굴의 흔적을 그대로 보여주고 있었다. 로키와의 마지막 대전, 택시 안에서 조제핀과 만남, 해변의 촉촉한 모래밭에 찍힌 두 사람의 발자국들, 형광 넥타이 사건, 하얀 볼링핀들과 검은 볼링공, 부엌에서 권투 자세를 한 아빠, 열한 번째의 핀을 때리며 쓰러진 아빠의 머리. 할아버지는 그림을 보며 재미있다는 듯이 눈을 찌푸리기도 하고 부드럽게 미소를 짓는가 하면, 놀라서 입을 쩍 벌리기도 했다. 또 정원에서 다정한 손짓을 하는 조제핀을 보자 이해할 수 없는 말을 입술에 올리며 조제핀에게 역시 다정한 손짓으로 화답을 했다.

"빌어먹을. 훌쩍거리진 않겠지만, 마음이 약해지는 건 어쩔 수 없구나."

엄마가 그림 속에 나온 건 꼭 한 번뿐이었다. 엄마와 나폴레옹이 하얀 블라우스를 입은 남자의 맞은편에 나란히 앉아 있는 그림이었다. 부드러우면서도 슬픈 분위기가 세 사람을 둘러싸고 있었다. 나는 놀라고 당황해서 물었다.

"여긴 어디예요?"

"오, 별것 아니다, 고고. 그냥 네 엄마랑 기분 좋은 짧은 산책을 했단다, 몇 달 전에. 아주 재미있었지. 내가 만일 다시 태어난다면, 네 엄마의 붓으로 태어나고 싶구나."

병원 방문이었다. 난 그렇다고 확신했다. 할머니와 이혼하기 직전에.

앨범의 마지막 몇 페이지는 병원의 흰 벽만큼 하얀색이었
다. 나폴레옹이 거기에 쓰고 싶은 이야기를 쓰도록 남겨둔
것이다.

"자, 책 읽는 건 이걸로 됐다." 갑자기 나폴레옹이 몸을 움
직이며 말했다. "자, 이젠 몸을 좀 풀어보자꾸나."

그러면서 옛날처럼 검정 가죽점퍼를 입었다.

"탈옥하는 거야! 이리 오렴."

할아버지는 내가 주저하고 있다는 걸 알아차렸다.

"자, 우리의 마지막 범죄잖니."

여전히 나를 보호하기 위한 다정한 손놀림, 브레이크를
밟을 때마다 내 앞으로 뻗는 팔, 안전띠보다 먼저 나오는 반
사적 행동. 우리의 차는 세 번의 빨간불을 만나고, 다섯 번이
나 우선 통행권을 거부당한 뒤에 헤어살롱 앞에서 급정거했
다. 마침 소형자동차를 주차하기에 꼭 알맞은 한 자리가 남
아 있었다.

"폐하, 주차하기엔 약간 좁지 않을까요?"

"천만에. 공손하게 부탁하면 다 돼."

그러면서 앞으로 한 번 쿵, 뒤로 한 번 쿵, 범퍼를 두 번이
나 들이받았다. 그래도 푸조 404는 끄떡없었다.

"봐라, 코코. 충분히 주차할 수 있잖니. 옆 사람들이 내 운

전면허증을 요구할 수도 있지만, 상관없지. 면허증이 없으니까!"

나폴레옹이 주차하는 방식을 보고 주변의 차들이 클랙슨으로 합창을 했다.

"얼굴 한복판에 내 주먹을 맞고 싶은 사람이 누구야?" 나폴레옹이 창문을 열고 소리쳤다. 그러곤 다시 중얼거렸다. "미개한 녀석들! 하긴 화를 낼 때만큼 젊어진 기분이 들 때가 없단 말이야!"

내가 휠체어를 펴자 할아버지가 그 위에 앉았다. 그리고 헤어살롱을 손으로 가리켰다.

"머리를 다듬으시게요?" 내가 물었다.

"약간. 사람들 앞에 나설 수 있을 정도로만 다듬고 싶어서. 첫인상이 중요한 거거든."

난 의자에 앉아서 할아버지의 머리털 뭉치가 눈송이처럼 바닥에 떨어지는 것을 보았다. 그중 조금이라도 주워 갖고 싶이 견딜 수 없었지만, 감히 그렇게 하지 못했다. 거울 속에서 할아버지와 나의 눈이 가끔 서로 마주쳤다. 드디어 이발이 끝났다. 이발사가 할아버지의 뒤통수에 작은 거울을 비춰주었다.

"마음에 드세요?" 그가 물었다.

"완벽하오. 안 그러냐, 코코?"

"정말 멋져요."

"구레나룻을 만들어 드릴까요?" 이발사가 말했다.

"나룻배 타고 여행이나 하라고? 그런 뜻이오?" 나폴레옹이 대답했다.

그리고 두 사람은 동시에 웃음을 터뜨렸다. 밖으로 나오자 나폴레옹은 금방 차에 오르지 않고 말했다.

"코코, 집으로 돌아가고 싶지 않구나. 자, 한잔 마시러 가자! 조금 있으면 좀 힘들어질 테니까."

"조금 있으면이라뇨? 언제요?"

"그냥 조금 후지 뭐. 네게 할 말이 있단다."

가슴이 뛰었다. 몇 주 전부터 줄곧 내게 든 생각은, 나폴레옹과 나 사이엔 무엇을 하든 전부 마지막으로 하는 거라는 생각이 들었다.

카페에는 사람들이 말 그대로 바글바글했다. 젊은이들, 노인들, 가족들, 혼자 온 사람들로 가득 차서 지구인들이 전부 만나는 일만 하고 사는 것처럼 보였다. 나폴레옹이 유모차들과 전동휠들 사이에 휠체어를 고정했다.

"코코, 코카?"

난 고개를 끄덕이며 미소를 지었다.

"코카 2잔!" 할아버지가 손가락들을 튕겨 웨이터를 부르면서 큰 소리로 주문했다.

할아버지가 주변을 둘러보았다. 그 눈 속에서 내가 익히 알게 된 피곤의 빛이 반짝였다. 할아버지의 의식이 소멸하기까지 시간이 얼마나 남았을까? 15분? 30분? 시간을 지배하는 건 적군이었다.

"코코, 기억하니? 내가 병원에 있을 때? 척추를 다쳤다고 했을 때 말이다. 그때 난 왜 사람들이 자기 자리를 지킬 수 없을까 생각했었단다. 항상 오른쪽으로 갔다가 왼쪽으로 갔다가 이리저리 움직이거든. 절대로 같은 장소에서 5분을 지켜내지 못한단 말이야."

"기억해요."

웨이터가 우리 앞에 두 잔의 콜라를 내려놓았다. 나폴레옹은 주머니에서 50유로 지폐 한 장을 꺼내며 말했다.

"거스름돈은 전부 자네가 갖게! 코코, 그런데 난 오늘 그 해답을 얻었단다."

할아버지는 자랑스럽게 나를 바라봤다. 난 약간 실망했다. 나폴레옹의 비밀을 알게 되길 기대했던 데다가, 또…

"그래, 해답을 얻었지, 답은 아주 단순해. 그들은 심심하기 때문이야. 단지 그거지. 사람이 권태로우면 나쁜 생각을 하게 돼. 특히 한 가지. 사람들이 항상 정처 없이 이리저리 움직이는 건 바로 그래서란다. 생각하지 않기 위해서. 자꾸 하게 되는 그 생각으로부터 피해 달아나기 위해서란 말이지."

"정확하게 어떤 생각인데요?"

할아버지는 빨대를 싸고 있는 종이를 이빨로 찢었다. 그리고 그 안을 입을 훅 불어서 빨대를 쌌던 종이가 테이블 위로 날아가게 했다. 작은 로켓은 잠시 떠다니다가 어느 부인의 머리 위에 살포시 내려앉았다. 하지만 그 부인은 알아채지 못했다.

"있잖니, 코코. 난 여든여섯 살이란다. 그렇게 안 보이지만 사실이야. 여든여섯 살 먹었지."

"네."

"축구 월드컵 햇수로 그 나이를 나타내 보렴. 자, 이건 교훈이란다. 자, 내 나이를 나눠봐라. 몇 번의 월드컵을 봐왔는지 계산해봐. 그래, 그거야."

"21.5"

할아버지는 거의 스무 번의 월드컵을 봐 온 셈이다. 난 이미 두 번의 월드컵을 경험했다. 아빠는 12번. 우리의 삶은 이렇게 제한된다. 몇 개의 월드컵을 봤느냐로. 그러고 나면 들려오는 마지막 호루라기 소리.

"어때? 생각을 좀 하게 만들지, 그렇지?"

내 가슴은 흐느낌으로 터질 것만 같았다. 주변의 소리가 두꺼운 벽을 쳐주었고 나는 그 벽 속에서 발버둥 치고 있었다. 여기저기 테이블에서 유리잔 부딪치는 소리가 마치 못처럼 내 머릿속을 파고들어왔다. 난 나의 황제를 이 땅에 머물게 하고 그가 원하는 삶을 살 수 있게 하고 싶었다.

"자, 코코. 시간이 없단다. 미터기, 항상 찰칵찰칵 시간을 재는 그놈의 미터기가 지금도 돌아가고 있잖니. 이제 네게 할 말이 있다. 정말 중요한 거야. 자, 들을 준비 되었니? 그래? 이건 비밀인데…"

할아버지는 격려를 받고 싶은지 내 얼굴을 살피며 잠시 망설였다.

"아무에게도 말하지 않을게요." 나는 할아버지를 안심시켰다. "약속해요."

"죽을 때까지, 알았지?"

"네, 입에 지퍼를 확실히 채울게요."

할아버지는 마치 간첩이라도 있는 듯이 오른쪽 왼쪽을 살폈다. 그 모습이 잔뜩 겁먹은 새처럼 보였다.

"자, 코코. 그게 뭐냐면… 내가 숫자에 대해선 그럭저럭 해결할 수 있는데 말이야… 그런데 나머지는 좀 약해서… 그러니까… 난…"

할아버지는 숨을 한 번 훅 들이마시곤 아주 빠르게 내뱉듯이 말했다.

"난 읽을 줄 몰라. 자, 이제 말했다! 후우, 말하고 나니 시원하구나."

"읽을 줄 모른다고요? 읽을 줄… 그러니까 할아버지 말씀은…"

"읽을 줄 몰라. 말 그대로야. 당연히 쓸 줄도 모르지. 이 말이 이해하기 어려운 말도 아닌데 뭘 그러니. 모르는 단어가 있는 것도 아니고."

할아버지가 벽에 붙여진 포스터 한 장을 가리켰다. 승마 대회에 관한 포스터였다.

"예를 들어 저기 저 포스터에서 내가 이해하는 건 상금 액수뿐이야. 그리고 내가 보는 건 그냥 말 한 마리뿐이지. 난 한 번도 배우질 못했단다, 배우려고만 하면 금방 짜증이 났거든. 그래서 언제나 사람들을 속였어. 읽을 수 있는 척한 거지. 평생. 심지어 담임 선생이었던 타이앙데크 부인도 눈치 채지 못했을 정도라니까."

난 조제핀을 생각했다. 할아버지는 내 생각까지 알아차리고 말했다.

"네 할머니도 전혀 눈치채지 못했어. 감히 말할 수 없어서 못 했지. 특히 그날, 우리가 처음 만난 날 택시 안에서 조제핀이 내게 묻는 거야. 처음 들어보는 사람의 이름을 대면서 그 사람의 소설들을 읽어봤느냐고 말이야. 내가 뭐라고 했는지 아니? '알고말고, 아주 좋아하죠.'라고 했단다. 시작이 그렇게 된 거야. 사람이 한 번 거짓말하면, 그다음엔 자기가 한 거짓말에 발이 묶이게 되는 법이야. 글자, 구두점, 악센트, 이 모든 게 도대체 어떻게 구성되어 있는지 난 전혀 몰라. 여행을 많이 하면 할수록, 내 직업이 그랬으니까, 국경선을 넘는 그 순간부터 글자가 달라지는 거야. 그게 참 흥미롭지. 권투에서는 특히 상대방의 시선에서 두려움과 의심을 읽을 수 있어야 해. 그건 어떤 책에서도 배울 수 없는 거지."

"그럼 택시 기사를 했을 땐 어떻게 하셨어요?"

"순전히 본능과 직감에 따랐지."

"할아버지는 정말 대단한 능력자예요. 모든 무뢰한의 황제시죠."

"고맙구나, 코코. 너, 네 아빠가 몇 살 때부터 글을 읽었는지 아니? 네 살. 네 아빠는 겨우 네 살 때 벌써 글을 읽었단다. 내가 권투 시합을 보러 가자고 해도 그 애는 책 읽는 걸 더 좋아했어. 나쁜 자식. 읽는 법을 알기 전엔 나더러 매일 동화책을 읽어달라고 했었지. 매일! 그러면 나는 아무 책이나 한 권 뽑아서 그림을 보면서 아무렇게나 이야기했지. 그 애는 그걸 꿀꺽꿀꺽 받아 삼켰어. 전부, 다!"

할아버지는 영악하면서도 만족스러운 웃음을 웃었다. 그러고는 나더러 가까이 오라는 손짓을 했다.

"잘 들어라, 코코. 내가 너에게 고백한 건 지금이라도 배우고 싶기 때문이다."

"읽는 걸요?" 내가 중얼거렸다.

"그렇다, 참모총장. 황제는 읽는 걸 배우고 싶구나. 바느질이 아니라 글자를. 나의 적이 글을 배울 시간을 남겨줄지 어떨지 모르겠다만, 이게 나의 마지막 정복이 되겠지! 물론 배운 걸 많이 써먹지 못할 거란 것도 잘 안다. 그래도 그걸 꼭 써먹어야 할 데가 있어. 내가 저 위에 가게 되면 입국 절차를 위해 써야 할 문서가 얼마나 많겠니!"

난 고개를 숙였다. 헤어살롱. '그저 사람들 앞에 나설 수 있을 정도로만 다듬고 싶어서. 첫인상이 중요한 거거든.' 할아버지 집 거실 한가운데에 짐 가방이 있던 게 떠올랐다. 그때 할아버지와 나의 눈길이 서로 마주쳤고 난 그 눈에서 포기를 발견했었다. 할아버지는 집을 떠나는 걸 받아들이기로 한 거였다.

"후퇴라고 여기지 마라, 코코. 항복은 더더욱 아니지. 그냥 단순한 기분 전환일 뿐이야. 적을 잠재우는 거지. 착각하게 만드는 거."

"속이는 거죠."

"맞아, 바로 그거야. 적을 속이는 거. 다 이해했구나. 그러니 울지 마라, 코코. 우린 이 시간을 이용할 수 있을 거다. 게다가 내겐 계획이 있어. 너, 필기할 거 있니?"

할아버지가 내 눈 속에서 불신을 읽었던 것이다.

"내 조건들을 읊어볼게." 그가 말했다. "알겠지만, 잊어버릴까 봐 걱정되어 그러는 거야!"

난 종이 위에다 볼펜으로 할아버지가 말하는 문장들을 그대로 적었다. 할아버지는 어떤 부분을 정확하게 짚어주면서 강조했다.

"거긴 줄을 치렴. 그건 아주 중요한 거니까."

이렇게 해서 난 종이 한 장을 다 채웠다. 나폴레옹은 한결 마음이 편안해진 것 같았다.

"황제는 끝까지 싸울 거고 절대로 포기하지 않을 거다. 그러니 계속 만나야지, 안 그래?"

"네, 폐하. 계속 만날 거예요. 언제까지나."

"이상하네. 춥구나. 돌아갈까?"

* * *

　수도꼭지에서 나는 불안한 소리가 여전히 시간을 재고 있었다. 똑똑똑. 기분 탓인지, 도자기 세면대에 물방울 떨어지는 소리가 점점 더 커지는 듯했다. 난 방 한가운데에 있는 작은 짐 가방을 발로 걷어차고 싶었다. 나폴레옹은 자신의 집을 찬찬히 관찰했다. 마치 처음 보는 집처럼.

　"황제 폐하…"

　나폴레옹이 소스라치게 놀랐다. 우리의 눈길이 서로 마주쳤다. 그의 푸른 두 눈은 정글만큼이나 빽빽하고 두꺼운 기억 속을 탐색하고 있는 것 같았다. 과거와 현재가 칡넝쿨들처럼 얽혀 있는 곳…

　"할아버지, 한번 들어보세요. 도자기 위에 부서지는 물방울. 유리창 뒤의 나무 한 그루. 긴 심호흡."

　"멋지구나. 전쟁 중에 라디오 런던에서 방송하던 암호 메시지 같은걸."

　"일본의 시작법이에요. 하이쿠."

　"사이코? 아니, 뭐라고 했지?"

　"만물이 점진적으로 소멸해가는 것을 붙잡는 방법이래요."

　할아버지가 눈썹을 찌푸렸다.

"점진적인 소멸이요." 내가 다시 말했다. "생명 있는 모든 건 지금도 계속 사라지는 중이니까 그걸 붙잡아야 해요."

나폴레옹이 앞으로 손을 내밀고 휘저었다. 마치 온몸에 불이 붙은 것처럼.

"예를 하나 더 들어보렴. 점진적 솜방망이인지 뭔지!"

난 눈을 감았다. 나를 향한 나폴레옹의 시선이 느껴졌다.

"음… 아, 그래요. 외로운 가방 하나. 바닥 위에 공 하나. 그뿐 아무도 없네."

"좋아, 단어가 많이 필요 없구나. 나도 한번 해볼까?"

할아버지는 정신을 집중하고 공기를 길게 들이마신 다음 단숨에 시를 내뱉었다.

"얼굴에 펀치 한 방. 피 흘리는 코. 케이오."

할아버지가 나의 반응을 살폈다.

"오, 좋아요! 정말 아주 괜찮았어요."

끝없는 그리움이 묻어나는 미소가 바싹 여윈 할아버지의 얼굴에 나타났다. 백발과 똑같은 빛깔, 똑같은 부드러움을 가진 미소였다.

다시 나의 황제가 내게서 멀어져갔다.

황제는 말을 타고 뒤도 돌아보지 않은 채, 늙음이라는 황폐하고 거대한 평원으로 들어갔다. 그가 탄 말의 발굽 소리가 따가닥따가닥 언 땅 위에 울려 퍼졌다.

"나의 황제… 폐하…" 내가 중얼거렸다.

그때 현관에서 열쇠 돌아가는 소리가 들렸다.

"조제핀." 나폴레옹이 외쳤다. "왜 이렇게 늦었소?"

내 가슴이 뛰었다. 혹시… 하지만 아니었다. 문을 열고 들어온 사람은 아빠가 고용한 아주머니였다. 나폴레옹이 오른손으로 나를 가리키며 말했다.

"조제핀, 이 신사분 덕분에 우리가 꿈꾸던 집을 찾았소. 자, 얼른 와요, 내가 구경시켜줄 테니까. 이제 우린 이 집에서 함께 늙어갈 거고 이 집에서 영원히 떠나지 않을 거요. 조제핀, 어떻소?"

"그래요, 나폴레옹." 아주머니가 대답했다.

"내 구두엔 아직도 모래알이 묻어 있구려."

레오나르의 편지

할머니께,

지난주에 있었던 아주 심각한 일 때문에 할머니께 편지를 씁니다. 이 편지를 계속 읽기 전에 우선 자리에 앉아주세요. 그리고 할머니의 타피스리를 잠깐 손에서 내려놓아 주세요. 타피스리를 방금 끝냈더라도, 열 줄 정도를 풀어주세요. 할머니, 우린 아직도 할머니가 필요해요. 난 아무에게도 말하지 않겠노라고 나폴레옹에게 맹세했었어요. 하지만 할머니에겐 꼭 해야겠어요. 왜냐하면 나폴레옹이 이젠 예전의 나폴레옹이 아니기 때문이에요. 할아버지는 너무 여위고 주름이 져서 마치 다림질하지 않은 구겨진 시트 같아요. 풍성하고 아름답던 머리카락도 너무 하얘졌고 머리숱도 얼마나 많이 빠졌는지 몰라요. 두개골이 훤히 보일 정도지요. 할아버지가 우리 세상을 떠나 전혀 딴 세계로 들어가는 순간들이 종종 있어요. 그럴 때는 아무도 알아보지 못해요. 엄마는 그걸 '생명의 베네치아로 떠났다.'고 말해요. 그곳은 시간 밖에서 떠다니고 너무나 고요하고 따뜻하고 광대한 미로 속에서 헤매는 곳이니까요. 가끔은, 물론 빈도수가 점점 줄어들고 있지만, 여전히 오만하고 위풍당당하고 금방 분노하는 황제로 돌아오기도 해요. 그럴 때의 할아버지는 하나도 안 변한 것 같아요. 할아버지는 아직도 아주 잘 웃어요. 한번은 복도에서 어찌나 크게 웃었던지, 경보기가 울렸을 정도예요. 우리 곁을 가장 늦게 떠나는 것이 그 웃음일 것 같아요.

　그리고 난 이제 할아버지의 이혼과 새로운 삶에 대해 모든 걸 이해하게 되었어요. 할아버지는 영원히 우리의 황제로 남고 싶으셨던 거예요. 할아버지가 이런 상태에 있는 걸 할머니가 모르시길 원했던 거지요. 특히 자신이 이 커다란 양로원에서 다른 동료들과 함께 지내는 모습을 할머니에게 보이고 싶지 않으셨던 거예요. 이곳의 동료들은 모두 정상적인 삶의 기준에 못 미치는 분들이거든요.

할머니도 이제 아셨겠지만, 지금까지 할머니와 함께 살았던 그 집을 떠나는 걸 할아버지가 결국 받아들이셨어요. 지금 할아버지가 살고 계신 곳엔 퀴즈프로를 들을 수 있는 트랜지스터와 침대 맞은편에 걸어둔 로키의 초상화밖에 갖고 갈 수 없었어요. 지금의 할아버지에게 유일한 가족은 바로 그 로키일 거라는 생각을 가끔 해보게 돼요. 로키가 나폴레옹을 다독이면서, '어서 와, 두려워할 것 없어, 이제 곧 우리 둘이 같이 있게 될 거야.'라고 말하면서 안심시켜주는 것 같거든요. 나머지는 모든 게 다 제공되고 있어요. 텔레비전 리모컨에 건전지가 없긴 하지만, 그런 건 상관없어요. 할아버지는 텔레비전을 안 보니까요. 할아버지는 늘 그런 건 늙은이들이나 보는 거라고 하셔요. 그래도 전투는 여전히 계속되고 있어요.

할아버지의 방은 학교 운동장이 다 내려다보이는 3층에

있어요. 그래서 할아버지는 나를 볼 수 있고 나도 할아버지를 볼 수 있어요. 일주일에 두 번 할아버지가 내 옆에 와서 수업을 들어요. 할아버지가 착하고 집중력 있는 모범생이라는 걸 알면, 할머니도 몹시 기뻐하실 거라고 믿어요. 그런데 할아버지가 말씀하시는 방식이 좀 달라졌어요. 할머니도 이해하기 힘드실 거예요. 단어 순서를 뒤죽박죽 섞어서 쓰시거든요. 그래서 할아버지의 말을 이해하려면 단어들의 자리를 이리저리 바꿔서 짜깁기를 좀 해야 해요. 그래서 서로 눈으로 이야기할 때가 많아요.

할아버지와 나는 서로를 지켜보고 있어요. 아마 언젠가는 우리 둘 모두 이 전쟁터에서 떠나게 되겠지요, 영원히. 함께 떠나는 게 내 꿈이지만, 난 알아요, 할아버지가 혼자 진영을 떠날 거라는 걸요. 전엔 절대로 그럴 수 없다고 생각했었지만, 지금은 받아들여야 한다고 생각해요. 나폴레옹이 조제핀을 보고 싶어 할 때면, 언제든지 조제핀이 달려올 준비가 되어 있어야 하는 이유가 바로 그 때문이에요. 할머니, 우리에겐 정말 시간이 많지 않아요. 할아버지는 할머니가 할아버지를 위해 스웨터를 짰다는 걸 알면 무척 좋아할 거예요. 할아버지가 할머니에게 편지하지 않았다고 화내시지 말기를 바라요. 언젠가는 이유를 설명해드릴게요.

사랑의 입맞춤을 보내요.

레오나르

24
·······

몇 주가 흘렀다.

알렉상드르와 나는 노는 시간이면 늘 나폴레옹이 창문에 나타나는지 살펴보곤 했다. 그러면 나폴레옹이 우리에게 손짓을 해 보였다. 할아버지의 얼굴은 가느다란 선처럼 섬세해져 있었고 눈은 촛불처럼 흔들렸다. 할아버지가 우리를 향해 꼭 쥔 주먹을 들어 올리면, 우리도 똑같은 손짓으로 화답했다.

우린 나폴레옹을 사랑했고 그의 모든 것에 감탄했다.

나폴레옹은 시간처럼 투명한 유리창 뒤에서 미소를 짓고 있었다. 비록 갇혀 있지만, 또 비록 그의 제국이 아주 작은 영역으로 축소되고 말았지만, 그래도 나폴레옹은 늘 그랬듯이 오만한 제왕으로 남아 있었고 그의 반항은 조금도 손상

되지 않은 채 두 눈에서 불타고 있었다.

"응, 나폴레옹은 지금 복도에서 권투 시합을 열 계획을 세우고 있어! 볼링 게임도!"

"오!"

"그래서 새벽 2시까지 클로클로의 노래에 맞춰서 춤출 백댄서팀을 훈련시키는 중이야! 그리고 또…"

"그리고?"

"그리고 나폴레옹은 모든 사람을 아주 곤란하게 만드는 사람이야! 감옥이란 감옥은 죄다 가만 안 놔두는 사람이지!"

"니도 그러고 싶어!" 알렉상드르가 외쳤다.

"나도 그러고 싶어!" 내가 메아리처럼 되풀이했다.

"오, 이거 멋지다! 자, 가져! 구슬 한 개!"

나폴레옹은 너무나 많이, 또 너무나 교묘하게 끔찍한 소란을 피워서 결국 아빠와 엄마가 검은 머리를 틀어 올린 원장에게 호출당하게 했다.

"몸을 비비 꼬는 백댄서팀과 〈알렉상드리 알렉상드라〉와 〈사랑받지 못한 자〉를 새벽 2시까지 불러젖혔죠. 여기까지가 이곳의 한계선이에요."

"저도 미리 말씀을 드렸었는데요." 아빠가 말했다.

"잠깐만요, 아직 내 말이 안 끝났어요. 몇 시인지 알 수도 없는 시간까지 먹는 것에 환장한 듯한 그의 바라쿠다가 정말 신경에 거슬리지만, 그래서 이것만으로 벌써 한계선에 도달했지만, 거기까지도 좋아요. 난 환상 속의 적이 아닙니다."

그녀는 잠시 말을 끊었다가 손가락을 엇갈려 꼬고 말했다.

"이런 건, 흠, 그래도 한계선상에는 있었어요. 하지만 오늘은 한계선을 넘고도 넘었어요. 정말 이젠 안 된다고 말해야겠어요. 안 돼요, 안 돼, 안 돼! 난 연세 드신 어르신들을 아주 좋아합니다. 하지만… 그래도 지켜야 할 규칙이 있는 거잖아요. 규범이라고 말해도 되겠죠."

"제 아버지는 규칙을 지키는 데 약한 분이죠. 그건 사실이에요." 아빠가 말했다.

나폴레옹이 여섯 명 정도의 남자들과 함께 수영 코치를 탈의실에 감금했다는 것이다.

"더군다나 수영팬티까지 빼앗고 나서요." 원장이 정확하게 설명했다. "아무래도 그를 요양원에 수용시켜야 했어요. 이건 시작에 불과합니다. 전채요리인 셈이죠. 그들은 식당에서 토마토를 훔치기까지 했어요… 무슨 말인지 아시겠어요?"

우리는 고개를 가로저었다. 아빠와 엄마와 나.

"매주 수요일마다 양로원 사람들을 즐겁게 해주려고 아코디언 연주자분이 오시는데, 그 불쌍한 사람에게 던지려고 훔친 거였죠. 그분이 연주하면 여기 사람들이 그 고마운 음악에 박수갈채를 보내온 지가 벌써 20년째예요. 그런데 당신 아버지가 그를 쫓아냈단 말입니다. 퍽 하고 얼굴에 토마토 세례를 퍼부어서…"

"사실…" 아빠가 말했다. "아코디언 소리가 신경을 좀 거슬리게 하는 건 사실이죠…"

"모두 팝과 레게 음악을 원한다는 거예요. 몸을 흔들게 하는 거요! 게다가 모두 한통속이 되어 더블룸과 밥 말리의 포스터를 요구하질 않나, 마리화나를 피우고 싶어 하질 않나… 안 돼요, 안 돼, 안 돼, 이제 더는 안 됩니다. 당신 아버지는 한계선을 너무 벗어났어요. 벗어나도 한참 벗어났죠. 그가 선동자니까요! 이곳 사람들의 리더고, 스승이라고요!"

"황제죠!" 아빠가 중얼거렸다.

"황제라고 부르고 싶으면 그렇게 부르세요. 그의 동료들도 모두 그렇게 부르긴 하더군요. 풀장 사건이 있었던 날엔 제독이라고 부르질 않나!"

이렇게 해서 나폴레옹은 자기 책의 마지막 페이지들을 불을 뿜는 전쟁터로 채웠다. 한 달이 못 되어 평화로운 공동체 안에 반항과 기쁨 그리고 그의 유산이라고 할 수 있는 활기를 퍼뜨린 것이다. 나폴레옹의 그런 에너지는 그가 이 땅을 떠난 후에도 오랫동안 사람들에게 기억될 것이다.

이런 상담이 있었던 다음 날, 아빠는 원장에게 떠밀려서 할아버지에게 훈계하지 않을 수 없다고 느끼게 되었다.

"여기선 율규너무심해 딱딱울우해." 나폴레옹은 그렇게만 말했다. "난 율규 안조아시러."

"규율이 너무 심해요? 딱딱하고 우울해요? 규율을 안 좋아하신다고요? 싫어하시죠?" 아빠가 말했다. "아버지가 감금했던 수영 코치도 아버지에게 규율을 너무 요구했어요? 그 사람도?"

"난가만앉아서 치납당하는거안해 물속에서 손발로 물레아방돌리는거 안해."

"아버지, 납치당한다는 이야기 좀 제발 그만하세요." 아빠가 외쳤다. "그리고 물속에서 발이랑 손을 휘젓는 건 다 건강을 위해서예요. 아버지의 체력을 위해서 운동을 시키는 거라고요. 알겠어요? 아버지의-건강을-위해서요."

나폴레옹이 어깨를 으쓱했다.

"그렇게리소지르지마, 귀난안먹었어."

"아버지가 귀 안 먹은 거 나도 알아요. 난 지금 소리 지르는 게 아니라, 설명하는 거예요!"

"무늬표범작은영수복을 입으라고해서 증짜났어."

"물속에서야 표범 무늬 수영복을 입든, 사과 무늬 수영복을 입든 무슨 상관이에요?"

갑자기 할아버지 얼굴에서 장난기 가득한 미소가 반짝였다. 할아버지는 아빠에게 가까이 다가오라는 손짓을 하더니, 귀에 대고 속삭였다. 아빠가 듣고 나서 급히 뒤로 물러났다. 뭔지 몰라도, 충격을 받은 게 분명했다.

"지금 뭐라고 하셨어요? 그에게 아주 작은… 아니, 아버지, 그건 아버지가 심하게 착각하신 거예요. 아, 정말, 난 도저히 아버지를 이해하지 못하겠어요."

"나도 다안. 다른사람은대절이해 하지못. 하지만…"

"하지만! 하지만 뭐요?" 아빠가 발꿈치를 들고 발끝으로 일어서며 물었다.

"아무것도 아니다. 라디오나 켜라. 퀴즈프로 할 시간이다."

세 개의 음이 낭랑하게 울려 퍼졌다. 딩동댕.

이상할 정도로 그 15분 동안엔 모든 게 제자리로 돌아왔다.

할머니의 편지

사랑하는 내 손자야,

너의 편지를 받은 이후로는 뜨개질을 멈출 수가 없었단

다, 손에 물집이 생긴다 해도 할 수 없지, 손에 물집이 잡히면, 난 클로클로(미안하구나, 정말 바보 같은 농담이지? 이런 상황에서 농담을 하다니), 클로클로를 위해서 발로라도 뜨개질을 할 테다, 할 수만 있다면 밤에도 아침에도 낮에도 새벽에도 할 생각이다, 지금의 내겐 오직 그 생각밖엔 없단다, 나폴레옹이 나를 옆에 두고 싶어 하는 날, 그래서 그에게 털 스웨터를 줄 수 있는 날엔 적어도 그가 따뜻하게 지낼 순 있을 테니까 말이야, 그 생명의 베네치아라는 곳은 축축하고 음산한 곳일 테지.

그가 내게 오라는 말도 없이 가버린다면, 그래도 그에게 말해주렴, 난 괜찮다고, 난 일생 분마다 초마다 그를 생각했다고, 그가 이 땅에 없어도 난 영원히 그렇게 할 거라고, 그가 죽어가는 순간에도 난 그만 생각하고 있을 거라고, 그리고 내가 후회하는 유일한 건 그 해변에 다시 한번 가보지 못했던 거라는 말도 전해주렴, 그때가 몇 살이었는지도 이젠 기억이 안 나는데, 아마 계산을 해볼 순 있겠지, 하지만 이런 생각을 하고 있으니 두려워지는구나. 난 그 해변이 존재했었다는 걸 확인하기 위해서 그 해변의 모습이 담긴 엽서를 계속 들여다보고 있는데, 어째서 나폴레옹과 나는 한 번도 거기 다시 가보지 않았는지 모르겠구나. 그렇게 할 수 있었을 때 갔어야 했는데! 얼마나 바보 같은지, 뭐든 가능할 때, 할 수 있을 때 해야 해, 그게 우리가 꼭 지켜야 할 유일한 거지, 그 외의 것은 죄다 쓰레기통에 갖다 버리렴.

너도 알겠지만 난 새로운 삶을 산다는 게 몹시 불편하단다, 날 위한 새로운 삶을 계획해볼 수가 없구나, 그건 죽음에 대한 생각 때문에 사는 데 불안을 느끼는 사람들이나 하는 거야, 죽음은 나폴레옹이 두려워하는 유일한 것이었어, 난 밤에 잠들기 전이면 내가 그의 곁에 붙어 있었어야 했다는 생각을 가끔 하곤 한단다, 절대로 집을 떠나서는 안 되었는데! 하지만 달리 생각하면, 내가 떠나온 게 그에게 선물 같은 거였다는 생각도 드는구나, 내 눈과 마음에 자신의 이미지를 아름답게 남겨두고 싶어 하는 그의 마음을 그대로 받아들이는 거지, 내가 말없이 이혼을 받아들였던 건 그래서였어, 그래서 나폴레옹이 영원히 나폴레옹으로 남을 수 있게 해준 거야, 넌 아직 잘 모르겠지만, 인간은 정말 이상하게도 복잡하기 짝이 없단다.

게다가 복잡하다는 말이 나와서인데, 에두아르가 자기 수준에 걸맞은 인생의 비서를 찾았단다, 아시아에 관해 알고 있는 게 아주 많은 여자라더라, 그래서 에드는 이제 내게 관심을 보이지 않아, 며칠 전 저녁에도 내게 전화를 해서 하는 말이, 이번 주엔 나를 만날 수 없다는 거야, 바둑을 둬야 하기 때문이래, 그의 비서는 프로에 가까운 사람이라서 그녀와 한번 바둑을 두면 언제 끝날지 알 수 없다는 거야, 게다가 그들은 7인의 사무라이를 두 번이나 다시 봤다더라, 어떻게 그렇게 할 수 있는지 모르겠어, 그 여자는 아주 불행한 삶을 살아온 것 같았어, 아무튼 두 사람은 아주 잘 지내고 있나 봐, 에드가 나더러 들으라는 듯이 말하기를, 그녀를 양녀로 받아들일 생각이래, 그러면서 전화로 이러는 거야. '당신도 아시겠지만, 나는 아빠가 되는 거예요, 이 나이에!' 내가 에두아르에게 다시 뜨개질을 시작했다고 말했더니 그가 다정한 목소리로 너무 서두를 필요 없다고 말하지 않겠니? 왜냐하면, 자기 비서라고 해야 할지, 딸이라고 해야 할지, 아무튼 그녀랑 함께 일본으로 떠나서 유람선을 타고 노와 가부키 연극 순회공연을 따라다니며 관람할 거라는 거야, 그러고 나서 전화로 긴 침묵이 있었는데, 정말 거북했지 뭐니, 난 설명하고 싶은 생각이 없었어, 내가 서두르는 건 그를 위해서가 아닌데 말이야, 그리고 에드가 감동적이고 다정한 어조로 한마디 덧붙였는데, 나와 함께 있으면 젊었을 때의 실수를 다시 저질러서 날 울릴 뻔했다는 거야, 무슨 소린지 모르겠더구나.

그래서 난 그냥 '저마다 자신만의 행복이 있는 법이죠!'
라고만 대답했단다.

편지도 뜨개질과 같아서 한 번 쓰기 시작하니까 멈춰지
질 않는구나. 하지만 이젠 펜을 놓고 다시 뜨개질바늘을 잡
아야겠다.

네게 다정한 입맞춤을 보낸다.
할머니

25

일주일에 두 번씩, 오전에 노는 시간 후에 하나의 의식이 생겼다. 나폴레옹이 마지막 전투에서 성공적으로 훈련시킨 두세 명의 동료들과 함께 교실에 와서 공부하는 것이다. 그들은 모두 자기 이름이 적혀 있는 초등학생용 작은 노트를 갖고 왔다. 알렉상드르와 나는 양쪽 옆에 서서 그들이 우리 사이로 지나가는 동안 경례를 붙였다. 그 모습을 보고 다른 애들이 놀려대고 웃었지만, 우리는 상관하지 않았다. 우리의 꿈은 아무도 빼앗아가지 못할 것이다.

어느 날 나폴레옹이 알렉상드르 앞에 멈춰 서서 그를 오랫동안 응시했다. 괴상한 모자에서부터 다 헐어빠진 농구화에 이르기까지.

"그는 라프스지이크 병사입니다." 내가 작은 소리로 말했다.

"병사 라프스… 음, 라프 거시기… 자네는 잘 싸워 이겼구나. 그대를 참모총장 부관으로 임명한다. 황제가 여기 없을 땐 코코에게 자네의 도움이 필요할 것이다."

내 책상은 나폴레옹이 짓궂게 자기 자리를 넓히려고 하지만 않는다면 둘이 쓰기 충분한 크기였다. 팔꿈치로 내 팔을 툭툭 쳐서 줄을 빗나가게 하고 글씨를 삐뚤삐뚤하게 만드는 나폴레옹의 심술을 난 기꺼이 용서했다. 그래도 그는 언제나 자신에게 충실해서 계속 더 많은 자리를 차지하려고 욕심을 부렸다.

나폴레옹의 친구들도 역시 자신들의 삶의 일부를 빼앗긴 데 대해서, 또 잃어버렸다고 생각하는 것들에 대해서 복수를 하고 있었다. 그들에겐 모두 저마다의 타이앙데크 부인이 있었고 그녀와 해결해야 할 것들이 있었다. 한 사람은 나눗셈을 전혀 할 줄 몰랐고, 또 한 사람은 지금까지 마름모가 무엇인 줄 몰랐으며, 다른 한 사람은 동사 변화를 시킬 줄 몰랐다. 그들 중 누구도 어째서 세상이 이렇게도 삐딱하게 돌아가는 줄 몰랐다. 하기야 그 질문은 그들뿐 아니라, 학교 선생님도, 심지어 칠판 위에 붙어 있는 액자 속의 빅토르 위고도 답을 찾지 못하긴 했다.

최근 몇 주 동안 적은 가끔 후퇴하고 있는 것처럼 보였다. 감히 학교 문은 넘어서지 못한다는 듯이.

"오늘은 나폴레옹의 상태가 엄청 좋아!" 알렉상드르가 말했다.

나는 그 애의 말을 믿는 척했다. 때로 현실을 잊어버리는 건 얼마나 행복한 일인가? 최대한 집중하고 있는 나폴레옹은 글자 밑에 손가락을 대고 죽 따라가며 책을 읽었다. 우리는 마치 미끄럼대를 미끄러지듯이 단어들 위를 미끄러져갔다. 만일 우리 나이가 같았더라면 함께 미끄럼을 타기도 했을 텐데.

그날 저녁 학교 수업이 끝나자마자 가끔 그러듯이 알렉상드르를 혼자 가게 하고 난 작은방에 있는 나폴레옹을 보러 갔다. 할아버지는 그날 특별히 더 말이 없었고 손톱을 다듬고 있었다. 손톱을 다듬는 건 할아버지가 권투를 하면서부터 갖게 된 습관이었다.

로키가 유리 액자 속에서 우리와 마주 보고 있었다.

"할아버지, 여기서 로키를 바라보고 계셨네요."

나폴레옹이 액자를 향해 눈을 들고는 미소로 얼굴이 환해졌다.

"로키는 항상 여기 있어요." 내가 계속했다. "할아버지가 로키에 대한 기억을 간직하고 있으니까, 우린 항상 그를 생각하게 돼요. 그래서 로키는 언제나 그 신성한 자리를 지킬 수 있어요! 우리가 누군가를 기억하는 한, 그는 절대로 사라지는 게 아닐 거예요, 그렇죠? 기억해줄 누군가가 이 세상에 없을 때, 그때 비로소 그가 완전히 떠난 거겠죠. 하지만 기억해줄 사람이 있다면, 그건 진짜 끝이 아니에요. 유일한 적은 망각이에요. 할아버지도 그렇게 생각하죠?"

"아, 로키! 그 녀석은 내가 도저히 자기를 잊지 못하도록 자신의 흔적을 확실하게 남겨두고 갔지. 그는 그걸 알고 있었던 거야. 아주 영악한 자야, 그 친구는! 우리 모두를 다 합친 것보다 더 강한 녀석."

할아버지는 사진에서 눈을 떼지 않은 채, 마치 군인처럼 로키를 향해 거수경례했다.

"안녕, 나의 예술가 친구. 잘했네! 코코, 너 아니?"

"뭘요?"

"삶에서 정말 중요한 건 다른 게 아니야. 그냥 네가 사랑하는 사람들과 즐겁게 지내는 거지. 나머진 모두 잊어버리고 살아도 된다, 하나도 안 중요하니까. 넌 우리가 얼마나 즐겁게 지냈는지 기억나니? 그리고 우리가 얼마나 서로 사랑했는지도? 우린 정말 재미있는 시간을 많이 보냈지? 그랬다고 말해주면 기쁠 것 같구나."

"그럼요, 폐하. 우린 정말 재미있는 시간을 많이 보냈어요. 이 세상 누구도 우리만큼 즐겁고 재미있게 지내진 못했을 거예요."

"나중에 네 주위 사람들에게 말해주렴. '내겐 할아버지가 있었는데, 난 그 할아버지와 정말 즐거운 시간을 많이 보냈어.'라고. 그러면 사람들이 무슨 말인지 다 이해할 거다."

"네, 그렇게 말할 거예요. 잊지 않을게요. '내겐 할아버지가 있었는데, 난 그 할아버지와 정말 즐거운 시간을 많이 보냈어.' 늘 기억할게요."

"내가 그 문장을 글로 써줄까?"

그는 미소를 지었다. 얼굴만큼이나 큼직한 미소였다.

"이젠 쓸 줄 아니까요?" 내가 물었다.

"거의. 내가 할 말이 많았는데, 왜 그런지 모르겠다만 네 옆에만 있으면 그 한 문장만 생각나는구나. 예전에 분명히 알았었는데, 잊어버렸단 말이야."

할아버지에게 노트를 내밀었다. 할아버지는 연필 끝에 침을 묻히더니, 노트의 줄 밖으로 나가지 않게 몹시 주의하면서 한 글자, 한 글자 써나갔다.

"자, 이렇게 하면 네가 절대로 안 잊어버릴 거다."

'내개는 하라버지가 이쎴는데, 나는 그 하라버지와 함께 아주 즐거운 시간들을 보내따.'

몇 초의 침묵. 목이 메어 왔다. 나는 힘을 짜내서 말했다.

"우린 계속 즐거운 시간을 보낼 수 있어요, 그렇죠?"

"그럼. 오래지 않아서 넌 재미있는 걸 보게 될 거다."

무슨 말을 하려는 걸까? 어떤 재미있는 일에 대해 말하려는 걸까? 머리부터 발끝까지 전율이 일었다.

그런데 별안간 할아버지가 거북한 표정을 지었다.

"어… 부탁 하나 할 게 있는데 말이다." 할아버지가 짐짓 무뚝뚝한 어투로 말했다.

그리고 베개 밑에 손을 집어넣더니 넷으로 접은 노트 종이 한 장을 꺼냈다. 그걸 내밀기에 내가 잡으려는 순간, 할아버지는 다시 팔을 거둬들이고 염려스러운 어조로 말했다.

"황제를 비웃지 않을 거지?"

"당연하죠."

"맹세하렴."

"맹세해요."

"좋다, 그럼 받으렴. 내가 직접 쓴 편지다. 어쨌든 편지는 유용한 거야. 아마 실수가 몇 군데 있겠지만, 그건 별로 중요한 게 아니지. 네가 고쳐줄 테니까. 쉼표와 마침표 좀 네가 넣어주렴. 내가 구두점들을 따로 한곳에 모아놓았으니까, 네가 골라서 쓰면 될 거다. 자, 서둘러라. 꽤 급한 거야. 속달로 보내렴. 그리고 기억해야 한다, 이건 절대로…"

"항복이 아니죠… 그냥 교란작전일 뿐이에요."

"바로 그거야. 날 이해해줄 사람은 너뿐이구나."

"나와 로키요."

"너와 로키."

* * *

사명감에 마음을 완전히 빼앗긴 나는 햇빛에 잠겨 있는 텅 빈 도로들을 건너 우리 집까지 한달음에 뛰어갔다. 햇빛이 현실을 메마른 선들로 잘라놓고 있었다. 한시가 급했고 세상은 시간을 흐르게 하는 모래시계나 마찬가지였다. 잘하면 편지가 바로 그날 저녁에도 출발할 수 있을 터였다. 1초 1초가 보물과도 같았다.

현관문이 반쯤 열린 채였다. 그 문을 열고 들어가면 왠지 문 뒤에 불행이 기다리고 있을 것 같은 예감이 들었다. 우리의 삶을 호시탐탐 엿보고 있는 것들이 너무 많이 있다. 내 발소리가 아무도 없는 복도에서 울려 퍼졌다. 엄마의 가방이

테이블 위에 던져져 있고 집 열쇠들이 바닥에서 반짝이고 있었다. 가슴이 쿵쿵 방망이질 쳤다. 더욱이 거실에서 들려오는 신음 같은 소리가 날 얼어붙게 했다.

알렉상드르가 엄마 앞에 서 있었고 엄마는 의자에 앉아서 그 애의 얼굴을 머큐로크롬에 적신 솜뭉치로 톡톡 두드리고 있었다.

"내 얼굴이 어릿광대 같지?" 알렉상드르가 말했다.

쓰라림으로 찡그렸던 그 애의 얼굴이 미소를 지었다. 코에서도 코피가 약간 흘렀다.

"애들이 내가 혼자 있는 걸 보고 따라왔어."

그러곤 소리 내어 웃었다.

"하지만 난 맞서 싸웠어. 그래서 나폴레옹의 구슬들과 내 모자를 지켜냈어."

그 애는 인사를 할 때처럼 머리에 쓴 모자를 들었다 놨다.

"움직이지 마." 엄마가 나직하게 말했다. "안 그러면 약을 바를 수 없어."

그러자 알렉상드르가 눈을 한 번 찡긋하고는, 두 다리를 딱 붙인 차려 자세를 하고 똑바로 서서 말했다.

"이제 안 움직일게요. 절대로. 약속해요."

나는 그 애가 작은 약속을 깨뜨리지 않도록 숨도 겨우 쉬면서 그 자리에 서 있었다.

수많은 질문이 머릿속에 물결처럼 밀려들었다. 알렉상드르가 공격을 당하고 있을 때, 어떻게 마침 엄마가 거기 있었을까? 엄마를 보고 그 애들이 도망친 걸까? 아니면 알렉상드르가 어디로 가야 할지 몰라서 도움을 요청하려고 스스로 우리 집을 찾아온 걸까?

엄마는 붕대와 약을 정리하고 소독약 병을 꼭 잠갔다. 그런 다음 알렉상드르의 손을 잡고 초록색, 파란색, 노란색이 섞여 있는 작은 팔레트 같은 그 애의 두 손바닥을 번갈아 들여다보았다. 크리스털처럼 맑은 엄마의 웃음이 터져 나왔고 알렉상드르도 엄마를 따라 풉 하고 웃음을 터뜨렸다.

"벌써 모든 색을 다 사용해봤니?" 엄마가 물었다.

"네." 알렉상드르가 대답했다.

"나도 네 나이엔 모든 색깔이 다 손가락에서 돌아다녔지. 다음번엔 다른 색깔도 줄게."

"온갖 색깔 다요?"

"온갖 색깔 다."

난 두 사람이 함께 있는 모습을 보는 동안 행복한 기분에 싸였고 궁금증도 차츰 사라졌다.

그래서 아무것도 물어보지 않는 쪽을 택하기로 했다. 내가 엄마와 알렉상드르에게서 좋아하는 점은 두 사람 모두 말을 하지 않는다는 거였기 때문이다.

나폴레옹의 편지

〈수정 전〉

새로운 삼, 그건 완저니망쳐쏘, 나의 조제핀. 당신과 이호늘 하고, 당신을 집에서 나가게 한거슬 사과하오. 이모든건 다 마지막 전투에 대한 부란감 때무니어쏘. 난 늣는다는 건, 더이상 아무거또 원치안는 것, 그저 비러머글하고 말하는 거스로 충분하다고 미더써쏘. 하지만 그런걸로는 저녀 머켜들지 않더군. 적꾸는 너무강해쏘, 생각보다 훨씬 더강해쏘. 그리고 심판도 매수당해쏘. 당신은 내마를 미찌 안케찌만, 내 두주머근 이제 아무 힘도 업꼬, 펀치도 업꼬, 다리 그뉴근 물렁거리오. 난 지금까지 할쑤인는 만큼 싸웠소, 하지만 이젠 그럴 뜻조차 내게서 떠나꾸려. 난 더오래똥안 버티지 모탈꺼요. 난 마니 누워이꼬, 대화도 많이 할 쑤업쏘. 그리고 머찌던 머리카락도 거의다 빠져쏘. 그건 상관업쏘, 아직도 내 머리를 쓰다듬떤 당신의 손기를 느끼고 있으니까. 그리고 이도 하나 빠젼는데, 희미한 미소라도 지을수 있을

지 모르게쑈. 내게 나쁜거라곤 당신을 보고 싶다는 소망과
내 남은살믈 당신과 함께 보내고 싶다는 욕씨미오. 만일 당
시니 온다면, 아마 당시는 나와 시트를 구분 모탈쑤도이쏘.
나는 그 미테 있다는 걸 기억해주기 바라오. 놀라지 안토록
하시오.

　　그리고 한가지가 있는데, 당신도 알겠지만, 이건 당신만
알아야 하오. 결코 바끄로 새나가지 안키를 바라니까. 그건
내가방을 비우지 안코는 로키를 만나러 가고싶지 않다는
거요.

　　나폴레옹.

　　…‥…‥…‥…,,,,,,,,,,,;;;;;;;;;　　⇒　　여기 있는 구두쩜을
　　!!!!!!!!!!!!!!!　　　　　　　　　　피료한 고세 가따 쓰시오

〈수정 후〉

　　새로운 삶, 그건 완전히 망쳤소. 나의 조제핀. 당신과 이
혼을 하고, 당신을 집에서 나가게 한 것을 사과하오. 이 모
든 것은 마지막 전투에 대한 불안감 때문이었소. 난 늙는다
는 건, 더는 원치 않는 것, 그저 빌어먹을 하고 말하는 것으
로 충분하다고 믿었었소. 하지만 그런 것으로는 전혀 먹혀
들지 않더군. 적군은 너무 강했소, 생각보다 훨씬 더 강했

소. 그리고 심판도 매수당했소. 당신은 내 말을 믿지 않겠지만, 내 두 주먹은 이제 아무런 힘도 없고, 펀치도 없고, 다리 근육은 물렁거리오. 난 지금 내가 할 수 있는 만큼 싸웠소. 하지만 이젠 그럴 뜻조차 내게서 떠났구려. 난 더 오랫동안 버티지 못할 거요. 난 많이 누워 있고, 대화도 많이 할 수 없소. 그리고 멋지던 머리카락도 거의 다 빠졌소. 그건 상관없소, 아직도 내 머리를 쓰다듬던 당신의 손길을 느끼고 있으니까. 그리고 이도 하나 빠졌는데, 희미한 미소라도 지을 수 있을지 모르겠소. 내게 남은 거라곤 당신을 보고 싶다는 소망과 내 남은 삶을 당신과 함께 보내고 싶다는 욕심이오. 만일 당신이 온다면, 당신은 나와 시트를 구분하지 못할 수도 있소. 나는 그 밑에 있다는 걸 기억해주시기 바라오. 놀라지 않도록 하시오.

　그리고 한 가지가 있는데, 그건 당신도 알겠지만, 당신만이 알아야 하오. 그건 결코 밖으로 새어나가지 않기를 바라니까. 난 내 가방을 비우지 않고는 로키를 만나러 가고 싶지 않소.

　나폴레옹.

난 이 편지를 새벽에 부쳤다.

그리고 기다렸다.

26

다음 날 밤, 이유를 알 수 없는 열이 나를 사로잡아서 꼼짝 않고 침대에 누워 있어야만 했다. 나는 그 열을 축복처럼 받아들였다. 머리가 무거웠다. 그래서 깍지 낀 두 손으로 머리 뒤를 받치고 침대에 누워서 몇 시간을 보냈다. 나폴레옹이 편지에서 이야기했던 것, 오랫동안 그의 마음을 답답하게 했던 게 무엇일까 궁금했다. 만일 할아버지가 한 번도 복서였던 적이 없었다는 걸 알게 되면, 그리고 지금까지 계속 내게 거짓말을 해왔던 걸 알게 되면 내 반응은 어떻게 나올까? 그러자 나폴레옹이 그 비밀을 간직한 채 우릴 떠나줬으면 하는 소망이 아주 잠깐 들기도 했다. 몸과 영혼을 어둡게 만들고 수세기 동안 사람들을 꿈꾸게 했던, 황금으로 가득 찬 스페인의 보물선들처럼.

잠깐씩 잠이 들기도 했는데, 다시 나무들이 쓰러지기를 계속했다. 마치 명령에 복종하는 병사들처럼. 잠에서 깨어나자 시트가 땀에 흠뻑 젖어 있었다. 비가 지붕을 후드득후드득 때렸다. 몇 시간이 천천히 흘러갔다. 시간이 아무런 소망도 없이 끈끈이처럼 진득거리며 지나가고 있었다.

엄마는 다락방에서 쉬지 않고 그림을 그렸다. 이따금 내 방문을 열어보았고, 그때마다 엄마와 시선이 마주쳤다.

"괜찮아?" 엄마가 물었다.

"조금 있으면 괜찮아질 거예요. 엄만 지금 뭐 하세요?"

엄마가 말없이 물감이 잔뜩 묻은 손을 보여주었다.

"난 빨리 끝내야 해." 엄마가 중얼거렸다.

오후가 끝날 무렵에 알렉상드르가 벨을 눌렀다. 난 그제야 내가 그 애를 기다리고 있었다는 걸 알았다.

"오늘은 네가 이야기해줘야 해." 내가 말했다.

"오지 않았어."

"온종일?"

"온종일. 창가에도 안 보였어. 짐작 가는 게 있니?"

나는 고개를 끄덕였다. 알렉상드르가 미소를 띠며 덧붙였다.

"나폴레옹은 이제 창가에 서지 않지만, 그래도 항상 우리를 보고 있을 거야."

그 애가 고개를 숙이고 벨트에 매달린 작은 주머니를 바라보았다.

"자, 가져." 그가 말했다. "이제 겨우 두 개밖에 안 남았어. 다 네가 가져."

나는 그 애가 건네주는 구슬을 받았다. 두 개의 구슬이 손바닥에 올려져 있었다.

"하나씩 나눠 갖자." 내가 말했다.

"나폴레옹이 물려주는 유산." 알렉상드르가 중얼거렸다. "형제들만이 유산을 나눠 가질 수 있지."

난 알렉상드르가 준 유리구슬 하나를 엄지와 검지로 집어 들고서 햇빛에 반사되게 했다. 구슬이 반짝거렸다.

"예쁘다, 정말!" 그 애가 말했다.

"맞아." 내가 낮게 중얼거리듯 말했다. "아름답게 반짝이네. 구슬은 그 안에 정말 많은 것을 간직하고 있는 것 같아."

"비밀스러운 것들."

"난 구슬을 볼 때마다 언제나 네가 생각나." 내가 말했다.

"우리가 다시 만날 때를 위한 증표가 될 거야. 아주 오랜 시간이 지난 후에도 서로를 알아볼 수 있겠지. 그리고 구슬들도 여전히 지금처럼 빛나겠지."

그 애는 손에 모자를 쥐고 있었다. 난 그 모자에서 눈을 뗄 수 없었다. 우리의 시선이 마주쳤다. 그 애가 빛나는 눈을 하고 속삭였다.

"난 오늘 이 모자를 우리 아빠에게 돌려드릴 수 있게 됐어. 아빠가 오늘 감옥에서 나오시거든. 우린 다시 만날 거야. 네게 우리 아빠를 보여주고 싶어."

"사진 갖고 있어?"

"사진보다 더 좋은 것. 훨씬 좋은 것. 자, 봐."

그림 속의 남자는 우아함과 소박한 매력을 갖고 있었다. 난 엄마가 늘 사용하는 물감의 색깔과 도화지를 곧 알아보았다.

"우리는 사랑하는 사람들로부터 절대로 멀리 있지 않아." 그가 말했다. "비록 헤어져 있을 때조차도."

알렉상드르가 그림을 소중하게 가방 속에 넣는 동안 내가 나지막하게 말했다.

"엄마가 네게 그림 그리는 걸 잘 가르쳐주셨구나."

"너희 엄마가 가르쳐준 건 희망이었어. 희망과 기쁨. 너희 엄마에게 그 말 전해줄래, 꼭?"

나는 그러겠다고 고개를 끄덕였다. 그리고 마지막으로 문제의 모자를 두 손으로 만져보았다.

"그럼, 이게 아빠의 모자인 거야?" 내가 물었다.

"응. 라파엘의 R이야. 하지만 아빠 모자만은 아니야. 정확하게 말하면 우리 가문의 모자지. 할아버지의 아버지의 모자였거든… 우리 아빠에게 물려주기 전엔 할아버지의 모자였고."

"그럼 나중엔 네 것이 되겠구나."

그가 고개를 끄덕였다.

"이 모자는 여행을 많이 했어! 우린 그걸 다 기억하고 있어. 그래서 이 모자를 잃어버리면 안 되는 거야."

"무슨 기억?"

"다시는 돌아갈 수 없는 여행들에 대한 기억."

그러고 그는 뛰어나갔다. 현관문을 닫는 것도 잊어버린 채.

* * *

쓰러진 나무들 사이에서 보낸 밤도 있었다. 지금 나는 그 나무들 가운데 혼자 있는 기분이었다. 알렉상드르도, 마침표 찍고도 없이, 혼자. 아빠 자동차의 엔진 소리가 늦은 아침에 나를 깨웠다. 정신이 맑았고 열은 사라진 상태였다. 아빠가 왜 이 시간에 집으로 돌아오신 걸까? 황급히 계단을 내려오는 엄마의 발소리가 들렸다. 이어서 현관문이 딸깍 소리를 냈고 곧 자동차가 자갈돌 위를 덜그럭 소리를 내면서 사라져갔다.

알렉상드르의 방문이 내 머릿속에 연이어 나타났다. 몹시 외로운 느낌이 들었다.

그때 내 방문 밑에서 엄마가 나가기 전에 밀어 넣어준 새로운 그림들을 보았다.

나폴레옹 책의 마지막 페이지들. 할아버지가 교실에서 내 옆에 앉아 있었다. 창가에 서 있는 할아버지도 있었고, 할아버지의 얼굴이 보이지 않는 텅 빈 창가도 있었다. 그 그림들을 보면서 할아버지가 실물보다 훨씬 나이 들어 보인다는 것을 알았다. 그림의 색깔도 뒤로 갈수록 점점 더 희미해졌다.

그리고 제일 끝 페이지는 아직 비어 있었다. 하얀 도화지.

눈을 감았다.

그리고 아무 생각 없이 일어섰다. 여전히 비가 오고 있었다. 너무 세차게 내리고 있어서 차도엔 제법 크고 깊은 웅덩이들이 만들어져 있었다. 물웅덩이를 건너기 위해서 자동차들은 속도를 줄여야 했다. 하늘, 나무들이 내 주위에서 빙빙 돌았다. 나는 미친 듯이 뛰기 시작했다. 하지만 악몽 속에서처럼 그냥 제자리걸음을 하는 기분이었다. 나는 이성을 잃은 사람처럼 달렸다. 머리가 흔들리고 귀에서 윙윙 소리가 들릴 정도로 달렸다. 마치 나의 달리기가 만물의 흐름을 뒤집어놓을 수도 있을 것처럼 그렇게 있는 힘을 다해 달렸다. 아무도 저항할 수 없는 만물의 흐름, 속수무책으로 바라볼 수밖에 없는 그 흐름을 막기라도 할 것처럼. 비가 얼굴을 타고 내렸다. 열쇠 구멍에 열쇠를 꽂았다.

나폴레옹의 집은 버려진 상태였다. 텅 빈 집. 냉기가 도는 집. 가구가 대부분 사라지고 없었다. 아빠와 엄마가 모두 팔아버리신 걸까? 그것들은 어디로 흩어진 걸까? 정원은 작은 정글처럼 보였다. 난 그 속으로 들어가보고 싶었다. 거기서 길을 잃고 헤매고 싶었다. 그런데 갑자기 그 녀석이 나타났다. 하얀 암사슴! 그 암사슴이 거기 있었다, 창문 너머에! 내게서 몇 미터 떨어진 곳에. 정원의 울창한 식물이 그 눈부신 하얀 사슴을 보호하는 집이 되고 있었다. 사슴은 그 자리에 꼼짝 않고 서서 섬세한 머리를 내가 있는 쪽으로 돌렸다. 난 하얀 사슴의 부드럽고도 짙은 눈 속에서 길을 잃어버렸다. 몇 초 후에 사슴이 사라졌다. 너무나 순식간에 사라져서 내가 꿈을 꾼 건가 하는 생각이 들었다.

작은방의 벽지 위에 로키의 액자가 밝은 직사각형의 흔적을 남겨놓았다. 나는 불러보았다.

"나폴레옹… 황제 폐하…"

벽들이 내 목소리를 흡수했다. 그건 앞으로 내가 직면해야 할 침묵이었다. 난 이 텅 빈 공간에 익숙해져야만 했다.

하시만 알렉상드르가 했던 말이 우울한 기분을 떨쳐내게 해주었다. '우리는 사랑하는 사람들로부터 절대로 멀리 있지 않아. 헤어져 있을 때조차도.'

차고도 깨끗했다. 그곳을 지배하고 있던 끔찍한 혼돈과 무질서는 사라졌다. 나폴레옹의 낡은 글러브만이 끈으로 매달려 있을 뿐이었다. 가죽 냄새가 여전했고 승리의 땀들이 아직도 진한 냄새를 풍기고 있었다. 나는 그것을 내 목덜미에 둘렀다.

비는 계속 주룩주룩 내렸다. 잿빛 하늘이 마치 지붕처럼 내려앉아 있었다. 난 마을의 중심도로로 연결되는 흙길로 들어섰다.

꺼칠한 껍질을 가진 아름드리나무 한 그루, 길가에 서 있던 절대로 쓰러지지 않을 것 같던 참나무 한 그루가 내 앞에 가로로 누워 있었다. 무른 모래흙에서 뿌리가 뽑혀 드러나 있었다. 수천 마리의 벌레들이 이 새로운 피난처를 향해 질서정연한 군대를 이루고 모여드는 중이었다. 난 뒤로 몇 걸음 물러섰다. 아주아주 조심하면서. 특히 개미 한 마리도, 그 무엇 하나도 죽이거나 망치게 하지 않으면서. 나는 점점 뿌리 쪽에서 멀어져가면서 내 두 손으로 껍질을 쓸었고 나무 둥치 위에 길게 누워서 하늘을 올려다보았다. 하늘은 잿빛이었고, 여전히 변함없었으며, 요동하지 않았다. 우리의 삶처럼 신비했다.

몇 분 혹은 몇 시간이 지났다.

나는 할아버지가 있는 곳을 향해 뛰었다. 그치지 않는 빗속에서 내가 웃고 있는지 울고 있는지조차 나 자신도 알 수 없었다.

27

조제핀이 거기 있었다. 나폴레옹의 침대 맞은편에. 할머니는 말없이 미소로 나를 맞이해주었다. 그녀는 목욕실로 사라졌다가 금방 하얀 수건을 갖고 다시 나와서 내 머리를 닦아주었다.

나폴레옹은 쉬고 있는 것 같았다. 다시 젊어진 것 같았다. 거의 그렇게 보였다. 그는 조제핀이 만든 헐렁헐렁한 스웨터 속에 들어 있었고 두 팔을 양옆에 가지런히 놓고 주먹은 여전히 꽉 쥔 채였다.

"팔씨름 하러 온 거라면, 실망이 크겠구나." 나폴레옹이 나를 보고 힘없는 소리로 중얼거렸다.

할아버지에겐 스크린이 달린 기계가 연결되어 있었고 스크린에서 끊임없이 숫자가 나오고 있었다.

"코코." 나폴레옹이 한숨을 쉬었다. "미터기 말인데, 우린 거기서 벗어날 수 없단다! 결국, 망할 놈의 기계가 마지막 말을 하게 될 거야. 넌 절대로 미터기에게 삼켜지지 않도록 노력해라. 끝이 뭉툭한 구두에 삼켜져서도 안 돼!"

그러고는 아빠에게 말할 수 없이 부드럽고 다정한 미소를 던지며 말했다.

"이봐, 울지 마라, 다 큰 녀석이!"

"난 울고 싶으면 울 거예요!" 아빠가 대답했다.

나폴레옹이 나를 향해 몸을 돌렸다.

"시간 됐니?"

내가 고개를 끄덕였다. 그리고 작은 라디오를 켰다. 할아버지를 안심시켜주는 아무개의 목소리가 방 안을 채웠다. 도전자는 얼마 전에 막 은퇴한 판사였다. 아무개는 조금 독특한 직업을 가진 도전자를 맞이할 때면, 대개 일을 하는 동안 가장 인상적인 기억이 무엇이었느냐고 묻곤 했다.

"판사로 살면서 아주 멋진 기억들을 꽤 갖고 있지요. 그중에서도 가장 아름다운 기억이라면 전직 복서에 대한 기억입니다. 거의 여든여섯이나 된 연세에 새로운 삶을 살기 위해 이혼을 한 괴짜 할아버지였죠. 정말이에요, 사실입니다. 그런데 그날 나는 그분을 뵈면서 불멸의 인간 앞에 서 있다는 느낌을 받았어요!"

나폴레옹은 수많은 방청객의 환호 소리를 들으며 잠이 들었다. 나는 방송이 끝나기 전에 라디오를 껐다. 무거운 침묵이 방의 분위기를 무겁게 짓눌렀고, 1분마다 소리 나는 규칙적인 기계음만 침묵을 방해하고 있었다.

"넌 나가는 게 좋겠구나." 아빠가 말했다. "이건…"

"아니다."

나폴레옹이었다. 목소리는 너무 작아서 거의 들리지 않을 정도였다. 할아버지가 말을 이어갔다.

"제국을 이끌고 가기 위해 참모총장에게 줘야 할 지침들이 있다."

나는 가까이 갔다. 그리고 그의 입에 바짝 귀를 갖다 댔다.

"코코, 우선 내게서 이 망할 놈의 미터기부터 좀 떼어다오…"

기계가 갑자기 꺼졌다.

"코코, 징징거리느라 시간 끌 게 아니다. 자, 서두르자꾸나. 우선 오늘부터 넌 내 참모가 아니다… 황제의 지상 최고 명령권을 네게 양도하마. 이제부턴 네가 원하는 대로 해라…"

"제가 잘할게요, 할아버지 마음 편하게 떠나셔도 돼요."

"그다음은 내가 끝까지 싸웠다는 걸 네가 알았으면 한

다… 하지만 할 수 있는 건 하나도 없었지. 적은 모든 영역에서 나보다 훨씬 강했어…"

글러브. 나폴레옹의 주먹이 글러브 위로 미끄러졌다. 나는 끈을 조여 맸다.

"박스! 저 위에 가서 다시 시작하는 거야. 코코, 네가 할 수 있는 한 있는 힘껏 쳐야 해. 처음에도 중간에도 그리고…"

"마지막에도."

나폴레옹은 미소를 짓더니 조제핀을 향해 고개를 돌렸다. 두 사람의 시선은 놀라울 정도로 강렬했다. 할머니가 고개를 숙였다.

"코코." 할아버지가 말했다. "네가 잘 이해해야 한다. 왜냐하면 지금 내가 말을 제대로 하고 있는지 어떤지 잘 모르겠거든."

그는 주먹 하나를 들어 올리더니 맞은편 벽을 바라봤다. 로키의 사진이 있었다. 울음을 참으려고 애를 쓰고 있는 아빠 역시 벽에 등을 기대고 있었다. 사진에서 1m도 떨어지지 않은 곳이었다. 나는 다시 한번 조제핀과 나폴레옹과 시선을 마주쳤다. 혹시… 아냐, 내가 잘못 이해한 걸 거야, 아니면 지금 내가 아직 잠에서 깨어나지 않은 거야… 아니면 또 열이 나고 있든지… 하지만 그 순간 내 머릿속을 스쳐 간 건,

나폴레옹의 생일에 부엌에서 있었던 장면이었다. 특히 엄마가 그렸던 그림. 글러브, 낡은 글러브… 로키의 글러브… 그리고 아빠…

심장이 멈추는 것 같았다. 침을 삼키기도 어려웠다. 난 놀라서 소리를 지를까 봐 손으로 내 입을 막았다. 그리고 나폴레옹에게 더욱 몸을 기울였다.

"알아차렸니?" 할아버지의 속삭임이 너무 작아서 겨우 목소리를 들을 수 있었다.

"그건…"

"멋진 속임수야, 안 그러니?"

"하지만 그건 너무…"

"걸작이지, 대작."

"그럼 그 시합은 속임수가 아니었던 건가요…?"

"속임수 맞아. 그가 속았지. 내가 속였어. 그러니 난 거짓말은 안 한 거야."

"뭐라고 하셨니?" 아빠가 물었다.

"아, 아무 말도 아니에요. 그냥 할아버지가… 아빠를 사랑하신다고요. 너무 많이. 그리고 별로 중요하지 않은 말 몇 가지였어요."

"트라페, 부보(아주 잘했다, 코코.) 자, 이리 오렴, 내 말 좀 들어봐라. 공이 울리고 쉬는 시간에 로키가 말하더구나. 자기에게 병이 있다고. 병이 있어서 몇 주밖에 더 못 산다고. 망할 놈의 질병이 안에서 그 친구를 집어삼킨 거야. 복서는 거짓말을 안 하지. 특히 로키는. 나는 그 녀석을 잘 알아. 그래서 그의 눈을 보고 그의 말이 진실이라는 걸 알았지. 두 눈에 슬픔의 빛이 있었거든. 글러브를 내려놓아야 한다는 슬픔. 그때 그가 부탁하더군…"

"… 자기가 이기게 해달라고. 그래서 복서의 삶을 승리로 끝나게 해달라고 부탁한 거로군요."

"아니… 그건 내 아이디어였어. 자연스럽게 나온 나의 관대함이었지. 그에겐 어린 아들이 있었어. 아주 어린애였지. 작은 새우만큼 쪼끄만 사내애. 그 애의 엄마는 왜 거기 없었는지 그건 나도 몰라. 우리 복서들은 아주 이상한 삶들을 살거든… 로키가 나더러 그 애를 돌봐달라고 했어. 애를 키워달라고. 그 애에게 자기 글러브를 주고 진짜 복서, 위대한 복서로 만들어달라고 부탁했지. 자기를, 로키를 기억하는 챔피언으로 만들어달라는 거야. 시간이 없어서 자신이 미처 이루지 못한 것들을 다 해낼 수 있는 챔피언 말이야. 그는 그 작은 아이가 자기를 닮을 거라고 확신했었어. 하지만 로키의 생각은 틀렸지. 특히 그는 그 아이에게 자기 아빠가 누군지 절대로 말하지 말아달라고 부탁했어. 하지만 너도 알다시피 난 약속의 극히 일부만 지켰단다. 나머지는 다 망쳤지. 몇 시간 후면 로키가 나를 호되게 꾸짖을 거야."

"아뇨, 할아버지는 다 망치지 않았어요. 할아버지는 황제잖아요. 할아버지의 통치는 결코 여기서 멈추지 않을 거예요."

"에블레 비 가츠타스. 에블레 미아 말수크케사도 이티스 프레이페 코니 린 페르베레. 미 트로 스툴티스!(아마 네 말이 맞을 거다. 내가 망친 건, 내가 그를 너무 잘 알았다는 거야. 난 너무 바보였어!)"

"할아버지가 뭐라고 하시니?" 아빠가 속삭였다.

"아무것도… 아빠는 최고의 아들이었대요. 그리고 또…"

난 눈물에 젖은 시선으로 내 입술에 매달려 있는 가족들을 바라봤다.

"그리고 또 할아버지가 하고 싶은 게 있는데…"

그 말은 차마 내 입에서 나오지 못하고 있었다. 조제핀이 눈을 감았다. 아무래도 불가능한 일이었다. 엄마가 재빨리 연필로 그림을 그렸다.

해변. 마지막 페이지.

복도에서 원장이 우리 뒤를 따라오고 있었다. 우리는 다른 입소자들 앞을 지나갔다. 지난 몇 주 동안 자신들의 삶 속에 생명을 가져다준 사람에게 마지막 인사를 하기 위해 나온 자들이었다. 아빠와 내가 나폴레옹의 어깨를 부축했는데, 링에서 내려오던 그 옛날처럼 많은 손이 그를 만져보려고 했다.

"그만해요! 그만해!" 원장이 외쳤다. "멈춰요, 이건 한계선이에요, 서류에 서명할 게 많다고요. 서류를 쓰고 허가서에도 사인해야 해요. 이건 규칙에 어긋나는 거예요."

그때 아빠가 역사적인 한마디를 내뱉었다.

"그렇게 많은 규칙을 대체 다 어디에 넣어두시려고 그러세요?"

그때 난 앞으로 제국을 지킬 자가 적어도 두 명은 되겠다고 생각했다. 나폴레옹이 깊은 잠에서 빠져나와 아빠에게 존경하는 눈빛을 던졌고, 그 눈빛이 아빠에게 전율을 느끼게 했다. 복도를 달리던 아빠는 입소자들을 향해 몸을 돌리고 온몸이 떨리도록 힘껏 소리를 질렀다.

"이 분이 우리 아버지예요!"

유리창으로 된 사무실 안에서 원장이 전화하고 있었다.

* * *

성능 좋은 아빠의 자동차. 아빠는 흥분하여 GPS를 맞췄다. 우리가 가야 할 코스가 나타났다. 전자음이 우리를 안내했다.

"직진하세요!"

나는 그 목소리가 로키의 목소리라고 확신했다.

엔진이 부르릉거렸다. 엄마가 앞에 앉았다. 나폴레옹은 조제핀과 나 사이에, 마침표 찍고는 우리의 발밑에 자리 잡았다. 가죽 시트가 우리를 감쌌다.

"아빠." 아빠가 외쳤다. "시간이 얼마나 있을까요?"

아빠는 평소답지 않게 울부짖듯이 말했다. 나폴레옹은 아직도 의식과 무의식 사이를 오가고 있었고 횡설수설하기도 했다.

"모르겠다, 얘야. 그리 길지는 않지. 네가 면허증을 뺏겨도 된다면, 그게 바로 오늘이겠지."

시속 200킬로로 달리고 있으니, 그건 벌써 끝난 일이었다. 우린 빛의 속도로 고속도로를 달렸다. 플래시가 팟팟팟 터졌다. 벌점 12점이 연기처럼 사라졌다.

나는 나폴레옹의 귀에 대고 속삭였다.

"할아버지가 얼마나 유명하신 분인지 보세요. 저렇게들 사진을 계속 찍어대잖아요."

할아버지가 들었는지 어땠는지는 나도 모른다. 조제핀은 말이 없었다. 할머니는 밖에 펼쳐지는 풍경을 바라보면서 할아버지의 글러브를 꽉 쥐고 있는 것만으로 만족했다. 할머니의 숨이 창문에 동그란 수증기 원을 만들었다. 나폴레옹의 머리가 흔들리면서 조제핀의 목에 기댔다. 할아버지가 어린아이처럼 보였다.

아빠가 갑자기 주유소로 방향을 바꿨다. 주유. 지갑을 찾았다. 호주머니를 여기저기 다 뒤져봤지만 없었다.

"제기랄. 지갑 갖고 오는 걸 잊어버렸어."

그는 몇 초 생각하더니, 다시 말했다.

"할 수 없지, 제기랄. 미치겠네. 어쨌든 채워야지."

나는 아빠와 함께 안으로 들어갔다. 아빠가 절망적인 손짓 몸짓을 하면서 설명을 했다. 턱이 긴장하고 두 눈엔 눈물이 가득했다. 정신이상자처럼 보였다. 책임자를 귀찮게 해야만 했다. 그러느라 시간을 잡아먹었다. 너무 많은 시간을! 아빠의 어조가 올라갔다. 주머니 밑바닥에는 겨우 동전 몇 개가 남아 있었다. 아빠는 동전들을 커피 자판기 안에 밀어 넣었고, 기계는 고양이 오줌만큼의 커피를 내려주었다. 두 번 발로 찼더니 행운이 나타났다. 야간 경비원 두 명이 나타난 것이다.

"아, 웬 소란입니까? 잠깐만, 당신을 어디서 본 것 같은데, 언젠가 마주친 적이… 아, 물러터진 불알, 기억났어요! 당신 집안에는 기벽이 있군요. 커피 자판기를 왜!"

퍽, 퍽, 저절로 팔이 나갔다. 깊숙이 들어간 스트레이트였다. 아빠는 야간 당직자 한 명을 때려눕혔다. 물러터진 불알이 단 한 방에 땅에 뻗어버린 것이다. 아빠 자신도 놀라서 자기 주먹을 바라보고 있는 사이에, 다른 한 명은 슬며시 뒤로 물러났다. 아빠가 얼른 내 손을 잡았고 우리는 즉시 후퇴했다. 뒤로 물러섰던 당직자가 무전기로 무전을 쳤다. 이 근방에서 최대한 멀리 가는 게 상책이었다.

여행은 계속되었다. 이제 우리는 법을 완전히 벗어나 있었다. 자동차는 침묵의 외침 그 자체였다. 그리고 나폴레옹은 그림자에 불과했다. 겨우 입술을 달싹거릴 힘만 남아 있었다.

"직진, 곧, 주유소, 챔피언!"

"아빠, 고마워요!" 아빠가 외쳤다. "아빠, 고마워요!"

"그냥 계속 밀고 나가."

나폴레옹이 날 향해 몸을 돌렸다. 그의 노력은 초인적인 것이었다. 그의 입이 몇 번이나 달싹거리더니 마침내 모기만 한 소리가 새어 나왔다.

"코코, 계속 접촉하자."

난 그것이 아마도 나폴레옹이 내게 하는 마지막 말이라고 생각했다. 내가 대답했다.

"계속 접촉해요."

아빠는 더 말이 없었다. 시간은 계속 흘러갔고, 우리는 요금소라는 커다란 함정을 만난 다섯 마리의 나비였다.

아닌 게 아니라 세 대의 경찰차가 통로를 막고 있었다. 아빠가 속도를 늦췄다.

"망했군."

나폴레옹은 이제 두 명의 경찰들 사이에서 요금소의 가로 대를 보며 눈을 감게 될 판이었다. 아마도 혼자서. 사람들이 우리를 체포할 경우. 아빠가 말했다.

"아빠, 죄송해요… 마지막으로 아빠를 기쁘게 해드리고 싶었는데요."

아빠는 차 밖으로 나가서 설명하려고 애썼다. 하지만 경찰 두 명이 아빠를 자동차 보닛으로 밀어붙인 후에 두 팔을 등 뒤로 돌리게 했다. 그러자 아마도 상관인 듯한 다른 한 명이 다가와서 우리 주위를 돌아봤다. 엄마가 창문을 내리고 말했다.

"우린 지금 해변으로 가려고 해요." 엄마는 솔직하게 그렇게 이야기했다.

"해변? 지금 나를 놀리시는 겁니까? 햇빛이 아주 잘 차단된 해변을 보시게 되겠군요. 방해될 사람은 아무도 없겠어요. 선크림도 필요 없고."

경찰의 시선이 자동차 안을 훑다가, 나폴레옹을 헐렁헐렁하게 감싸고 있는 스웨터 위에서 멈췄다. 놀라는 표정이더니, 눈썹이 찡그려졌다. 아마도 원장은 나폴레옹이 도주 중이라고 신고를 했을 것이다. 경찰은 글러브에 정신을 빼앗겼다.

"Born to Win." 그가 중얼거렸다…

우리의 시선이 마주쳤다.

"1951년 로키와의 마지막 경기?" 그가 물었다.

내가 미소를 지으며 대답했다.

"1952년이요. 속임수가 있었던 시합이었죠."

그러자 경찰은 여전히 보닛에 붙어 있는 아빠 쪽으로 몸을 돌리고 또렷한 목소리로 물었다.

"시간이 얼마나 남았죠?"

"우린 지금 모험을 하는 겁니다." 아빠가 대답했다.

3분 후, 사이렌이 울려 퍼졌다. 우리는 앞에서 전속력으로 달리면서 앞길을 터주고 있는 두 대의 오토바이를 따라갔다. 모든 차량의 통행이 우리 주위에서 멈췄고, 자동차들이 갓길에 세워졌으며, 빨간불들은 곧바로 파란색으로 바뀌었을 뿐 아니라, 우리가 통과할 때 가로등들까지 경의를 표하며 고개를 숙였다.

나폴레옹이 눈을 떴다. 그리고 중얼거렸다.

"빅토르 위고도 내게 맞설 수 있을까, 응?"

GPS에서 로키의 새로운 목소리가 터져 나왔다.

"목적지에 도달했습니다. 안내를 종료합니다."

그리고 10초간의 침묵 후에 다시 그가 덧붙였다.

"행운을 빕니다."

* * *

해변. 태양이 바다 위로 떨어지고 있었다. 우리는 나폴레옹의 어깨를 부축하고 물가로 걸어갔다. 그의 두 발이 모래 위에서 끌렸다. 그가 미소를 지었다. 나폴레옹이 아직도 우리와 함께 있다는 걸 느낄 수 있게 해주는 건 그 미소뿐이었다. 난 이제 울고 싶지 않았다. 조제핀이 나폴레옹의 신을 들고 있었다.

우리는 모래밭에 나폴레옹을 뉘었고 조제핀의 무릎을 베게 해주었다. 마침표 찍고가 그의 허리 옆에 누웠다. 이젠 기다리는 것밖엔 할 일이 없었다. 파도 소리를 듣는 것밖엔 할 일이 없었다. 부드러운 파도 거품이 모래밭까지 밀려왔다가 부서지며 물러갔다. 몇 미터 떨어진 곳에서 어린아이들의 접근을 막는 부표들이 잠시 파도에 흔들렸다. 멀리서 두 명의 연인이 손을 잡고 걸어오면서 모래 위에 발자국을 남겼다. 나폴레옹에겐 아직 입술을 달싹이며 말할 힘이 있었다.

"에스타스 벨라 로코 포르 모르티."

그의 말이 파도 소리와 뒤섞였다. 아빠가 망설이다가 물었다.

"뭐라고 하셨니?"

내가 미소를 지으며 대답했다.

"죽음을 맞기에 정말 아름다운 장소라고 말씀하셨어요."

몇 달이 지났다. 학기가 끝났고 난 초등학교를 완전히 졸업했다.

그리고 여름방학이 끝나고 중학생이 되었다. 내게도 새로운 삶이 시작되었다.

중학교의 자습교사 중 한 명이 온갖 종류의 동아리를 운영하고 있었는데, 몇 주 동안 그를 거의 매일 봐야 하는 일이 생겼다. 취미가 다양했던 그는 우리의 교외 활동에도 흥미를 갖기에 이르렀다. 그래서 어느 날 그에게 내가 몇 달 전에 권투를 시작했다고 고백했다.

"그런데 난 우리 할아버지보다 재능이 떨어져요." 내가 말했다.

이 말을 하고 나서, 난 그 할아버지가 나폴레옹을 말한 건지, 로키를 말한 건지, 아니면 둘 다를 말한 건지 나 자신도 모른다는 걸 알았다.

자습교사는 자기 눈두덩에 나 있는 작은 상처를 내게 보여주며 말했다.

"이것 보이니?"

"네."

"실은 나도 복서 한 명을 알고 있어. 꼭 한 명. 하지만 그걸로 충분해! 작년 일인데, 지금도 그때 생각을 하면 떨려. 한때 나랑 내 친구들은 볼링장에 가서 사람들 관심을 끌려는 습관이 있었어. 그런데 어느 날 우리가 약간 술에 취해 있었는데, 계속해서 끝내주는 스트라이크를 때리는 노인이 있는 거야. 그래서 심술이 나서 장난을 좀 쳤지. 사고를 치고 싶은 생각은 없었어. 그저 살살 좀 만져주려고 했는데…

"그런데요?" 내가 물었다.

"그런데 그 노인네가 그런 장난을 엄청 싫어하더라고. 우리가 모두 열 명이었는데, 그 영감이 우리를 하나하나 차례대로 때려눕힌 거야."

"설마?"

"아냐, 진짜야. 그런데 말이야, 적어도 80살은 되어 보이더란 말이야. 게다가 젓가락처럼 빼빼 말랐거든. 알겠니? 차례차례, 팍, 팍, 팍! 우리는 총 맞은 사람들처럼 하나하나 픽픽 쓰러졌지. 내 말 듣고 있니? 이봐! 내 말 듣고 있어?"

볼링핀 쓰러지는 소리가 들리고 주위 사람들이 환호하며 손뼉을 치는 소리가 들렸다. 나폴레옹이 위대한 예술가처럼 당당하게 인사를 했다.

내 손 안에 들어 있는 알렉상드르의 구슬은 우리가 영원토록 함께할 것을 약속해주고 있었다.

감사의 말

　감동과 솔직함으로 이 소설을 맞이해준 카린 오신과 장 클로드 라테 출판사 팀에게 뜨거운 감사를 표한다.

　또 탁월한 에스페란토어 전문가인 악셀 루소에게도 같은 감사를 드린다. 그는 나의 인물들이 이 아름다운 언어로 말할 수 있게 도와준 은인이다.

옮긴이 김주경

이화여자대학교와 연세대학교 대학원에서 불어를 전공하고, 프랑스 리옹 제2대학교에서 박사 과정을 수료했다. 현재 우리나라에 좋은 책들을 소개하며 전문 번역가로 활발히 활동하고 있다. 옮긴 책으로는 『레 미제라블』 『작은 사건들』 『느리게 산다는 것의 의미(전 3권)』 『짐시』 『토비 롤네스(전2권)』 『80일간의 세계일주』 『세계의 비참(전3권)』 『흙과 재』 『성경』 『대지에서 인간으로 산다는 것』 『신과 인간들』 『바다 아이』 『흉터』 『인생은 그런 거야』 『신은 익명으로 여행한다』 외 다수가 있다.

연약한 것은 아름답다

1판 1쇄 인쇄 2019년 1월 3일
1판 1쇄 발행 2019년 1월 10일

지은이 | 파스칼 뤼테르
옮긴이 | 김주경
펴낸이 | 한소원
펴낸곳 | 우리나비

등록 | 2013년 10월 25일(제387-2013-000056호)
주소 | 경기도 부천시 원미구 원미로 18번길 11
전화 | 070-8879-7093 팩스 | 02-6455-0384
이메일 | michel61@naver.com

ISBN 979-11-86843-33-8 03860
★ 책값은 뒤표지에 있습니다.

이 도서의 국립중앙도서관 출판예정도서목록(CIP)은 서지정보유통지원시스템
홈페이지(http://seoji.nl.go.kr)와 국가자료종합목록시스템(http://www.nl.go.kr/kolisnet)에서
이용하실 수 있습니다. (CIP제어번호: CIP2018040847)